岁华晴影

周汝昌——著

周伦玲——整理

作家出版社

周汝昌

天津人，中国红学家、诗人、书法家，是继胡适等诸先生之后新中国红学研究第一人，考证派主力和集大成者，被誉为当代"红学泰斗"。

作者小学毕业像

燕园读书时在《霓虹关》中饰王伯党

40年代燕大校门口（左）

70年代"干校"归来

90年代南竹竿寓所

80年国际红学会上发言

85年与加拿大吴诺捷芭蕾舞团演出《黛玉之死》演员合影

万安山访古刹

90年代陪美国红学家赵冈夫妇游大观园

走进国家图书馆演讲大厅

作者在为中央电视台 10 套录制《红楼梦与中华文化》

今日芹生日蕭然
舉世蒙壽君誰汲
盡寫我自憐工萬口
齊嘲玉千秋一悼紅
窗進思舟甄夢豈全空
癸酉清和廿六日　雛庠亞書

癸酉（1993）四月廿六日为曹雪芹生日赋诗

自作诗手迹

序

我们中华文献自古分四大类，名为"四部""四库"，即经、史、子、集是也。经史不消多说自明，倒是子与集如何区别，值得弄个清楚。我引光绪二十三年（1897）严复与夏曾佑二先生合撰的《国闻报附印说部缘起》中的几句话："书之实欲创教而其教不行者，谓之子。书之出于后人一偏一由，偶有所托，不必当于道，过而存之，谓之集。"可见集是够不上哲士贤人之言、没有足以创教济世的大道、而只记下些零星的一偏一隅之见的东西，——扔进字纸篓又觉心疼，于是"过而存之"罢了。

过而存之呀，怎不先就让人脸红。

我从初中时代十四五岁时喜弄笔墨，积习甚深。在报纸上发表小文，为时也是很早的，今皆难寻。以后作了"考证派"，写些"论文"，而诗词随笔等"非论文"实亦未曾停笔，所积数量实在不小，但大抵随缘信笔，寄兴抒怀，根本无意为文——也够不上"文"的真规格。信笔漫谈的"信漫性"太强了，就不免落于草率粗疏，很少是精心措意、经营缔造的用功之作。

但近年忽蒙《光明日报》的韩小蕙女士——散文创作、编集、评论专家——在报上发文，把拙文列入"高境界"等级内，与季羡林先生诸前辈"平坐抗礼"，可真使我汗颜而内愧！这实在是她的偏爱与谬许。我很感谢她，人都会因有赏音而欣幸喜慰，文人尤甚——于是我也因此进入了"文"坛。幸甚至哉，愧甚至哉！

这本集子收录的，有一部分是我早年写就的。因年深日久，自己赋性散漫，没有一点儿条理性，破书残稿乱极了，有些旧文是连记都不记得了，记得的也无法找全了。这就定会"遗珠"，而编收在此的更难免"滥竽"之叹。明眼高人自能鉴之。

此外，有一部分是在编辑时新写的，未曾发表过。

编时原则有二：一是不修饰"加工"，一一存其历史本真。例如《黄氏三姊妹》，把二姐与三妹两个人的芳名都弄颠倒了，以致有"饥凤"先生在成都报上为之补纠，我对此另加注，文中则不做改正——因为一改就失了真，而人家的纠补也落空了，那是不对的。

第二是"尽力"校正原刊时的错字、漏字与被人改坏了的字法句法、文理与音律节奏——汉字文章是要讲这些的。我平生所发文字，刊出时几乎百分之九十九是带错刊误植的，有的令人啼笑皆非，行家也会哂我"不通"。但"命"中注定，办法不多，常以为"恨事"。今次乘此机会，应该消灭补正那些了吧？

书名取《岁华晴影》，因为我很喜欢"岁华"二字，它就是人生的佳境。至于"晴"，我从幼年就与它结下了不解之缘——一开始自学作七绝诗就有一句"檐牙小雀噪晨晴"之句；后来把"词集"题名曰"晴窗语业"。近年给报纸写专栏随笔又叫作"响晴轩砚渍"。这番晴意，大约与生长在北国的晴空高爽的气候里大有关联。

岁华是流转不居的，秦郎少游的佳句"东风暗换年华"就写得特好。既然它是流转的"逝水年华"，所以只能用笔来叙写一些偶然可以捕捉的影子。既是影子，于是它总在清晰与模糊之间，似有如无之际。何况"文不逮意"，古人早有此叹了。就连曹雪芹也自称"未学无文"，则可见要想为岁华留影，谈何容易——第一须学，第二须文，而我之"学与文"，比之前代文星，那又该用何言何语来"自云"呢？

再有一点，不怕您见怪：我根本不喜欢胡适之先生平生至极得意的"白话文"，因为"白话"实不成"文"；而强名为"文"，尽失中华汉字文章之大美至味了，这种想法大约很"荒谬"吧？而自己也只好写些"白话文"，真是自相矛盾，"违心之文"，既可笑，又可叹。

这样写"文"，它能好得了吗？

但世上万事有缘，我这种无学不术的"文"，居然也得到中国社会科学院王春瑜先生的谬识，他定要我选编一本"文"集。这真让我惭感交加，非常感谢他的至意高情，也益发"自惭'文'秽"。

因双目俱损，工作艰甚，此一小册之编整缮录，亦须女儿助手伦玲出力，出版社责编以及校对、美工等位贡劳者，在此谨表谢忱。

周汝昌
于丙子清和月

目 录

目　录

目 录

随笔与掉书袋

随笔与掉书袋，好像天生不相合套，有点儿"矛盾"——在"子平学"中就是"犯六冲"的关系。既曰随笔，那何必诗云子曰，引经据典？若一繁征博引，那"随笔味儿"即使不变，也要大减了。它们两"家"难以并存是真的，虽然说不上"势不两立"。

有些人一听掉书袋就摇头——也许摇头是头疼的一种"表现"？所以愿意听"随笔"二字。更多的人是嘲笑掉书袋，连大词人辛稼轩都因此而"虚心接受"了岳倦翁的"批评"，真是其来尚矣！

那么，掉书袋这"东西"就注定是坏的了？

我看也不一定。谁叫咱们中华的文化如此悠久而丰富得惊人呢？从秦火焚烧，以后的无数的浩劫，到今日的书还装满了亿兆的"袋"，则又何怪乎一不小心就"掉"进去了？

只要不是为了卖弄炫耀，在需要的时候掉它一掉，应该是

"无可厚非"，未必那么可笑甚至可怕，避之如洪水猛兽。

掉书袋，也不一定非具"形式""体例"不可，比如列出某书、某题、某册、某卷、某页……一大串，清楚明确（也用以表示"目验"而非"转贩"，其实，标明出处的转贩更多）；不具"形式""体例"的掉法儿也不胜枚举。胡适先生反对"用典"，就是反对掉书袋。但是当他自己说他当年的文学革命是"逼上梁山"，这又算不算掉书袋与用典？且不必说"梁山"一典，就说"革命"吧，如果不是汤周武很早"革"过桀纣的"命"，那胡先生自己用的"革命"一词，又从何来？难道可以说是他自创的"革新"的"白话"？

说到这个词，我想起被关在"牛棚"时，因晚上要吃药，向那位看守的"革命派"姜公申请拿药瓶儿（那是必须放在外屋，现吃现要，我屋里是任何"身外之物"不许有的）。他恶狠狠地吼道："这不是疗养所，我们是革你的命！"我听了心下暗想，原来我也与纣王有同等的身份资格，岂不大哉。

说到随笔，其实不管你如何地"随"——随时、随地、随事、随境、随想、随感……也还是不知不觉地要掉几回书袋的。小例不用多举了，我只说一句总话吧：我们中华的汉字，即大家写"随笔"用的文字，它本身就是一个特号的大书袋。你不掉进它去，那你文章怎么写成的呢？

随笔的"随"，到底是个什么意思？对不起，我这就先得一掉。

书袋是汉代大师许慎在《说文》里说了的："随，从也。"

翻译成今天的话，就是"跟着走"。好比排着队次第行进，你不能掉队，也不能挡碍后边的人走，更不能"走自己的路"——

所谓"另辟蹊径",那就不是随了。

因此，随也就有了随顺、随和的含义。

这不有点儿太"被动"了吗？不然的。据《易经》上讲，"随"乃第十七卦的卦名，震下兑上，是个吉卦。儒师的解释说，随有两重意蕴：一是让自己随从众人，二是让众人随从自己，谐和团结，都为大家的公益，而不为个人的私利。这种精神可太好了！一点儿也不是个"被动"的问题。

那么，无怪乎《易经》说是"随之时义大矣哉"了。

既然如此，则敢来写随笔的，可不是"闹着玩的"，其意义价值就值得重新估量，刮目相视了。

自己跟着人走，而又不等于"被动"，那必然就是心里明白所跟的前行者是个正确的真理正道者。这就不是甘做糊里糊涂的盲从奴役。而能使众人愿随自己而行，又必然须是你自己也是个讲真理正道的人，因为众人也不低智，即不会盲从你。

如此看来，我们的这"随"，确非"随随便便"或者"随心所欲"的小事一段，实乃"人际关系"的事，群众之间的事，亦即社会生活的一桩大事。把"随"看小了，"随笔"的市场价格也就不值大钱了。

我说这话，千万别误会，以为我是对随笔的"稿酬标准"有所不足而借题发挥，小题大做。

旧时在戏台上拉胡琴的，鼓书园子里弹弦子的，都没有福分享到今日的美称，叫作"伴奏艺术家"，只叫"随手"——梅兰芳先生的文章里就还这么用。虽说是"随"，可要紧极了，比如梅先生他若没有徐兰沅、王少卿，简直唱不了戏，更成不了名，他没有笛师马宝明，他怎么唱得出那么优美动人的《奇双会》？

有一年，尚和玉这位长靠武生大师到天津的天华景戏园去演出，一出拿手的绝活《挑滑车》，那靠把武功架势气魄就不用多说，单说那唱，是昆曲牌子，随手是唢呐小海笛，一曲《上小楼》，"遥望那杀气天高……"真是揭响入云，令人意气昂扬激越，慨慷击节而唤"奈何"！然而你别忘了那位吹唢呐的。他平时只拉胡琴，坐台的开场戏，都是他的活，那胡琴真叫无精打采，听了让人昏昏欲睡——谁知他一给尚老吹唢呐，那全副的精气神，都透出来了！那份儿精彩，使得尚老的技艺更显神威十倍。由此例（还有很多可举）可见，这"随"可不只是个简单的可有可无的"附加物"，它是一种骨肉、鱼水的关系。也由此我才懂得，中华古语"夫唱妇随"，绝不意味着妇只是个"百依百顺"的应声虫，那"随"乃是相辅相成、相得益彰的道理。而人们往往误解了真义。

人们说"随分守常"。鲁智深唱《寄生草》说"芒鞋破钵随缘化"。佛门还有一句话叫作"随喜"，也很有滋味可寻。

这实在够不上"书袋"的规格，可我已经掉了一番。虽不免为大雅方家所哂，毕竟给"随"添了点儿颜色。随笔之身价，是否能因之稍加尊崇？实在难保；但在我自己来说，则书袋虽不广不深，倒是掉过之后比原先的"水平"提高了一些：原先只以为随笔者，和"闲聊"不过五十步与百步之间耳，如今却觉得"随笔"的"随"非常重大起来了。书袋给随笔撑了腰，谁曰不然。

"笔"呢？又怎么掉法？这也大有来历，孔圣曾云："笔则笔，削则削。"也翻今日之言：该写的写；不该写的，写了也得删去。

这多么好！"随"了之后，再来"笔"之于纸，才可称为文章，而这里面也包含了削的工序，外行人，哪得知哉。

书袋本身，其实并不总是可怕可厌，可怕可厌的只是那"掉"者若是个冬烘腐儒，本来好好的书袋也被他掉得一派酸气、腐气和架子气。

若是真有能掉得风流潇洒的能手才人，那就不但不嫌他掉，还巴不得他多掉一番，也是一种"美学享受"，开心益智——我的话题范围当然还是"掉书袋的随笔"，不涉其他文体。

——可是，到哪儿去寻这种风流潇洒的"书袋随笔家"呢？我满怀虔敬，盼望能多遇到一些，盼望这些也能被认可算为一个新的"随笔流派"。

读书似水能寻脉

1954年之春末，我奉特调由成都四川大学回到北京。川大历史系老教授、诗词名家缪钺先生深怀惜别之真情，作有七律一章见赠，其中一联写道是："读书似水能寻脉，谈艺从今恐鲜（xiǎn）欢。"

他赞称我的话，实在愧难克当；但读书要能"寻脉"，却是我们两人（忘年之深契）治学上彼此的交流体会，不同于泛泛之词，俗常的套语。

读书要能寻脉，至少有两层意义：一是从一部书来看时，要理会其间的首尾章法，起伏呼应，萦回曲折，放收擒纵，开合跌宕……此为行文赏笔，明义识旨的必由之路，书中有脉，隐显无常，含露不定——是以贵在能寻，方不迷惘。

二是从多部书之间的承传演化关系而寻其脉络，识其意旨。比如说，以《红楼梦》这一部书来说，那要寻起来，其来龙去脉就太丰富了！

先说"去脉"。雪芹之书一经问世，仿、续、补、翻……之作纷纷出现，至于不可胜数（至少可列七八十种之多）！那从嘉庆初年开始，络绎不绝。迨到《镜花缘》《儿女英雄传》《老残游记》《海上花列传》这几部出名的书，没有一部不在"脉"中——李汝珍写一百名才女，是正面效颦；文康是反面"对台唱戏"大翻案；刘铁云金针暗度，遗貌取神；"海上花"揭题"列传"实实最得雪芹本怀——因为《金陵十二钗》这个题名之后面原是省去了"列传"二字的（雪芹原书写百零八位不幸女子的"列传"，十二钗仅仅是以"正钗"为代表之义）。这都分明清楚的。

但若回过头来再寻"来龙"，便更有意趣了。最早有汉代刘向，创了一部《列女传》；到晋代皇甫谧，他又撰出一部新的《列女传》。这就都是雪芹要写他自己赞美、悯惜、悼念、愤慨、悲痛的一大群"列女"的真正源头启示。

如若不信，那么请君一读清代记载戏剧演员的《燕兰小谱》吧，著者还要正式说明，其选列的人数为何是"七十二"？那是从《列女传》而来的。

中华的"七十二"，是个文化象征数字，意思是"很多很多"，不要拘认是个实数。七十二是"九"的八倍。"九"已代表多了，故"四九"三十六与"八九"七十二都运用到《水浒》里去了。四九加八九，正得百零八位——《水浒》《红楼》，皆取此义（四九、八九，共十二个九。九为阳数，十二为阴数）。

这就是中华文化的妙谛，如今能理会古代作家的文心匠意的读者也渐渐少起来了，所以对"三十六天罡，七十二地煞""十二正钗""九十六副钗"的涵义也就莫名其妙，囫囵吞下一个个的大枣罢了。

本文以"数"讲"脉"，其他可悟，所谓"隔反"之理，自不须絮繁琐琐逐一详说。

文采风流

中国的文人，有一极大的特色，无以名之，然又必须提出它来，于是就姑且叫作"文采风流"吧。但这四个字也非自创，而是向我们的伟大诗圣杜少陵请借而来的。老杜在名篇《丹青引》中，深深慨叹大艺术家曹霸的途穷日暮，潦倒风尘，因而念及这位"魏武之子孙"，想起他祖上的"英雄割据虽已矣"，而他的哲嗣文孙们，世代相承，却还是"文采风流今尚存"。这真好极了！老杜若不给我们创造这句话，我们这些凡夫俗子，能会说得出来吗？后世人们也有创新词语的，什么"明星"呀，"轰动"呀，"风头"呀……等等之类，似乎那味道就不大一样，也并不太像中国文化人的气质和口调儿，也没有什么美学境界可寻了，总之，总觉得是另外一回事了。

我常常为这些古今之变而自思自叹，莫名所以，有些惘然，有些惆怅——发一阵书呆子的闷气，而不可解释。

无可奈何了，就回过头来重温诗圣的名句，拿出自己的"看家本领"——咬文嚼字一番。

什么是文采？二字之"定义"或"界说"又是如何？我且不想去查词典，我只想"自作聪明"去"体会"。体会的结果是：在我们中国，文必有采，没有这采，就不能算是文——根本够不上文的资格！

这可真重要极了。我信服老杜给我们定下的这条"文学原理"，真正东方文化味十足饱满的高级文艺理论，而不是西方的这主义、那主义。

采，到底又是何物？是"彩"吗？还是"綵"呢？是五颜六色吗？是今日报刊上常见的"绚丽多姿"吗？再不然，就是朱脂白粉、翠黛红唇、浓妆艳抹吗？

这个"问题"可就大了。

咱们还是且别乞灵于词典，办法最好还是向老杜求教。

我于是又想起来了：他非常倾倒钦慕宋玉，深悲彼此之异代萧条，不及同世，而写出了"江山故宅空文藻，云雨荒台岂梦思"的佳句，令人击节。

那么，就有意思了——这"文藻"又是何义呢？

妙啊，这就是中华汉字语文的神奇的表现法，也就是它的魅力所在了。

我忽然又想起了《红楼梦》，众姊妹奉元春之命为大观园题诗时，李纨拟的四字匾额是什么？正是"文采风流"，诗中也说"秀水明山抱复回，风流文采胜蓬莱"。宝钗那首七律的后半，也说是"睿藻仙才盈彩笔"。

你看，这不就都巧合对榫了吗？

这似乎可以证明，到了清代，"魏武之子孙"的曹雪芹，大约对文采风流、对文藻、才藻的体会与重视，与杜少陵是一脉相承的。

宋玉何如人？登高作赋之大天才也。曹霸何如人？书画之大天才也。曹雪芹何如人？诗文书画百般艺术之大天才也。宋、杜、曹，几千年中华天才的大代表们，才真懂得什么是文采风流和文藻才情的重大蕴涵与高层境界。

中国的真正的文人，就是由这种文化体认而"酿造"出来的，所以也懂得那一蕴涵与境界。

有人或许说："我既不作赋，也不吟诗作画，我只写'大白话'的'随笔'，又何必理会那些古老的旧套陈言？随笔是时代感很强的作品，你少提些周秦汉唐的事吧。"

我想，人家的话也有理，不必因此而"各不相下"。但我还是以为，你是写现代感强的随笔的专家，到底还是一位中国的文人吧，而不是别国的人；你写的"大白话"，到底也应当是中华文化的汉字语文，而与西方拼音式语文大不相同。既然你用中华汉字撰作文学作品，那它天生就带有它独具的文采和文藻的特性特色。这个特性特色不见于你的文学作品中，它的境界与魅力——你的中国人的中国特色又由何而能有之呢？

这种文采风流，不是涂脂抹粉，搬弄"描写技巧""形容词大辞典"或大摆文人酸架子的事情，若那样理解，事情就更糟了。它是指气质气味、文化素养、文字风规、语文功力等等酿成的中国文人的品位，如果理解为只是"字眼""字面"的华丽，那么"风流"二字又当怎么讲、怎么"办"呢？

麻烦了，"风流"又是什么？西方也"古已有之"吗？

不必多扯了。只举东坡一例吧，他在词中说："大江东去，浪淘尽，千古风流人物。……江山如画，一时多少豪杰！"然后他又特意举了"三国周郎""公瑾当年"。

那么，中国文化之所谓风流，它的蕴涵与境界又是什么？咱们各人自己寻味回答吧。

写随笔，也需要"文采风流"，光是"大白话"总觉那可能是一种美中不足，不能不有歉然于怀的微憾。

自从胡适先生倡导"白话文"，"话"倒是都"白"起来了，可中国特色的"文"——真够我们中华传统观念品级的"文"，却日益减少了。连篇累牍、噜里噜苏的"白话"，包括文学和文件，一篇下来就可以"汗牛"了，费却很大精力时间，读罢之后，只觉其"白"，而无复其"文"之丝毫意味。"采"与"风流"呢？那你更莫讲了——讲了要让人视为"倒退"。胡先生在文化上是受西方影响太深的人，他不仅全力倡"白"反"文"，而且实际是主张以西方文化"改造""重塑"咱们中华文化的一位大学者。如果他见我这样子谈论"随笔"的话，他一定会表示，"文采""文藻"是中国老古董，这些坛坛罐罐，久在应该砸碎之列了——我不过是个落后于时代的大书呆而已。因此我这篇拙文，虽然也是"白话"，到底也是不足为训的，以备列于"反面教材"可也。

对待书的方法和态度

我们中国人，一提起书来，讲究就大了。对书如何以待之？办法多，方式多，态度也"多"，此"多"即各不相同之意。这几多，单从我们汉字用语遣词也能略见一斑。

比如，现今的写作撰著的人，往往自称为"笔者"，而把那些来看他的书的人，称作"读者"。为什么？不是自古以来就说"读书"嘛，这还用多说？

可是，你忘了想上一想：为什么明清时代的无数的小说里，都对你称呼"看官"而不曾叫过一声"读官"？请回答。

这可就说明一个"问题"：读和看有所不同，分别有界，未可混叫一气。

于是，一连串的"问题"也来了：

史可法写过一副草书对联，道是："斗酒纵观廿一史，炉香静对十三经"。对呀！还有一个"观"呢，不是又说"观书"吗？

在小说里，作者尊称"读者"叫"看官"，而批点家序跋家则不能那么办，而是说成"阅者"如何如何，比如"阅者着眼！""阅者当自得之"等等。这不，又来了一个"阅"字？

还有吗？当然有，多的是——览书，诵书，念书。大概还有，不过我一时想不全了而已。

那么，可以证明我说咱们中国对待书的讲究可大了，不像英美的"老外"只会说一个read。

要问咱们的读、看、阅、览、观、诵……其彼此间的分合异同是怎么样的？这可就得找文字学专家去请教，不能信口胡言。我呢，不敢冒充专家学者，倒也有一种妙法自问自解——聊以暂代正解，姑作揣测之言：

看，最"一般化"了，粗看，细看，深看，浅看，翻翻看，挑着看，解解闷儿看……谁也没法"考定"它的实际的"力度"和"心度"。

阅，也是看嘛——可又有点儿不同，比如你写个"报告"或"呈文"，你的上级要做批示，他时常写上一个"阅"或"已阅"。考试了，考生的卷子缴了要等待"阅卷"判分数；旧时科举，谁来判卷，那皇家特命的看卷子的，叫"阅卷官"。由此可见，阅字含有自上对下的语气和"态度"，很是明显。

不过，现时图书馆一类地方挂有"阅览室"牌子的"阅"，大约没想到旧例，再不然是个客气的词。总之，用"阅"要小心些，比如我的一个侄儿，对我很尊敬，他回我书信时，往往写出"来信已阅"的句子。他所受的学校教育，一点儿也没让他知道那样对叔叔说话是不大对头了。但我没法怪他。

览，这字有点儿妙，得费几句话。

在传统文化礼貌上举例子好了，比如"览""鉴"本来意思都是以目察物，可是长辈给晚辈写信时，上款是"××侄、世兄、贤契……览"。而晚辈给长辈的信上款则是"××大人尊鉴"。这览鉴二字若掉了过儿，便成了大笑话。

于是，我又重新琢磨"阅览室"的用语，究竟是哪一"辈分"的语气？闹不清了。

览可不简单。君不见诗圣杜子美说的："会当凌绝顶，一览众山小。"这览是站在高峰处而总括观察的语式与气魄，兼有高度与广度，非同小可。所以，敢说"览书"之人不多。"一揽子"这句俗话，可以帮助你体会"览"字的分量。

观又如何？史公那对联用"纵观"，固然是因为此处必须平声（而上举诸字皆仄声也）；但他于史书才用纵用观，也并非无所表意，试想一部二十一史而从头到尾通看它一番，这种目光识力便非同（用）一个"观"不行了。观，不同于琐琐细细，只在若干末节上着眼，这个意味也就透出来了。

诵，念，都是中国学童口耳并用的民族传统。但也要懂得：诵有恭敬的语味，比如你写信给你尊重的人，方说"大札诵悉"，而你对你的学生晚辈切不可这么讲话，"念书"本指出声诵书，但实际上我们说的"念几年级了？""念初中了""只念过三年私塾"等等，并非真指"高声朗诵"，不过是说"上"了几年"学"。然而，"念"字却一直沿用，何也？

这其中有一番大道理，却被"白话"的主张者们完全忽视了。中华典籍，汉字为主，汉字最大特点是极重声调韵律，句法的构成，文字的选择，美学上的优劣，无不以音调为最重要的决定因素，所以琅琅上口，不诵不念是体会不出那语言之大美的。而且，这念诵也是学子熟记不忘的大好方法。古时读书人没有不能背诵如流的——而现在呢？

都说过了几句之后，这才落到"读"。

读，又与上列那些字有何异同？"读书"已经成了最普通的话了，但怎么才算是真正的"读"？未必人人答得出。

还是不查词典，只请古代大诗人来帮忙。老杜说："读书破万卷，下笔如有神。"请看看那个"破"字，方觉"读"是怎样的一番功夫！还可以举孔圣人读《易》，是"韦编三绝"——把贯缀竹简的皮革绳条读断了三次！这可真是那"破"字的最好注脚。

可知，随便拿起一本书，翻翻看看，便管这叫作什么"读书"，那做一个"读书人"也太容易了。

"读书人"，我们中华传统最珍重的一个名目和资格。这不是指凡"拿着书在阅览"的便能够都是个读书人，这名称的内涵是非常丰富深厚的——它和今日说的"知识分子"并不全然一样。

怎么才算"读"？我想应当是反复地细"念"才是真够上"读"的本义，比如有句话："再三则渎"，渎有重复义在内；读字也如此，但原从"言"字偏旁，所以这个字是"反复地（再三地）出声念书"。这也正是古人读书是"破"是"绝"的道理了。

书是要"读"，这没错儿。但别忘了咱们是中国人，读中国书有自己的"读统"（读书传统方法）。别一切都照西方的办法。

小说可以只是"看"，用不着观、览、诵、念，也用不着"读"，但是书不都是那些小说，好书、重要的典籍，千载流传脍炙人口的诗赋骈散名篇杰作，则非"读"不可，这是咱们中国人的一个祖传的基本方法和对待书的态度。

读书与治学

我是带着自愧的心情而写下这个题目的，因为这好像我就是个读书治学的人了，其实却不是那么回事；而来访的问学之士每每以此为题而下问，以为我可以谈些心得经验，这就使我深感惭愧。我若和真正读书治学的前辈相比，那简直差得太远、太不够格了。这读书治学得讲真的，怎么冒充得了呢？只有不知愧作为何物者才敢冒充什么学者。

然而又因我常问而不答，人又说是"谦虚"，甚则疑为不肯待人以诚。这么一来，只好姑且就我们一辈人的水准来"卑之无甚高论"一回，聊备参采吧。

理一理平生的"脾性"，也有几个特点，或许能从中看到一些问题与得失利弊。

第一是我读大学时所走的"路子"。大学时我读的是西语系（今日外文系），因此强烈感到中西文化的差异，这使我明白：了解与研究自己的（即中华的）一切，必须尊重自己的特点、特色，而绝不可以盲目地引用一些洋的模式来"硬套"，否则，那将会是一个极危险的歪曲或"消灭"自己的做法。外来的、新鲜的、好的（正确的），应该借鉴，而"借鉴"绝不能与"硬搬"划上等号，不然，"借鉴"就变成了"取代"，那是很可怕的也很可悲的。

第二是我喜欢用广角度、大视野来观照事物。当然，那所谓"广"与"大"，也还只能是个人一己之学力识力所能达到的（自以为的）"广"与"大"，这种"广"与"大"实际是要随着自己的学识水平而不断向高处逐步提升拓展的。这就是说，我并非不注重把具体的事物本身弄个清楚（哪怕一个字义，一个典故……），但我更注意不要停留在这个"就事论事"的基础上，应当进而寻究它的更深远丰厚的历史文化意蕴。我觉得只有这样，读书治学，才有真意味，否则就是支离破碎，一堆"破烂儿"，好像很"渊博"，可实际上难成"气候"。

这样，我就总爱把主题放到大的历史社会文化背景中去了解它——然后才谈得上真正"理解"，而不是盲人叩槃，瞎子摸象，全不是那么回事。

第三是我总对事物之间的相互关系甚感兴趣，因为我觉得天下任何事物都不是孤立而"自足"的，任何事物都有它的来龙去脉与"三亲六故"，对这些都需了解，而绝不是什么"枝蔓""累赘"和"繁琐考证"。把主题孤立起来，拒绝和嘲讽人家仔细寻察各种关系，这样的"批评家"的意见，总是令我感到他可能是太浅太简太"显"了些，缺乏足够的必需营养。

由于以上三点，我的读书就犯了一个"杂"字的毛病。

我这个"杂"，真是杂乱无章，遇上什么读什么，没有太多的选择余地——因为自己一生清寒，没钱买那成帮大套的必备之典籍，只是凭机会拣些零本，带着极大的偶然性。这样，手边的书少得可怜，也就杂得可笑起来。这本来"不足为训"，更没有以此为"荣"的情理。但这样属然也有些"好处"，就是原来以为与自己的研究主题"无"关的书，却发现并非无关，甚至大大"有"关；如非杂读，那么就绝不会去选着它去读了。从此，大致悟及一个道理：读书给自己划一个太严太狭的圈子，并不一定即是良策。

这大约就触及了人们常说的问题：是"专"好？还是"博"好？

这样提问时，已经将专、博二者对立起来了，实际未必那么"敌对"。"由博返约"，也许就是指"先博后专"之意。换言之，倘不博，又何所谓专？比如我研究《红楼梦》，主题既然确立不移，那就只抱着一部小说或几本"有关"《红楼梦》的书，别的一概不睬，那就叫"专"吗？但有些人以为"杂"就是"博"，实则二者大有分别。博有二义：一是就研究与主题所有有关之书都遍览无遗，二是不限此一主题，范围大得多，几乎"无书不读"。这就不是"杂"所能企及的了。杂之与博，恐怕连小巫大巫之比也够不上。杂的特点是：所读的往往是"不登大雅之堂"的闲书，"不成气候"的小著，而鸿篇名著，却"往后靠"了。

在前清科举时，八股"时艺"以外的书都叫作"杂学"，所以贾宝玉被视为"每日家杂学旁收的"，可见"杂"自古含有"不正规""不正统"的意思。

这种读书法，焉能向人"推荐"？但我提到它，也有一点用意，就是此一杂读法却也培养了我的一个"本领"：能够触类旁通，看出事物之间的各种关联钩互。久而久之，自己头脑里储存的"插电门儿"很多，在杂读之际，随时随地都有合卯对榫的"插销"自己插通了"电流"——便领悟了许多意外的道理，觉得颇有"左右逢源"之乐。而且，自己愈积累，那能接通的"插销"就会愈多，读书时就愈有收获。

这儿需要补充一点。这种"通电"的心得与快乐，也不尽为"守株待兔"式的消极怠惰式，还要培养积极主动的"搜索精神"，又还要培养自己的敏锐性。钝觉的人，即便要寻的"东西"明摆在眼前，也不识不知，结果什么都"失之交臂"——以无心得收获而"告终"。

由此又引出一个问题："插销"与"插电门儿"既非天生地就能多，而是靠后天培养积储，那么很显然：多么有用的书对你来说，初读时的"通电"肯定不会太多，待到你经过了培储之后，重读时就会发现比初读时多几倍的收益。"好书不厌百回读"，不单指"欣赏"，而是多读一遍即多悟一番，多获一次。

浅尝辄止，一知半解，似通非通——便自以为是，觉得"天下之美尽在于己"了，论什么事都拿那个"自以为是"的小尺码去衡量"鉴定"。以此为读书治学的态度，世上是不乏其例的，我们务宜引以为戒。

读书的名言也不少。常被人提起的，如陶渊明的"不求甚解"，有人以为是"马马虎虎"，其实陶公"奇文共欣赏，疑义相与析"，那实在是十分认真的，所以他才能够每有"会心"，便"欣然忘食"。大诗人杜子美说："读书难字过"，有人也以为"过"就是"放过去"，不管它；其实"过"是把它弄明白的意思（记不清哪本书里，记某人读书"有一字不过"，亦必寻究清楚而后止。可见"过"是"懂"的古语）。

书是人作的，人的脾性、处境、笔调……各各不同，有的"大白话"，直来直往，有的则曲笔微词，行间字里，弦外之音。如"一视同仁"，不知寻绎，昧于中华文字的各种特点，没有领悟体会前人著述的种种特殊背景与行文措词的苦心匠意，那也会是"白读"了一阵子，囫囵吞了个大枣而已。

读书治学，原无什么"秘诀""捷径"可言，各人谈谈各人的经验与看法，是由于各人的天资、环境、条件、机缘……各个不同而各就其一面的特殊情况而略作介绍，供人参考，如此而已，这并非什么"定法"与"奥秘"，但有一点是永恒普遍的真理：读书治清学，所为何事？要弄清楚。如果不是为了寻求真理，心境不是纯真高洁，而一心是为了找一个"终南捷径"，抓个"热门"题目，躁进浮夸，假学卑识，只为捞取个人的名位利禄，那就是另外一回事，与真正的学术没有共同之处。为学要诚，用心要洁，品格要高，虽不能止，也必须"高山仰止，景行行止"。

艺术古今杂话

艺术是什么？人皆答曰：就是除了文学不算，诸如书画、音乐、表演、歌舞、雕塑、建筑以及各种美术品的制作，等等，都是艺术。

这答得实在不错。但这是罗列艺术的品种项目，是"开单子"。若问"艺术"本身到底何义？那就又得重新"考证"一番才行。

有人说了：现今谈艺术，还是少搬老古董，应以外洋的定义为合乎时代所宜所需，所以不如先查查洋文为上策。

有理。于是我找了英语词典，查那个art（英文：艺术）一字，因为心中觉得似乎通常人们说"艺术"，就与art无别。

一查之下，茅塞顿开。原来art有三义：一曰凡非天然所成之物，皆属art。二曰art者，美的创造是也。三曰art指智谋机巧的心思与行为，甚至可以包括机诈之义在内——非好事了。

咱们且把第三解置而弗论，以免引惹麻烦。只看那前二解，确乎是和"艺术"这个中国词语携手同行了。

茅塞开了之后，意犹未尽，心还是不踏实——因为我们要讲的是咱中华语文；数典忘祖，一味乞灵于人家的观念识解，未必即是绝时的上策，不是讲究要把中国特色、历史传统、时代精神相结合吗？那么除了查"英"语词典，也还是该查一回"中"文词典——大概这也就够不上"抱残守缺"的条款了吧。

一查之下，吃惊不小。这回不只是"茅塞"的开闭问题了，就连原先自以为很懂得的"不成问题"的常识，也觉得都大"成"问题。

原来，我们几千年的祖先们对"艺术"的认识与态度，估价与要求，都自有"本钱"，无待乞求借贷。据引证，在汉代一次检校国家藏书时，从经史一直列举下去，后面是"诸子百家、艺术"，而《后汉书》的注，明确解说道："艺：书、数、射、驭。术：医、方、卜、筮。"

这下子，才觉得我这个中国人对自己的"艺术"并不懂得，它与art并不密合无间，自己很"震动"。

咱们的"艺术"包括着art，但又比art范围更广，内涵更丰。

稍一细思，汉代的艺，就是孔门身通六艺者七十二大贤的六项中的后四项——只不提礼、乐二者。其中书是"艺"了，而"数"呢，到今天已不叫"艺"了，是科学了。至于"射""驭"，那叫武术，现今应归体育或军事训练吧？总之不是"艺"的范畴。

术呢，那就更妙。今天的人把那四项叫作科学和迷信了——以为两者相互反对，怎么也拉不到一块儿去——把算命先生和医师大夫弄得平起平坐，什么话呢？

于是，批评自己祖宗的"不科学""落后""愚昧"……就又找着新理由了。

更为"严重"的是：从那汉代一直到清代，陈梦雷编撰《图书集成》，其中有"艺术典"一目，观其内容，恰恰就是包括着那些汉代列举的项目。

随笔不可变成"论文"，咱们还讲那六艺——因为那儿还有"礼"和"乐"，这可太重要呢。

依在下看来，礼和乐才真是中国的真艺术。汉代人不敢列，恐怕是认为那品位太高，应当"另论"吧？

以为礼就是作揖、打躬、跪拜、洋式握手？虽非弄错，也走了味儿。礼是一种"排场""典仪"。它到今天也没"消灭"或"打倒"——"隆重开幕"就是"礼"。你看"世乒赛"开幕那得费多大事?! 没有这，不成"局面"，何况"体统"？可见礼之为用大矣哉。

正因礼是人类社会生活的一大创造与实践，这就由礼而产生了种种的"艺术"！

装扮、表演、程序、组织、威仪、卤簿、乐舞、歌唱……几乎所有今之所谓"艺术"者，都是在那个"礼"中孕育、生发、进展、演化起来的，而不是"开玩笑""凑热闹"的勾当。

所以，中国的艺术本来就是严肃的，隆重的，富丽的，有气魄气象的。

不待说，那种礼也是高雅的，有文化教养的，不是下流媚俗的逗乐和闹剧。

比如就拿戏剧说，有学者认为演戏是由巫师的表演发生的。这与我说的礼并不矛盾，倒真是"一回事"，因为巫之降神敬神恰就是一种礼仪典式。由这儿又可悟知：中华的哲思是"天人合一"，所以礼乐也不单为了"人"自己，还为人天共享，那礼乐总是一种人天的协作交流——你只要看中国人过年的大除夕，那是典型的人天共乐的大典礼，一切装饰、仪式、行动，都是美好喜庆的礼的艺术。

民俗是艺术的源泉，正因民俗本身都是一种礼的表达表现。你看看中国百姓自己"操办"的社火、傩戏、迎神、赛会，你就明白我的话了。

在中国古代，无论宫中还是民间，礼乐是大艺术，大举措，大场面，大欢喜。中国人爱礼，即爱艺术之故。中国人重庆典、喜礼、丧仪，也即因为这都实际上变成了各种艺术的综合扮演，逞才献艺的高手能人，都在那里面，真是藏龙卧虎。

当然，这些好手是"演员"（只不叫"明星"等等现代西方名称），可是你别忘了那儿还有一个极关重要的人，雅称也许是叫"司仪"——其实民间并没这种"学生腔""官样话"。他是个安排、布置、管理、指挥的首领。没有他，事如乱麻，"礼"就乱成一团糟；有了他真是头头是道，井然秩然，而且能使各就其位的人员各显其精彩！

但中国人对"指挥"的观念与"理想"也不同于西洋乐队那种样式——那指挥的地位最显著，只见他不停地扇动膀子。中国礼中的指挥不然：不内行的几乎看不见他——他绝不显山露水，"凌驾"于众人之"上"，他只"暗暗地"操持——又简直是"行所无事"，一点儿也不大呼小叫，咋咋呼呼，像煞有介事。他安详稳健，自如自在，与"紧张""兴奋"不相干涉。——这，请"参考"京剧的鼓师的风度吧。

他不"表演",却是一员最要紧最高级的"演员",我不知我国是否有专家肯来把他作为研究的专题对象？这是一笔绝大的艺术财富，似乎非常需要"抢救"——抢救各种礼仪中的如何布置以至指挥的"司仪"艺术家的学识、经验、才能、理论以及他腹中贮存的"不见经传"的文献宝库！这其实是中国艺术的一大命脉，中国艺术讲功夫，讲造诣，讲精彩，讲境界——讲"绝活儿"。这不单是什么舞台上的风头十足的表演者如是，民间的"耍手艺的""卖艺的"，都是如此。君不见庄子早给我们讲了的：庖丁解牛，轮扁做车，那简直不但绝了，也是神了！——功夫精纯到了极高的境界，就会"出神入化"，这是丝毫不玄虚的，哪行都有这样的造诣。

中国艺人一向须有艺德艺品，在艺界方能立足行业。胡作非为是不允许的。艺人也须有自尊与自重的美德。唐代琵琶大师昆仑艺诣人不可及，有一人不服气，要与他"唱对台"，结果"卖座"失败了，反而甘愿拜人家为师——大师说：你把你原来自以为了不起的那一套都彻底丢到"垃圾箱"里去，三年以后再来跟我学。

艺术的事最难了，有高下，有雅俗，有优劣，有巧拙，有精粗……要有自知之明，人上有人，艺上有艺，须服气别人比自己高明得多。

但如何分辨高下以至精粗？眼光、"心光"就不同了，分歧了，争论了——坏人还跟着主子打太平拳，张口也骂街了。种种怪事出来了。所以中国素重艺品艺德，光是艺高于人而品卑德缺，并不能赢得人的敬重，这道理不难明白。但是怎么才能使人的艺高品也高呢？

这离不开"教养"二字。

在中国古代，礼乐本来也就是为了教养人的。教养人的礼乐，必是高超的艺术，它才能起到教养的作用。换言之，艺术家、艺术工作者本身先得有足够的教养，他才能有教养别人的能力和资格。

常见书里有这样的语式，"技也，而进乎道矣"，大约古人总以为道高艺低。其实艺即道，道亦艺，不可分也。

"艺"，是简字，原本作上"艹"中"埶"下"云"，本来是"种植"的意思。这就又妙又重要。

种植是什么？就是培养，使所植之物得遂其生，发育荣茂。这就是一种道。

还要懂得：艺特指精细的种养功夫技能，比如种蔬菜细果的，几乎要逐棵逐叶地去修治培溉（民语曰"颗把儿"，以别于种大田粗粮的）。由此须悟：学艺是个最要下精细功夫的事情，粗疏慵陋，又哪儿来的"艺"？

至于"术"，原是"行"中夹"术"的，那字义就是道路，正好，"技也，而进乎道矣"，也应在这个字上。方、术、技、艺，其理大同，造其精诣时，都能像得道的神人仙人一般，这也不是什么"迷信"，凡是艺术能称大师的，哪个不是真得了艺术之道而具有了常人所不及的"神通"和"道行"呢？

这些道理，咱们中国书里都有，非我杜撰生造。只有光去查洋文字典而单抱着art以为天经地义的人，听我这些老生之常谈，倒反会觉得稀奇甚至荒谬吧？

八旗文赞

弘观北京文化的历史构成，自然不能忘掉周武王封召公的故事，不能忘掉燕太子丹与荆轲的故事，但也不能忘掉清代八旗满洲对北京文化的贡献——这贡献非常巨大且极富特色，没有了这一因素，则北京文化不会是三四百年来的这个样子。

文化，那所包自然是百般百样的方面和层次，若单就"文"来讲，那也不像是我们常见的文学史那样，对清代八旗文学只会说出三个人：纳兰性德的词，曹雪芹的《红楼梦》，文康的《儿女英雄传》。别的呢？都"没了"。那么"丰富多彩""绚丽多姿"（今日常见之用语也），都给"化"了——不是有意抹杀，实乃视而不见，见而不悟，一概忽视甚至轻视之故，也许根本就没去检看检看研究研究。

满族最后出大名的作家，还有一个老舍。真够"北京味"的小说或文艺，我看也还得倚靠八旗世家的"不肖子弟"来给我们写作，别人硬充内行必然要"露怯"。再拿民间曲艺来说，一般人唱八角鼓，是没那特色的，满不对劲，梅花大鼓也不例外。京戏呢，四大名旦中，除梅大王是江苏原籍外，程、尚都是旗家子弟；程是内务府（即曹雪芹那样的家世身份），尚是尚可喜的后代，汉军中封平南王者也，所以尚小云画上盖的印是"平南后裔"四字印文。此外那些旗家没落后玩票而"下海"卖艺为生的，简直不可胜计。这一切说明：他们是"一种"特别富有文艺天才的人群，出类拔萃，精彩辈出。忽视和轻视了他们，那想谈北京文化文史的雄心壮志，就不免"才大而志疏"了。

满族人原先因处于边荒地带，其生产与文化状况比之中原自是大为落后，但自"入关"后，他们却紧追急赶上来，焕发了异彩。皇室中从顺治、康熙起，他二人的苦读苦学的顽强而敏慧的事迹，当时西洋传教士多有记述。这种酷爱汉文学的精神，感染了整个"八旗世界"，从那里起，皇旗中便不断出现了造诣极高的诗人。这一派诗人，与汉族的，特别是"江南才子"式的诗人很不"雷同"。郑板桥对紫琼道人、慎郡王佩服极了，王子赠诗云："欲寄一枝嗟道远，露寒风冷到如今"（题画兰句），曾铸刻成为一枚大铜币。一面草书，一面兰叶，真乃奇品。乾隆帝"日理万机"之余，一生还作了几万首诗，过去为人讥笑，说是中国"最坏"的诗！我看这太不公平。骂骂早已经"晏驾"的皇帝，自然"很安全"，而且显得很"进步"，但乾隆的诗自有其丰富的文史价值，不是轻薄者所能一笔勾掉的。八旗中还有一大批"旗人隐士诗人"，如鹰青山人李锴等，当时即身价甚重。宗室中诗人更多——今日却只有敦敏、敦诚为人常提，却是沾了曹雪芹的光，不然也早"与草木同朽"了吧？

亲郡王中，以乾隆第五子永琪这一门最为了不起。永琪是康熙朝以后的又一奇才，他超高度颖慧，于天下百般的技艺学识几乎无所不通，特精于文学，是乾隆内定的传位人。可惜因嗜学甚，体弱早亡了——不然，清代的历史也许与嘉庆、道光以来的情形会大有差异！永琪的后代又一奇才就是有名的荣贝勒奕绘了，他十几岁作得极好的诗词，还有一首世人罕知的题《石头记》的重要七律。他的侧室西林春（假名顾太清），是清代第一流女词人。他们二人的故事，值得写一部小说或电影剧本——因为这故事还与《红楼梦》有极其微妙曲折的关系。我觉得，写这些历史文化人物，比总是什么"末代皇帝"要换耳目，而且也大有文化意义。

附带说一声，1984年12月，我到前苏联列宁格勒（今更名圣彼得堡）去考察《石头记》钞本，他们的汉学家对我说，他们还收藏着大批满文的珍宝，包括历史档案和文学作品，而因没有满文人才，等于放置无用，深为可惜。我听了，十分慨叹。难道我们不可以快想想办法来挽救这些珍贵的文献吗？

漫话"工具书"

有一个常见的问题是："读什么书最好？"这好比你劈头就问一个医师："我吃什么药最好？"他只能反问你："你有什么病？"这只能成为笑谈。不过，若有人问找，我倒愿意回答："建议你不妨读一两部好字典、好词典。"你听了也许会惊疑诧异：怎么放着百种千种书不让人读，却劝人去读工具书？工具书是查找检寻用的，怎么读得？

我的意思是说，作为现代人，有志于参加振兴中华这个宏伟事业的人，首先要有足够的文化水平和文化素养，而欲达此目的，必须先过"语文关"才行，一两部真正好的字典、辞书，会使你获得无穷的教益，你会发现中华民族几千年来无数语文大师（不要认为这仅指"教授"，实在是包括着普通人民、各行各业有智慧才能的代表人物）所创造积累的语文财富是如此惊人地丰富雄厚，而自己的那一点点"语文知识""语汇库存"与"表达能力"是如此惊人地贫乏、可怜。

如果你肯找一部"旧"辞典，汉字都按"部首"（俗语"偏旁"）排列，你会十二分惊奇地发现我们祖先是一些何等超凡的语文大师，他们也都是高级诗人！你如不信，请你想一想：我们形容山就有崔嵬、嵯峨、崚嶒、岩峣、嶙峋、崒嵂……我们形容水就有潋滟、沦涟、溟漾、澎湃、汹涌、顈洞……你到西文字典里去查，可有一一"对应"的可译之词语？

由于篇幅所限，我只能用这般最简单的举例法来说明问题的一个小小的侧面。实际上，只要你自己会运用，读一两部好字典、辞书的收获，绝不限于语文知识这个方面——语文的"背后"或"深处"，蕴涵着的还有说不尽的知识文化宝藏。

我很不喜欢"工具书"这个名目。它本身带有轻视知识文化修养的狂妄气味，要说"工具"，那大学教授也是你求学立业的"工具人"了？怎能用这种轻薄的名目来看待那种积历代万人智慧创造于一帙的文化宝库？我要说，该对这个轻薄的名目产生反感，然后自然能越来越多地知道字典词典的价值和意义。

宋代大学者大诗人杨万里（诚斋）有个特别的习惯：无事爱读"韵书"。韵书是什么？就是一种按"韵部"编排的字典、辞典，就是古人的"工具书"。诚斋诗人为什么单爱读它？因为他从中获得了很大的教益。他的诗，写得那般生动、灵活、多变、新奇……与爱读韵书不无关系。我相信，杨诚斋是不会把他钟爱的韵书叫作什么"工具书"的。

有鉴于此，我上文说的那句"古人的工具书"的话，实在应该"自我检讨"。

诗文化

我们的成语啦，很有一些是由打诗篇的名句采撷而来的，比如"司空见惯"出唐人诗，"满城风雨"出宋人句，这是人们熟知的了。再如"明日黄花""旧雨今雨""暮云春树""更上层楼""落花流水"……那更是举之难尽。你要想用得妥帖恰切，就得知道那些原篇原句，明白诗人的原意以及后人的推衍运用的艺术。所以当有人称赞我们中华是"诗的国度"时，确实值得自豪。但如果能在自豪的同时，还愿意多读些名篇佳句，用以丰富自己的"脑界"，提高文化素养，增强表达能力，那就更好了。诗史化，这是个十分重要的课题。

诗在我国，地位很是特殊。在古时，你若写出一句好诗，也能传为佳话美谈，甚至演成有趣的故事，作者由此获得非常风雅别致的光荣称号或者绰号。"旗亭赌唱"的那段佳话，说的就是唐代三位诗人在那里听歌伎唱诗，头两首，唱的正是其中两位诗人的得意之篇，因此大为骄傲。第三位便说：下一首唱的若不是我的，我就再不作诗！三人打了赌。等歌伎再一啭喉发音吐字时，果然就是那第三位诗人的名作，于是三人拊掌大笑。

这样的故事，如果谁听了一点也不感兴趣，丝毫引不起什么感触和思量，我看就应当进"文化医院"找大夫去看看脉了。作为有点文化的中国人，听听唐代的诗风是那样子，于此而无动于衷，那"问题"可就不小了哇。

由作诗讨求遣词选字而形成的典故，比如"推敲"，这个词语，简直早成了"俗"话，一点儿"雅"意也不必再去追根寻究了！你细想想，这事有无意味？世界上哪个民族国家，他们"辞典"里有这种"类型"和"性质"的词语呢？这是"小事一段"吗？君特未之思耳。

我说的诗，当然是广义的，中华词典实际也是诗的多变的形式。"山抹微云"秦学士，"晓风残月"柳屯田，"郑樱桃"，"贺梅子"……皆因一诗一句而得美名，千古脍炙人口！请问：我们中华的这种诗文化的传统——在群众间极为深厚的喜爱崇拜的传统，是好事，还是坏事？世界上又哪些民族国家有之？

然而，这种美好的宝贵的诗文化传统，后来好像消失了——如今我再也没听说哪位诗家获得了类似昔贤那样的动人而脍炙的美号或美名。此则何耶？——何耶？

不管你听着顺耳不顺耳，我要不太委婉地说一句：中华的传统的诗文化，衰落了——严重地衰落了！

津门一向盛行的、深受群众欢迎喜爱的大鼓书，我早说过，那不可与"故事""戏剧"混了，那是抒情诗。可如今听说这门中华传统曲艺已处于困境，年轻一代，没人爱听了。恕我唐突一句：所谓没人爱听，实际上是听不懂了，领略不到任何滋味了，亦即对祖国诗文化的最通俗（文人目之为"俚俗"）的形式体裁，也没有一点接受和感受的能力了！

这事情，严重不严重？可忧不可忧？

我们现在都知道必须大力弘扬中华文化了，这是一个根本的立国之大计。但中华文化在哪里？她什么样子？引导启牖我们的青年一代以及更下一代来认识认识吧，主其事者要费大力气想想问题、做做工作了，再缓不得了。

中华的诗，由中华语文的本身特点而产生了四声平仄的艺术规律。一句俗话，"张王李赵""锅盆碗灶"……全都自然符合这个中华语文内在具有的非常独特而美妙的音韵规律，谁要认为这是"文人墨客"的"习气"，那他糊涂到家了！可是现今报纸杂志，文章标个题目，爱用个五言七言句——意思是想模仿一下"诗句"，但千百例中，只偶有一两个是懂四声平仄，符合中华诗文化的艺术规律的！我每一读此种，那份儿别扭感，就甭提了！

举个例子，某片取名曰"白门秋柳"，好极了，懂平仄声调，念起来忒好听，也格外有味。又某片取名曰"江南明珠"，这就坏了，四个皆系平声字，懂语文规律的绝不会如此措词用字的。不过这一例中"江""珠"是阴平，"南""明"是阳平，还没有严重到四字一声。不料近日果然看到故乡报上有一片名，四个字都是阴平，这可太难听了！

撰四字名目，符合了平仄规律，它就受听了，它就对味。有人于此钝觉得很，一点儿也分辨不出哪个对，哪个有毛病。马克思说人要欣赏乐曲，得有一"音乐耳"。这音乐耳，牛是没有的，所以才出来"对牛弹琴"这个俗语。但是人毕竟与牛不同，有天生就音乐耳极敏锐高级的，有的差些，但差些的还是可以后

天培养，逐步提高，

中华诗文化，几千年了，难道忍心由我们这一代任其断绝？四声平仄，一不神秘，二不复杂，经人指点指点，就通了。过去凡是读书识字的，过不去这一"关"的可说没有，都能作诗——诗不甚高，起码合律。这可证明并非难事。

中华诗文化与中华语文的声韵特点，是绝对分割不开的。我愿有心之士，有识之人，为中华诗文化"续命"。这是弘扬中华文化的一大功德，一大要事。

文之思

为什么要写文？答案可以有很多很多。

为什么答案很多？因为因人而异，因时而异，因势而异，因境而异……

文以载道，文以见意，文以表志，文以寄怀，文以遣兴，文以会友，文以自娱，文以传情，文以致礼，文以应世，文以媚俗……哎哟哟，可真是五光十色，举之难尽。

若到了哲学理论家那里，那么一分析，一综合，大约就总结出两条来了。

哪两条？一曰为人，二曰为己。

就从打这儿，就出来麻烦了。

写文而不为人，是为自私，谁爱看你那自私的文？写文而不为己，是为架空，谁爱看你那"遁形逃质""缺灵少性"的不见真心真情的文？

如此看来，两头都得管顾着，得有"双管齐下"的本领或

"神通"才行。这可太难了。

所以，弄笔之人，总应该掂量自家的才力。学艺的还得讲究"手、眼、身、法、步"，学文的又懂哪几条"歌诀"呢？

这么一想时，真是心虚胆怯，自己拿起一支笔在纸上画些字句，就叫"文"吗？

文也得有"凭值"。虽然就在今世这种"洛阳纸贵，中州文贱"之时势下，写一千字也须"付酬"呢，岂不自量？

圣人早就叹息了："觚不觚，觚哉觚哉！"咱们"非圣人"，不妨向他老人家学习，东施效颦，而发一警世之言——

"文不文，文哉文哉！"

所以，轻易言文，即胆子太大而近乎"妄"矣。

"文以载道"，硬说它不对，是"弄左性"，因为反对这个命题主张的人，他自己写文时也还是为了载他自己的"道"——只不过他的道与他批评的人家的道是"道不同，不相为谋"就是了，用反对人家的道来载自己的道，就大言"文不载道"，那行吗？

要"载道"了，却又要先问了：载道，是为人，是为己？

似乎很好答——既载道，道总是大道正道好道，济世裕民，当然是为人的。

但是，思路一转，就"柳暗花明又一村"起来，他那道自以为是大道正道好道的，实际不如他所自拟自料，而是错了的坏事而害民祸国之道，那么事实就证明他不是真的为人，而是为己——为了宣扬自以为是的"私道"。不是为己又是什么？

所以，"文以载道"这四个字斤两太重，不宜轻言妄动。

于是，聪明之士就不再去考虑什么道不道了，且自谈文为妥为妙。

"非道"之文，在今日似乎就是"随笔""漫话""浅谈""戏说"之类的"文章"或"作品"了。似乎"杂文"较为特殊，多少还要载一点点道的。"散文"呢？好像那是更远些吧？我妄揣浅解如此。

提起"散文"一词，我又觉得它很有趣，也不可解。

文怎么叫"散"？"谁也不挨谁"？堆在一起漫无组织章法义理？

恐怕不是这个意思。

我忽悟及：原来我们历史上有"骈、散"二体，齐名并存的。"散"者，乃相对于"骈俪"即"四六（对句）文"而立名见称的。

于是，所谓"八大家"式的"古文"，其实就是唐时宋世的"散文"。散者，不对句配辞罢了。

那时候，骈文就没了吗？非也。比如打开《古文观止》，不是也收有王勃才子的《滕王阁序》吗？那脍炙千载人口的"落霞与孤鹜齐飞，秋水共长天一色"的名句，不是一种永恒的文之大美吗？

这种文，今世似乎早已绝迹灭种了。

奇怪的是，早没有了骈文，可还管这些毫无"对立文体"的文字叫作"散文"。这"散"又何所指称、何所寓义呢？

今时还有"杂文"。但又好像没有"纯文"这个称号。这种"一条腿"的现象，该当怎讲？有时有好学之士不耻下问，以此来"请教"于我，我只好回答说，你另请高明吧，我也还要问人呢。

答不上来，愧对问者，愧对自己，就暗自思忖了一番，悟出一个道理。虽未必正确，总比缴白卷强些。我这"悟"处，是书呆式的，因为看到自古的文论大家们都是先讲"文体论"，然后才各下评语。比如魏文帝的《典论·论文》，陆机的《文赋》，刘勰的《文心雕龙》，莫不如是，如出一辙。这谅非偶合。盖中华之文，最讲究"文各有体"，是并不混写胡作的。后世"创新"了，就不再懂什么叫文体之分别，为什么要分？分了有何意义？统统不讲了，于是提笔作"文"时，管你什么叙、咏、题、跋、铭、赞……都是一道汤，一个味，报纸杂志，报道解说，千篇一律，都那么一个"文体"，一个"笔调"，所以分不出什么是什么，无以名之了，只好就乱叫起来，尽管早没了"骈"，大家都"散"它一回，可谓便矣。

诗人什么样子

诗人是何等样人？你认识几位诗人？

第一，诗人不指"会作诗"的人；第二，诗人并不是一种"职衔""职称""学位"；第三，诗人自己不管自己叫什么诗人，自己也不知道自己是诗人，别人也不这么叫；第四，有时候"诗人"这称号还带有很大的讥嘲语味。

真诗人当然会写出好诗，但他不一定写。所以他未必出过一本"××诗集"。出过诗集的，有不少是连一个平仄音律谐调的七字句也弄不对的，他对汉字音乐美与节奏规律一无所知，二无所感。

真诗人很孤独，很受气，很吃亏——这是因为他太天真，太老实，太善良，太仁慈，太不懂世故与官气。他的"价值观"与一般世人很不一样，他不知计较利害得失，不明白什么叫"自私自利"与"损人利己"。所以诗人像个大傻瓜，很可笑。

诗人比一般世人的感情丰富得多，而且他动情、用情、钟

岁华晴影

情、痴情的对象、场合、事相、阅历的敏感点与聚焦点也都与常人有异。所以，他很怪僻、迂诡、愚拙、乖悖。

这样的人，为世所不解，所诧异，所嘲谤，所戏侮——这还都不打紧，最可怕的还为俗世所误会，所憎恨，所不容！

这种人的心灵很美，很富正义感。他的关怀面又很广。于是他常为古人痛哭流涕，为陌路人衔冤申愤。他对自然之大美感受极深，觉得天地一切都与自己一样而相关，一样有生命感情——是以与风云同激荡，与花鸟共哀乐。别人的遭遇比他自己切身的体会还要痛切深刻。

他的心弦极幽微灵敏，一丝一缕的气流都能拨动它而发出美妙的仙音神韵。

他很寂寞，因为除了与万物的精神交流之外，在人烟闹市的尘嚣之世界中，却不易遭遇可与共语之人——那些人都在为名位利禄而奔竞倾轧。

世上人种种不同，但俗话形容的"上炕认得老婆孩子，下炕认得一双鞋"这样的人实际上并不在少数的，或者是小小变相的同类队伍成员。他们势量很大，在很多情形下使得真诗人并无置身之处，也无立足之境。

有人说：这种诗人多了，也不是吉兆，对国强民富是不但无助，而且有害的。

说得不对吗？也难怪人家这么看事。

悲剧性——这就是诗人的先天带来的禀赋，或者说是注定的命运。

不过，有一点也很奇怪：看看我们文学艺术史上，大师巨匠千秋不朽，为我们赞颂钦慕而引为民族骄傲的长长的名单中，屈大夫、司马迁、曹子建、杜少陵、苏东坡、王实甫、曹雪芹……
又实实在在地就都是不一定写诗（但必然能诗）的真诗人。

看来，我们文坛艺苑中多有几位这样的真诗人，也未必就会
因之而致祸民殃国。

诗，是中华自古特别注重的一种教化与教养，不是文字消闲
的可有可无之事。人的心灵境界没有了诗，就是荒漠与榛狉的野
蛮之地，那并不美，也不会给人以进化的教养。

中华文化之所以特立独出于世界之林莽中，就在于我们祖先
总是把"诗礼"摆在最高位置。

他们这么认为与做法，是迂腐"封建"吗？

事情就是这么让人萦思，让人怅惘，让人叹惜，也让人时发
深省。

悲剧性人物——漫画家

我爱看漫画——又怕看漫画。

漫画会使你大笑不止，真是开颜捧腹；可它又令人悲慨愤然。

漫画艺术繁荣，各报各刊，无不收载，不能说是坏事，可漫画之多量高质的现实情况，本质是个什么问题？所画之"内涵"，又总难说那叫"好"事。

能画漫画，须有真本领，真功力，真技巧，真识见，真思想，真感情，真懂什么是水墨丹青、什么叫"浪漫主义"……可他又成不了"大气候"，一切才华抱负都不能"正卖"，而只能出之以"别径""旁门"。

"嬉笑怒骂，皆成文章"，古之名言佳话也，漫画家似之。高流的古代现代的"相声"大师们与漫画家是同行，分别只在一个是用"说话"，一个是用"绘画"，话画不同，其致则一也（当然我不指那种低级庸俗的只图出洋相以引人一笑而毫无意味的"相声"）。

漫画家为什么是悲剧性人物？我替他回答——

第一，手中之笔要笑，心中之味是哭。

第二，漫画画成，结果只博人一"粲"了之（这已证明发生艺术"效应"了），看过丢开，谁也没拿它当个"正经事"去想一想，理一理，纠一纠，救一救。

第三，漫画家本人久而久之，自己也满足于"博人一粲"而已，迷失了当初作画的宗旨与心愿。

鲁迅先生早先对有些只倡导什么"幽默"的（如林语堂）给以批评，就是因为它表面上好玩，又无伤"大体"，便成了变相麻醉品，大家不过哈哈一笑，万事大吉—— 一切照旧，天下"无事"了。

——假如漫画不为人正式理解认识，只是"好玩""幽默""消闲""解闷"，那么漫画家的自尊心将被整个毁掉——他的悲剧性就十分凸显而鲜明了。

"羲皇上世"，那时恐还没有漫画这个"艺术品种"。就算到了"贞观之治"的中古盛世，也还没出现漫画之"有关记载"。因此，我妄揣漫画之真源大约也还是来自西方社会背景吧？它是一种历史文化的嫡亲产儿。

不过话要说回来，我们的漫画，大都还是中国风格与气派的，也是一种"中华化"了的文化成就。

我的感觉，漫画家的感受力极敏锐，想象力极丰富，而心胸又极博大广阔——关心的不是一个"小我"的芝麻绿豆，而是全社会，亿万民众的祸福利害。这种人是难能可贵而需要表扬的。

但更需要的恐怕还是要有一个"漫画研究中心"，其职责是按时按期汇集全国漫画，分析出它们反映的问题、门类、性质、现象、实质，以及其严重性、危害度各为如何，并且提供"有关部门"严肃考虑——像人大代表、政协委员的提案一样，交由办理，并负责答复。

我的拙见就是必须如此，才是真正尊重了漫画家的艺术与苦心善意。

要让大家明白：漫画并不"好玩""可笑"，它不"嬉皮笑脸"，它是很认真、很严肃，很痛切地对人们"讲话""宣言"。

这些精彩的"宣讲"，真如药石针砭，直探膏肓，又如晨钟暮鼓，把醉生梦死、殉名逐利之辈从"沉酣"中警唤回来——也不客气地用图像证明了鲁迅先生百年前所大声疾呼痛刺的那个"劣根性"。

潇洒意如何

"潇洒"一词，似乎近年来颇为时髦走俏，你也潇洒一回，他也潇洒一下，煞是好看。有一学子忽来问我：这两个字到底是怎么个意思？我的语文功底不深，一下子叫他问得有点措手不及，急中生智，耍了一个花招，答云：你问我，我又非潇洒专家，你去问那些"潇洒"成名的先生女士们，请他们教示，就更深切更亲切了！

那学子走后，我倒被他引起了好奇心，自思自忖：这二字有趣。咱们的汉语文，神极了，数不清的这些"联绵词"（即二字组联为一词语的话），天天也读，也说，也写，好像很"精通"——然而一"找真儿"，就发觉自己原来似懂非懂，模模糊糊，一知半解，大是可哂了。对"潇洒"这样的"普通话"，竟也会发生好"奇"之心，这可真是一桩笑话。

我想考测自己，先别求助于词典，先自述平常对它的"定型"理解，然后再作"考证"。想了一阵子，我的答案是这么写的——

> 潇洒者，有点儿超脱的风度，胸襟高爽，不为世俗
> 的条条框框所拘执是也。

这份考卷能判多少分，能及格否，还是不放心，这回又要乞灵于我的书本老师《辞源》了。

找到水部十七画，得有"潇洒"这个词目，阅其注释，分为二解：一是"清高脱俗"，另是"舒畅轻松"。

看来，我那份答卷及格不成问题。我答的是本义，至于"舒畅轻松"其实只是衍生义，不过是本义的一方面的"表现"或"感受"罢了。

《辞源》在第一解引了唐代两大诗人李、杜的名句。李青莲是称赏王羲之的，说的是："右军本清真，潇洒出风尘。"杜工部则是在题咏"饮中八仙"时说："宗之潇洒美少年，举觞白眼望青天。"这可太重要了！

重要在哪儿？很清楚，潇洒之所以"产生"，是针对"风尘"的污浊，而那"白眼"也正是看不上"风尘"，这才只望上边那清静的天空。

"风尘"又是什么？

有一位"红学家"硬说《红楼梦》原稿中妙玉的结局是当了妓女！理由就是咏她的曲文内有"风尘"二字。这倒奇了，这位专家似乎没有看见曹雪芹就说他自己是"风尘碌碌，一技无成"，《儿女英雄传》里的安公子也曾三千里为救父而走"风尘"，还有更早的红拂、虬髯公、李靖的"风尘三侠"……难道

他们都落入了"烟花巷"不成？

所以专家的宏论，有时更荒唐。上面三例，我特意避开更早的史籍典册，专举通俗小说里的用语，以相印证。而只此三例，也足以说明，昔人之所谓风尘，除了世乱不宁、征程劳顿之外，大多是指沉沦于逆境之中，流落在穷途之际，不逢知遇，难展真才，即俗谓不得志，屈抑于下层的意思。

如此，则再读李杜名诗，便觉十分明白，他们所赞美的，正是那种不屈服于困顿而能超乎境外，不减本真丰采的人。只有这样的人，才配称为潇洒。一路顺风，飞黄腾达，官高禄厚，脑满肠肥之辈，他们洋洋自得，指手画脚，颐指气使，那能用上"潇洒"一词吗？他们若能称之"潇洒"，岂不大大地玷污了这个美丽的中华古语。

若晓此义，自然体会得出，轻言潇洒谈何容易！拿自己来说，我极羡慕潇洒的高士才人，但怎么也学不来半点儿，超脱不了物境与人境，即世境；不如意事常八九，可与人言只二三。这能会是潇洒吗？说不出的别扭，那叫"憋得慌"，离潇洒可十万八千里呢。

前几天，外地一位学友来信说："因为我的小小一篇文章，给您惹了麻烦，使我心里不安，这是始料不及，对我倒无所谓，名不见经传，死猪不怕开水烫，无事不惹事，有事不怕事。对于您可就影响大了，这我是清楚的。但您也应当想开一些……那些人想走出您的笔罩，必然会对您动手动脚，这叫欲加之罪何患无辞。不怕贼偷，就怕贼惦，人家既然盯准您，您就无论如何不会耳根清静了。常看××学刊的文章，里面有些与您毫不相干的事情，也会把您挂上，贼贼咕咕地捅一刀，让人看了哭笑不得。我以为这就是一种表态的性质，人家是以此来鉴别宗支的……"这位学友说得尽情，令人觉得痛快淋漓，不禁"浮一大白"了。但他最后劝我，不必计较，还是"潇洒走一回"。

我不禁又想：虽说曹雪芹、安龙媒、三侠……都在"风尘"之中，毕竟身上没有被时时捅上一刀的伤口。我既然有被捅的光荣遭际，伤口还流着红色的血，显然难与他们并论相提了。我哪有那么大的胸襟与气度？我"潇洒"给人看，人家更会笑了，说你不知痛痒，还弄什么阿Q精神呢！

我这"器量狭小"，是平生一大病，自己很清楚。修养，涵养，素养都是很差的，正因如此，命中注定，我绝难超凡入圣。我再吟诵那"右军本清真，潇洒出风尘"和"宗之潇洒美少年，举觞白眼望青天"，真是自惭形秽。

我这辈子大约是潇洒不起来了。

但因太白之诗，也想起"吾家"一代词宗周邦彦来，他自号清真，不知取义何在？与太白诗有无关系？又感叹，潇洒谈何容易，倘若还能企望自己被刀捅的身上，多少保有一点"清真"，也就于愿足矣，何其幸也。

羡鱼

"临渊羡鱼——"，这是句古语。假如有不知那下面还有半句的人，定会认为这大约就是如同庄子与惠子在濠梁之上观鱼，庄子就说的那"乐哉鱼乎！"了。因为"羡"字是羡慕——俗语叫作"眼热"者是也。

殊不知，及至看到全句时，方知"临渊羡鱼，不如退而结网"，说的是另一回事，这实在让人"羡"那古人用字之妙。

原来，那话译成"今文"，就是"站在水边上见水中有鱼，就馋了。但光是站着垂涎，还不如回家去织网，那才真能解了馋——因为用网打鱼，才有实际收获"。

这是古人"羡鱼"的字法语法。

我非古人，所以我这"羡鱼"就不一样了。第一，我的"食癖"并不把鱼列为首位。第二，我若真是站在水边见水中有鱼，我绝不会想起我要把那活泼的生命"骗"上岸来，残酷地剖腹刮鳞，油烹汤煮，供我之口腹——我并非佛门弟子，但对杀生，实在觉得人是太自私了。

所以，我一不"羡鱼"，二不"结网"。

那么，我为什么又确实羡鱼呢？——若不然，我如何会写这篇文章？

我之羡鱼，是认认真真地羡慕其"生活环境"。

而且，我所指的这"环境"，又并非江湖河海，汪洋浩瀚，而只是一个小玻璃罐。

一个玻璃罐？你"羡"它什么？这就又是"做文章"，而非肺腑之言了吧？

不，不是假话，是真诚的朴素的措词用字。

这玻璃罐，径口广，又不同矮胖的缸，是高桩的，蓄水很深。这还不说，它透亮通明，那"可视度"可是高极了。再者，那水可真清，家里人每日上心上意地按时换水，水质也是头等的。罐虽然有"壁"限住，但鱼也不大，只见它们在这空明灵澈的境界里，百般地恣意游嬉泳戏，——不必"考证"，它们是快活的，舒畅的。这境界可说是"忘水"，正如人离不开空气而自己不知是活在"气"里，可谓之"忘气"那样。

正是一提忘水和忘气，这问题便突出来了。

我家里人很懂得换水的重要，知道污水浊水秽水里那鱼是活不成的，而养鱼者所得的那种通明澄澈的美感，也必须是换水的效果。但养鱼者自己却不一定明白自己却活在通明澄澈的反面境界里，而且也没人没法子来给"换水"。更可笑的是自己还以为并非像小鱼那样活在罐里。

我家其实是很幸福的——居住区算一个"高知"密集地点，楼房建筑质量不错，楼与楼间有花木小园圃，而这地方土质大约是高级的，栽种树木，不但成活率高，而且成长得极快。我们住的这一方本都是千百年来古老的城东八里左右的郊乡村落之地，老树古柯，到处可见，但是据我看来遗痕难遇，这可能是主持改建的人对原地面的植被是采取"一铲平"的办法，盖了新楼之后再"绿化"。我搬到这新居后，亲眼见那是在空地上现插上若干"树栽子"——实际就是一些木棍子，一般是不带枝叶的。幸而这些木棍子几年间便都长成了小树，如今居然也觉绿荫满地了，花草也有了一些了。于是这儿还有人来，对着小树"练功"——为的是呼吸新鲜空气。

这一切自然让我认为我是活在"通明澄澈"里，不无"乐哉鱼乎"的幸运感了。

错觉，幻想，总归是要破灭的。

这儿往北只走几步，就是一条河，河水是黑的，冬天也不冻冰。我这书呆起初很奇怪，以为冬日不冻是"奇水"，后来才知道这是工厂、单位排污废水的"下水道"，只要走近，臭气扑鼻。近处有个体集贸，各种遗物垃圾顺手向河里一扔一倒了事，往往积满了一大片河面。

顺河往西也只有几十步，便是大马路和汽车终点站。那地方的烟尘浓得出奇，"可见度"不过几丈（现在该说多少"米"才规范吧）。千姿百态的汽车长龙不是"有时"联成一气，而是永无断歇——每一辆都掀土扬尘，而且尾巴里还喷着噎人的废油气。还有小吃摊子的呛人的生煤气和熟蒸汽，一齐发动，酿成了一种难堪的景象和"境界"。

这，离我自己庆幸的"新鲜空气"不过几小步。这是西北面，东南两面也不相上下。

所以只要从家门往外走几十步，一切美好的幸福的幻觉就都破灭了。

坐飞机回来的朋友向我说，从天空望下来，快到这城市了，只见就是一团浓厚的黑气裹在地上，与别处格外地不同——方知自己是要回到这里的气里去"生活"!

我听这话，看了看刚刚换了水的鱼罐，倍显通明的澄澈。

最近联合国宣布的世界十大污染城市，其中就有我们的这团"黑气城市"——我们一共有三座这样的城市列入了十名榜中。

我向朋友苦笑回答说："黑气"不要紧，换换"水"可是十分急迫的措施——只是怎么换？谁来换？我还推测不准。

朋友也和我一样，眼望着那个鱼罐。

"羡"字的本义，比原先似乎更深了一层。

谈笑

笑，是反映内心的一种面部表情。"笑脸相迎"，"满面春风"，"满脸堆下笑来"，证明笑和脸的关系。"启颜"，"霁颜"，"笑逐颜开"，文气了些，说的却是同样的关系。"笑面虎"，"笑在脸上，苦在心头"，情况不同了，"反映内心"云云，要重新研究了，可是"面部表情"仍然有效。

脸，是笼统而言，笑，又与它的某些"局部"关系特别密切。

一是嘴。"笑口常开"，"笑得合不上嘴"，固然易见；"抿嘴"笑，"撇嘴"笑，"咧嘴"笑，同是嘴的事，又各有千秋。不过，有时候嘴是不让你看到使用何一形态的，"掩口胡卢"，你就只好去自己揣摩。

二是牙。文雅的人，大家闺秀，讲究"笑不露齿"。可是"龇齿"，"齿冷"，免不了也略有表现。"笑掉大牙"，那就越发欲文雅而无从了。

三是下巴。"解颐"尚可，竟至"脱颔"，要请正骨大夫给

"拿"一"拿"才行。

四是眼。打心里高兴，会"眉开眼笑"，会"眼笑得眯成一条缝"。

笑只和脸——不管"整体"还是"局部"——有关系吗？亦不尽然。"抚掌"，在于手；"捧腹"，又关乎肚。

笑也牵及全身的，"笑不可仰"，"笑弯了腰"，也还罢了，有时要"绝倒"。"笑得肚肠子疼"，还不打紧，"笑破肚皮"，甚至"笑煞"，那事情就非同小可了，势须寻医抢救。抢救无功，终于"笑死活人"，其事大概也是有过的吧。

"笑煞"之后，也不一定算完，因为还可以"含笑"于地下呢。

"冠缨索绝"，这非古人不办。"喷饭满案"，今人犹可试行。

笑因人而异其态。夫子定是"莞尔"，美人势必"嫣然"。《红楼梦》里的张道士理应是"呵呵大笑"。"回眸一笑"，只能杨玉环。薛大傻子"呆霸王"决不会工于"巧笑"，他一发言，常常引起"哄堂""轰然"。

"粲然"，"辗然"，"哈然"，"哗然"，何尝千篇一律。

论其声音，"哈哈"，"嘻嘻"，"嘿嘿"，"吓吓"，"噗嗤"，"哑然"，还有"咯咯"之类，大约是用来形容少女的"银铃般的笑声"。

"笑嘻嘻"，"笑眯眯"，"笑盈盈"，"笑吟吟"，又是各有一副神情意态。

辨其种类，"苦笑"，"傻笑"，"憨笑"，"假笑"，"陪笑"，"诌笑"，"冷笑"（虽无"热笑"，但"冷笑热哈哈"一语证明笑是有热的），"暗笑"，"狂笑"，"奸笑"，"狞笑"。

也有"隐笑","浅笑","娇笑","妍笑","长笑","佯笑"。这大抵过于"古雅",但也无法罢免它们的存在权。

"会心微笑","相视而笑","付之一笑","仰天大笑","不觉失笑","无人自笑","似笑非笑","不笑强笑"……还有"皮笑肉不笑"(这种本领是最不易企及的)。

另有一类,"取笑","逗笑","招笑","贻笑","见笑","索笑","调笑","买笑","卖笑"。

至于"讪""诮""哂""嗤""讥嘲""揶揄"……自然也难摒诸笑的大范围之外。

笑是如此多彩,当我们想到这一点,实在不免为之"轩渠""呕噱",再文雅也会"忍俊不禁"的。

我常常想,即此而观,祖国语言是何等丰富,何等生动,这其间又反映出人民群众对生活的体会是何等深刻,何等全面。漫画家、创作家、表演家、说唱家、翻译家、语言学者、社会学者……岂能不向这种宝库中做一番巡游探讨。如果有这么一部词典,能够分门别类,搜集古今雅俗的词汇("笑"的典故,另为一类,尚不在此数),让人能够一览而得,其意义应是十分肯定的。

我这种想法,也许早有学者付诸实践了,我还在此如数家珍,那就成了"笑柄""笑枋""笑料"了。

谈哭

语云：人是感情的动物。这个动物，不但会笑，而且还会哭。哭，是伤感、悲痛的"表现"，总不会是很愉快的事吧，所以没多少人愿意提哭讲哭，虽非"忌讳"，也有"顾虑"。但说也奇怪，人在高兴到达极度的时际，却会流下"欢喜的眼泪"。而且科学家说了，哭对健康也有益呢！

看来，哭并非"全方位"的不吉祥。

据研究，有声为哭，无声为泣。此分别而言之也。我这拙文，当然是统讲哭泣，不但不把无声的摒诸讲外，还恐怕讲得更多一些。

人一生下，就先哭——只会有声之哭，不会无声之泣。其声若何？曰"呱（gū）呱而啼"。

呱呱，好极了，不信时，你"描写"初落草的婴儿的哭声，你另换两个字来试试看，你若能想出更好的来，算你了不起。

莫轻看小婴孩，哭声也有不同，那"丹田底气"有足有不足，那气足膛亮的小家伙，其哭也不但"呱呱"，而且"喤喤"。

不拘呱呱还是喤喤，婴儿的哭是尽情的，没有"克制""收敛""内蕴"的功夫，换言之，那都是"放声大哭"，痛快淋漓。

等到他（她）长大成人了，可就不同得很，绝不能一哭就"放声"。这儿若"分析"其原因，那就很复杂了，中国人的感情，不是那么轻易地表达尽致的，他们懂得含蓄和分寸，这与文化教养都有关系。妇女更绝少是放声而哭的，在我印象中，写女流之放声，而能使人感动的，只有曹雪芹写凤姐之痛哭秦可卿，那寥寥数语，真是令我如见如闻，动心触魄，恐怕很难再寻如此精彩的笔墨了——

> ……凤姐缓缓走入会芳园中登仙阁灵前，一见了棺材，那眼泪恰似断线之珠，滚将下来。院中许多小厮垂手伺候烧纸。凤姐吩咐得一声"供茶烧纸"，只听一棒锣鸣，诸乐齐奏，——早有人端过一张大圈椅来，放在灵前，凤姐坐了，放声大哭！于是里外男女上下，见凤姐出声，都忙忙接声嚎哭。

你看这等文字，凡有至性真情之人，都会为之酸鼻。

雪芹笔下，不仅仅是写出了旧时大族丧事的势派，也写出了妇女出声放声而哭，是非同轻易的。因此全家众人接声哭时，他又用了一个"嚎哭"。

咱们语文中，本有一个"号"字，"号哭"也是联词，与嚎哭读音全同（号，阳平声，不是去声了），但"嚎"似乎比"号"更加强烈。怎么叫"号"，古云：有泪无声曰泣，有声无泪曰号。

号是干哭，是哭得泪尽的悲痛至极的情形。鲁迅先生的小说中就写一个畸士，因亲亡而干号，那写得真动人。号与嚎的区别，又何在呢？也许有时是表示真哭假哭吧？大约有声而无悲，就成嚎了。但由此又想起，还有一个"嚎啕"，这哭词所表达的就不像是假悲，而是真痛。我总觉得，嚎啕大哭，是有声有泪的真哭，不同于有声无痛的干嚎。在旧丧礼中，家下有专门陪哭的人，只是出声而已，哭得很响，但无悲戚之音，故曰"号丧"——于是俗常骂人，管那被骂之哭就叫"号丧"，不过说这话时，必须"号"字重读，而"丧"是轻读。如依我的体会，则写为"嚎丧"才更对。

能够真正嚎啕大哭的人，除了感情的奔放，还得是个性格豪迈之人，那才哭得到嚎啕的境界，因为有人是办不到的，他没有那奔放豪迈的声容气势，只会吞声咽气，憋憋堵堵，——连个痛哭也使不出来。

吞声而哭，古语有个"饮泣"，似乎相近，犹如俗话"眼泪往肚里流"。至于咽声，那就是哽咽、呜咽所形容的了，口语则曰"抽抽噎噎"，咽噎音义皆同（yè），不要和"嚅"误混。比如唐代名句"箫声咽，秦娥梦断秦楼月"，有人读成了"箫声嚅"，闻者大笑。

呜咽，似乎还可听到"较多"的声音；哽咽则声更哭不出，古人在临别时，说不出话来，只是二人相对"执手哽咽"。其情实在可伤。

"抽抽噎噎"，曹雪芹在《红楼梦》中用过，可惜被高鹗等俗士妄改为"抽抽嗒嗒"了，那神情气味便立刻不与原来的相同了。

连哽咽也够不上的，则有歔欷，有酸鼻，有泫然，有"眼圈一红"。这些，自然因人因境而异。

泫然是眼眶湿润了，或者泪已含浮，只未外溢。但泪一多，便要夺眶而出，所以我们又另有一个"潸然"（不是"潜""潴"），专写泪溢之意。

写哭不必出"哭"字而只说泪的事，这例子便多了。常见的是"泪如雨下"——将泪比雨，早在《诗经》里就有"涕泣如雨"了。雨若念去声（yù），就是动词，故又有"雨泣"的写法，在此连带可悟，"泣"也是名词，如太史公写楚霸王的末路时，便"泣数行下"。

泪本是往下流的，然而也不尽然，诗词中常说泪之"阑干"，据古义，阑干是纵横交叉之义，所以真有形容老人的哭是"老泪纵横"。至于"泪流满面""满脸泪痕"，那倒显得不新奇了。

泣、泪、涕、泗，有时可以连用或互代。流涕，就是流泪。"破涕为笑"，此语正可细味深参。但还有"雪涕"之说。

直流泪，则有挥泪、掩泪、扠泪、拭泪、坠泪、陨泪、落泪。

涕泪之形容，有"涟涟"，有"如断线之珠"，有"浣面"，有"沾衣"，有"沾巾"，有"沾襟"。

哭也叫啼，这倒有点儿稀奇。常听说鸟啼，猿啼，却不知人也会啼！说书唱戏，提到女流，更是喜用"啼哭"二字。男子，英雄好汉，如关云长、鲁智深，恐怕不会是啼吧？因此我疑心这"啼"有曲折宛转、带有某种声调（腔儿）的哭，不知是否？

哭是人生一大"感情活动"，一生从未哭过的人怕是没有。悲欢离合，顺逆穷通，可歌可泣的事正多，谁能免此？我们中华先民古哲，对哭的体会不浅，方有这么多词语来表达——而我之所知所述，也不过习见的一小部分罢了。

挤和捧

　　书呆子的我，对汉字入迷，看见一个就想咬嚼一番，不知这也是天生的秉性，还是中了什么"后天"的毒素。久而久之，就只会咬文嚼字，别的什么都不会了。说起来真惭愧煞人。

　　当然，若够个真正的咬嚼者，就实际上是位文字学家、语言学家了，那是光荣称号，又有什么惭愧可言？无奈我又够不上那样的专家学者，所以所写的东西，就成了"测字先生"——宋人如王安石，也喜欢"测字"，即拆字作解。比方说，水的骨头叫作"滑"，土的皮肤叫作"坡"之类，也大可成为一派"学说"，受人崇奉。

　　我自己大约就是受了这一派"学说"的"熏陶"。

　　比如，我刚写下一个题目《挤和捧》，于是我的"精神活动"机能马上就开始"运作"了——

　　挤，这个字有趣，它应该怎么讲？立时就感到趣味盎然，胜义纷显。

若讲"古训诂"，挤的本义是"推"。这就很妙！你想"挤入"，必须先把别人"推"开才得成"功"。但我又想：仓颉老人当年造字时，为何用"手"旁？——哦，对呀，想推别人哪能不用"手"呢？但是，"齐"又在这儿干什么？

我的"玄解"马上就来了：凡想推人挤入的，都因本来不如人，而非要和人家"看齐"不可，所以就出现这个"齐"在右边了。

很对。古语不是说"见贤思齐"吗？看见人家的贤德，应思看齐呀。

这原是圣人的教训或"理想"。实际上，很多人想拼命"看齐"的，却并非往"贤"上奔——他们"看"的"齐"处是另外两个字：一个叫名，一个叫利。当然，二者是亲骨肉，有其一就能兼其二，此常道而天理也。

那么，再掉掉书袋——查查辞典吧。

有了！从《庄子》《左传》《史记》直到《唐书》，都历历分明呢！

辞典中引了这些古书，将意义分了类，但据我看，那实在是一回事，有本义，有引申，实无大别。例如《左传》上说的是"老而无子"，知将"挤入沟壑"，是指境遇所推迫。《史记》说的是汉兵退时，为楚兵所"挤"，亦逼迫也。《庄子》则说"故其王因其修而挤之，是好名者也"。至于《新唐书》中二例，小变为两字一词了，一例是某官曾被某人所"挤抑"，一例是说，杨炎罪不至死，而卢杞（驰名大奸也）"挤陷"之！

你看，这个"挤"可真是逐步"升级"，先不过是"推"而已，尚不致有穷通生死之忧。及至后来，这"挤"可就令人心惊胆战了——它又是"抑"你，踩你在脚底下，骑在你头顶上，接下去就是"陷"你，诬害而置之死地了！

由此足以证明：善挤之人，其"艺术"甚高，而且"由来尚矣"，历史之悠久，大约从盘古以后，就留下了"遗传基因"。

不过，只说善挤，并不"全面"。盖此种人本来深明左右手是天赋的好工具，各有其用——左手若用之于挤，则右手即用之于捧。

挤之与捧，一事两面，因人而施，随机应变，妙用就在他的灵心慧性了。

卖弄一下文字学：捧是个衍生字，本字就是"奉"，奉古音也与"捧"不分（背唇音，后分轻重而已）。奉字篆文的构造奇妙——是上下左右四个手，共同拱卫着（某一件东西）。

两手还不够珍重，再加一倍——你看那份儿"捧"的神情意态是多么活现！

"捧"是个后起字，只因"奉""捧"二义有时需要分清了，所以"四手"之奉，又得再加一手。

捧，是五只手的事呢！你可曾意识到过？

捧，一般人心目中以为只是对上的事，而挤则是对同行同列之人。

捧上，有时也就是为了挤别人而献自己。

当然，也有把这两项艺术运用到一个目标上，比如要挤某人，就先捧他，明捧暗挤，先捧后挤，挤了，再捧（使挨挤的不疑）……其妙用之不穷，也非书生之辈所能梦见也。

捧，有各种手段本领，灌米汤、敬美酒、献殷勤、送礼敬。投其所好，尤为灵效而不必担心犯罪。比如知道上司、靠山喜欢诗，他就打油唱和（尽管平仄都不通）；知其爱听戏，就冒充京剧掌故行家，常讲某人名角有什么绝技（其实他没看过）……如此等等。

挤呢，他也不是笨到真用"手"。他向上峰耳里吹吹风，常说上几句"抑"与"陷"的话，然后哈哈一笑就是了。

论事莫参死句。"挤"与"捧"虽然都表出一个"手"来，并非说这都不关"手"外部位器官，挤之与捧，指挥那手的，还是在"心"。

因此，善此二艺者，无不心灵手巧。

但其目的既在损人利己，所以那种灵巧就又变成另外四个字一句话了——说出来吓坏了你，但又是实在的，并无夸张，就是——心黑手辣！

虚字和实字

我们中华祖先不懂洋式"语法"和"词性",把所有一切的字,只能分为两大类:一曰虚字,二曰实字。今天的人就会笑话自己祖先了——那么不科学!

是呀,人家分析得多清多细,什么名词呀,动词呀,形容词呀,副词呀,还有什么介词、连词、叹词,还有我们外行人不会叫的"词"。

对呀,人家讲语法,句子得"完整":起码得有一个名词"主语",一个动词——若是"及物"的"动",还得跟上一个"受事"或叫"宾词"。否则那"不通",语文老师要判不及格,或给大改,让它"规范""完整"。

这么一来,虚实"二分法"可真让人比得太不"像样子"了,简直无地自容。

可是,遇上了一个专爱抬杠的人,他说,你们别拿洋规矩"套"咱们的事,我只举小例二三,你们回答。

他举的是——

"乱山残雪夜，孤烛异乡人。"

"鸡声茅店月，人迹板桥霜。"

"陶公战舰空滩雨，贾傅承尘破庙风。"

"池上碧苔三四点，叶底黄鹂一两声。"

他举完了问道："请答：这随手拈来的五、七言诗词句法，哪一个有什么'动词'？算不算通？算不算完整？"

被问的没了话说。

那位问者继续"挑战"，他说："名词、动词，分法是死脑筋，我们祖先没这么笨，二者是互转而活变的。"

被问者茫然了，要求解释举证。

他说："红——你说它是什么词？"

"红？形容词呗！"

"'万紫千红'呢？"

"对了，也可以作名词用。"

"'红了樱桃，绿了芭蕉'，'××听了，把脸一红'，这又是什么词？"

"这，这……大概也是'动词'的性质了。"

"那么你刚才为什么说红是形容词呢？"

"……"

"所以我们祖先没有那么笨，那么死。'红'这一个字，有时是实字，有时是虚字，这就一切都说明在内了。"

这真是一种玄谈妙理，我不禁想起：字分虚实，包括一切，正如气分阴阳，囊括万象，不正是中华人体察宇宙万品的总认识与大"分析"吗？

阴与阳似分而又互变的，是以曰"易"。道理一通，就该明白：虚与实也是似分而又互变"交通"的。

中华汉字的"词性"是活的，绝不是名词不可作动词，动词也不是"及物"与"不及物"的死不可通的，那一套"语法概念"，不过是近世从西方搬来"套"上的。

自古文章圣手，庄子、太史公司马迁以至唐宋"八大家"及其传人等等，都没上过"语法"课。所以他们的文章又活又精彩。现代"洋学生"（我上小学时还被这么称呼，因为是废止了传统的"家塾"等形式而开办的"洋学堂"）学"语法"，还加上看从外文译来的小说，于是"语法"都"讲究"了——可是写出来的文字大多是死的，甚至已然不大像中国人说中国话了。

有人以为，这就是汉语文的"进步"与"科学化"了。

大概近世至今很少出现像古代那么些文圣大师的原因，与此不无关系。

"老"，是什么词性？说是形容词呀，修饰语呀。可是我们祖先却说"老吾老，以及人之老"。你看看，这"二老"都是什么"性"呢？

可我一次读汉代人论画，说画美人，粉白脂红，只是不让人生妍媚之感；画勇士，豹头环眼，只是不让人觉得可畏，这是何也？他总结一句："君形者亡也！"——译成白话是："那个主宰外貌的（神采）没有了！"

这么一来，"君"是动词了，还有疑问吗？

这种例子太多了，因为不是写论文，点到为止吧。

再看本来就是动词的例子。

我最爱举的就是苏东坡的诗，有两句是："十日春寒不出门，不知江柳已摇村。"你说这个"摇"是个什么动词？"及物"吗？"及"的"物"到底是不是"村"？

若说我总举古的，那么我举口头俗语："人睡腿，狗睡嘴。"（意思是，人睡觉时腿盖暖了就行；狗则必须将嘴藏在暖处才睡得好。）请问一声：这个"睡"，也可以解说为"及物动词"吗？

或许，你会驳辩，说那总不过是古人古语，今日何必去扯它？我却答曰：所谓"今日"者，仍应是中华之今日，而不能全是"外来语式"，一切以洋的为最好最尊最贵。中国人还是说中国话写中国文，令人舒服些。

念半边字及其他

我们的汉字，讲究"六书"，其中一项名目叫"形声"，因为汉字的结构往往有"声符"，那声符大抵占了一个字的半边。由这里，发生了"念半边字"的问题。

比如，你看见"俐"字，心里猜度着，就把它念成"利"。这算是"蒙"对了。这是一种幸运事情，可不总是如此简单。

比如，你看见，"梗""鲠""埂"，就"蒙着"念它"更"。虽然四声稍别，到底没离谱儿，差不太多。可是你若把"硬"也念成"更"的上声，说"铁比铜更"，准没人懂。可见事还麻烦。

再比如，"银""根""恨""退"，里面都有个"艮"，这些常用常见字，你不会读错，可是当你第一次看见"垠"字时，"问题"就来了，你知道它是哪个音？把《李自成》的作者念成"姚雪根"的，不是没有过。天津人爱说"真哏啊！"外地人刚见了，也不敢念出声来，心里"胡琢磨"：哏是啥玩意儿？我一本拙著有一处用了"逗哏"，却不知被哪位给改成了"逗哈"。我看了，真有"哏哈皆非"之感。这自然又是另一种情况：记俗语，造新字，都有这个"声符"的事。

念半边字，就由打这里发生。有时贤者不免，何况咱们寻常之辈。

小时候听一位老先生讲一段掌故，说大家把"矿"念成"旷"，是张之洞的疏忽。说是当开滦矿务局刚创办时，悬挂出五个大字的匾额，张之洞前来巡察审看，仰头一望，口中念出了开滦"旷"务局（张之洞是南皮人，讲掌故的老先生还学着南皮口音）。张氏是晚清大名人，也很有学问，又是大官，他念"旷务局"，于是从此人人都"旷"起来。

其实呢，"矿"字本无此音，应读如"汞"，也写作"卝"。你查古韵书，它在"董"韵部里，一丝不错。张之洞闹了笑话，但地位高的人，笑话也"对"，他总"正确"。假如咱念"汞"，咱倒是"错"了。

积非成是，大抵类此。

梅兰芳先生是千古罕见的艺术大师，我最崇慕佩服的，但是他也念半边字。比如你听他的《廉锦枫》的唱片，有一句是"似蛟螭、似鱼鳖、异状奇形"，他唱时读作"似蛟'黎'……"就念错了。"螭"音如"痴"。所以你看古砚、水盂上常刻有螭，我们口中叫作"痴虎儿"。所以有的砂、瓷水盂上烧制出一个菱角，一个栗子，一只螭虎，合名"菱栗不如螭"，谐音是"伶俐不如痴"。念作"离"了，岂不是读了"半边"？例证还有"摛"字，也与螭同音，你看见"摛文敷藻"这种话，不要念成"离文"。

还有一种例子，更要注意。比如"迤逗"这个词，咱们天津人常说它，有人行动做事不爽利，犹疑、反复、絮叨、拖沓……

就管他叫"驼搭糕"。这"驼搭",就正是迤逗。《牡丹亭》里一支名曲"袅晴丝",有一句"迤逗得彩云偏",是说梳妆不利落,拖拖搭搭,把鬟梳歪了。古本注音,正曰"音拖豆"。可见这话在天津还存古语正音。梅先生早时学昆曲,本来也读"拖豆",是对的。可后来听了人的话,改成了"依豆"之音(即以为"迤"是"迤迤逦逦"的迤了)。实则改正音为错读了。真是可惜。我见《梅兰芳舞台生活四十年》中一条注,叙及改读之事,不禁兴叹。

近年来,"半边字"不少。最突出的是"塑料"念"朔料","酝酿"念"运让"。这不知由谁作俑,人人如此,牢不可"破"。塑,原来就是"塑像"的塑,我们从幼年都念"素"(也即写作"塐",体异字同),绝无例外。怎么会成了"朔像"?!现今"朔料""雕朔"之音,洋洋盈耳。使我想起张之洞。

积非成是。既已人家"是"了,那么我只好"坚持错误"吧,一定读"素"。

京剧之思

我够不上一个"戏迷"的荣誉称号，要说"酷嗜"，怕引起误解。就说"热爱"吧，又觉有点儿过于高抬了自己——我有资格"热爱"京剧吗？实在又成为问题，只有一句话是敢开口告人的：每逢看好角演京剧，我便得到了别处得不到的享受，一种无以名状的巨大审美享受。

我常常思索，这一独特的享受的"本质"是个什么"东西"？却说不太清，它很笼统，又很真切，并不同于虚无缥缈。自己愧非内行或理论家，所以只好"如鱼饮水，冷暖自知"了。今日斗胆，却要写上几句，倒不是有什么新发现，只因谈戏也是过戏瘾之一途，未可全废也。

听大家常说，京剧是一门综合性艺术：从技艺讲，要唱、念、做、打……俱全；从形式讲，歌、舞、音乐、服饰……众多之美齐备，故云综合，真实不虚。既为综合艺术，那就需要"综合接受"，而不应是耳只管听的事，眼仅顾看的事，脑的记忆细胞专司审辨"台词"的事……坐在台下，五官并用，各显其能，也还不等于尽其综合接受（欣赏）之能事。况且，如果只是这么一番"综合道理"，那我在别的技艺场合（诸如什么杂技、曲艺、歌、舞……），何尝不是"五官并用"？而为什么我却绝对得不到与京剧相同的"综合享受"？

这个问题需要回答。

人们又常念"戏剧经"，经书上有一句话，说是没有矛盾冲突，就没有戏剧，云云。那么，引起我那无以名状的独特巨大享受的，难道就在"矛盾冲突"这个奥秘上？想想又不对。因为，比如话剧，当然也是"矛盾冲突"了，但为什么我看话剧就没有那种享受？

自己其实是解答不出的，也没机会请教于博雅君子。于是闷在心里，积而久之，发为怪论。今写在此，无非供方家一粲，总算也为京剧"张目"，未尝不可。

愚意以为，人除"五官"之外，还有看不见、摸不着的"第六官"，此官名曰"境官"。境官者何？盖专司"境的审美接受"者也。而此官的功能，超越五官的一般分司，能够高度综合，接受品味色、相、声、味的谐和统一所缔造酿制的巨大高级综合美——即"境之美"是矣。

中国京剧，最大的特色之一，是造境，它用众多的美的综合，表现出一种现实世界中并不存在的境。它并不像西方的戏剧观念那样，要"逼真"地"再现"一个什么情节场面的"形象"。这也许是两种很不同的历史文化背景、民族特点等等的不同条件而产生的不同结果吧？我无意评论哪是哪非，何高何下，我只想说明白：中国京剧不是"照样写生"，而是"借情造境"；因此，你坐在台下，并不是来看一幅什么呆定（不能变）的"布景"，来看那些与剧场以外到处能见的房子、窗帘、桌椅……以至人的穿戴、活动形式等等一切的那个"实"境，而是来看这台上神奇般立刻显现出来的一片"非实境"——是美不可言，别处无有的境。

这境，又到底是个什么？美妙神奇，令人倾倒心醉？

我没有创新的才能，想半日也想不出个新名词，我只想出个"老字号"——诗境。

中国京剧的一切高级艺术创造和表演，都是为了展示——"传达"这个中国文化上的瑰宝：诗的境界。

我看许多的折子戏，都说明了这个问题（道理）。

什么是折子戏？是"全本"中的一出，真所谓"断章取义"，"割裂支离"，这听起来想起来怎么也难说这种"掐"出一小段来"单干"是"可取"之法。然而奇怪得很，古戏本原都是"成本大套"的，后世谓之"连台戏"，往往是"尽三日夜"方罢的大活，可是慢慢地变成了只演那一个单出，别的都由不演而失传殆尽，唯独这"掐"出来一"折"，其生命力无穷，它是百观不厌，脍炙人口，而且历久如新，光焰不磨！何也？随手拈举吧：《夜奔》《山门》《起解》……都是货真价实的"割裂品"，可它们经受住了历史的优胜劣败的"天演淘汰律"而长生不老！这奥秘何在？其魅力何来？难道不要回答？

考题出来了。我的答卷倒很简短：这不是别的，就是它们所造的境最高最美，——在中华文化上讲，这种境也就是诗之境，无论绘、塑、音、舞，在中国艺术上其实质都是在造此诗境。

绣帘揭处，只打着小锣，一派夜的气氛——上来一位黑色短衣、腰悬宝剑的英雄武士，从头到尾，只他一个，载歌载舞，一招一式，英风立懦，悲愤填膺，紧张激动……他是在急难中落荒逃命！这在现实中，那情景绝不会很美的，然而在这不大的台上，就这么样地造出了一个人间未有、天上绝无的极美的境。这是"戏"吗？哪里哪里，这是一首诗呀！整出戏只是一首中国的诗。

同样，一个胖大粗鲁的野和尚，不守戒律，也不讲道德，抢人家酒，喝醉了，胡闹到拆亭毁庙……这在现实中能会"美"吗？然而你看《山门》，那真美极了！——美在哪里？请你回答。

又出来一个妓女，是监中囚犯，罪衣罪裙，蓬首垢面，身加锁链，听老解差来传递她，说要起长解，够奔省城太原府受高层审判，于是请求行前辞一辞狱神，然后随行上路。也只她一个，鼓板动处，丝弦起奏，加上那醉人的小撞钟儿给增添的令人神移的节奏美，——你只听那大段八句反二黄慢板，苏三满腹悲愁，一人自思自祷，柔肠百转，低回缱绻……你听你看，这有什么"热闹儿"好瞧的？而她能令你凝神致志，为之动容，为之击节！

这一切都是怎么一回事？

高明自有高明解答。不才如余，则仍然只会说那一句话：这不是别的，这就是诗——中国的诗的境界。

大家好像又都喜欢说中国京剧是"表意艺术"，这自然有理。但我仍然要说：岂止是"意"而已哉，还有神有韵有味，比那个"意"更为重要。它是中国的传神造境的艺术，这种艺术的灵魂，在外部的绚丽迷人的色相声容之美的深处，它不只是什么"矛盾冲突""悬念""扣子""包袱"……等等之类的"情节""技巧"的事情，它更讲求有韵有味。真正欣赏领悟京剧美的观众，对于无境界、无精彩、无韵、无味的演出，是"坐不住"的。则其故可思矣。

说来可惜可叹——有些事相和做法，正是在极力地破坏这个灵魂。有些人搬弄西洋的东西来"代替"中国的境、味、神、韵，和一切精彩之所由产生展显的质素、功夫、修养、造诣，也破坏京剧的高智慧的审美原理。

只拿一种现象作例来讨论一下。比如，京剧的一个重要审美原则是："全舞台人物（不是布景）画面美"，即，以全舞台为"画框"，场面上的人物活动，包括每人的姿态、位置与这些不同人物的不同姿态、位置之间的相互而综合的关系之"全美"，今日之"京剧电影"的流行做法，却是绝少动脑筋如何尽量保存和反映这一宝贵的"全美"，却一味模仿西方艺术的电影技巧去"处理"中国的京剧。于是乎，台步与武场的节奏配合美全消灭了，"开门"的手势美也消灭了……"诗境"换上了死布景以求"逼真"，以致"背后"是丛林大树，中有路径——不去走，却只好还在"圈"里"跑圆场"……而且，你时时看的是"特写镜头"——忽然一个大脑袋在龇牙咧嘴地吓你一跳！各人物在台上的那种极其迷人的"位置画面美"，也就难得再获享受之福了，只有凌乱一大堆。

我自己暗自思量：这真是一种深刻的不幸。这种不幸，却又常常在"革新""改进"的美好动听的口号迷阵中得到了支持和赞扬。

中国人"听"戏，也不仅仅是腔调音乐美，还有一个重要的因素，叫作"戏文"。你看《西厢记》，那自然也不过原为"演出"做脚本用，但又不然，你只去读读看！那真是"词句警人"

"余香满口"。好戏也是"好词"，我不曾赞助"保守派"，说旧词一个字不能动。但我反对用今人的思想意识去"改造"千百年前古人的"精神活动"，颠倒了历史真实。比如苏三，一个不幸落难的痴心妇女，从狱中提出来，她要辞一辞狱神——狱神供的是谁？是中国古贤人皋陶，史称他之断狱最为公正廉明，纠救屈枉无辜。苏三一个无辜可怜的弱女，生活在明代，她祈求狱神——只为与王公子"重见一面"，我只觉得这种唱词格外动人，绝不是在"提倡迷信"。可是也有人说这不行，是毒素，非得让苏三女妓也有"进步思想"才算革新了什么，云云。

提起这些，我有千言万语，说了只怕不合时宜，也就不必多口。如今只想画蛇添足——

中国京剧，是中华文化的一种极宝贵的结晶体，历代无数的创、编、排、演的大师们的天才智慧的积累，都在这儿显示光芒。大艺术家们逐渐凋零，剧目失传过半，现今剩余的已很可怜；而只这么一点点幸存，也还要靠从上到下、多方大力呼吁"振兴"了。说年轻一代不爱看了，该说他（她）们看不懂了才对。不懂还谈什么爱不爱看？为何使他们不懂了？又要请你答一答吧！中国京剧的一切"问题"，实质上都是一个中华文化的"问题"。振兴京剧的根本大计只有一条：弘扬中华文化，提高民众文化素质。这是当务之急了。

缘话

缘，这个字总是触动我的感情。我很喜欢它。它使我眷恋也使我惆怅。它很简单，它又很丰富。它当前无奇，而事后回味最永。它是世俗的寻常现象，却又是哲士深思的妙理。我喜它，也惜它。

缘，有的地方读音如"圆"，有的地方则读之如"沿"。做衣裳的女红（此红音工）术语，有一种"工序"叫作"沿边儿"，那沿实际就是缘字了，所以它是个"糸"部偏旁的字。看来，它似有"伸延""牵引"之义，所以才有"因缘"这一说。当然它还有别的意思，比如"收缘结果"，可见那缘边儿是"收工"的一道活儿。——可是，怎么就又出来一个"缘分"的话呢？这恐怕和女红（现代变成"服装厂"了吧）就关系不大了。

我对"缘"的知识与理解都很"低班次"，因为大抵来自早年看小说的"体会"。不用说，"有缘千里来相会，无缘对面不相逢"，这种"小说哲理"是我的启蒙老师。它使我朦胧地感受到：缘很奇妙，很宝贵，似乎偶然性极大，然而又带着不可思议的"命定性"。所以既有偶然的机缘，又有"前缘""宿缘"，所以缘也是一种"分"（去声如份），"分"就是《红楼梦》里"识分定"的那个"分"，是一种"定数"。

于是我方悟到：有缘无缘，缘多缘少，看似纯属偶然之事，而照一种哲学思想（佛家吧）来看，那也都是早就有"人"给安排了的，一点儿也不偶然。

我看小说时，往往读到一种动人的情景：一位神仙美女，每夜到一位书生的"寒斋"来相会，情好甚笃，非止一日。忽然一夕迟至，面有戚容，临别之际，依依难舍，流涕而言，"从此永别——妾身与君缘尽于今夜矣！"我每读至这种地方，真是"辄不胜情"，为之怅然不乐者久之。由这儿我深悟：原来人生聚散，都是缘的作用。无怪乎雪芹也说"穷通皆有定，离合岂无缘"了。

出外旅行，坐车乘航，必遇同座者，其时，彼此距离之近，简直是"耳鬓厮磨"，如再气味相投，语言契合，那又堪称是"倾盖如故"的一种亲切情谊——然而，"到站了""再见"！从此茫茫海宇，何处真去"再见"？今生今世，天南海北，竟能聚如密友，岂不是有缘？但"缘尽"于一句"再见"，这其实就是"生离死别"的"永诀"了，只不过二人执手之际，心中都不肯那么想，口中都不忍那么说罢了。悲夫！

因此，我常常自思自忖：人生何处非缘，而缘之大小、哀乐、久暂、美恶……各各不同，千变万化，诚为不可方物、不可思议的"关系"现象，但人人皆等闲视之。

不知天下万缘之中，可曾有人创立一门专学——即名之为

"缘学"？

六亲众友，言笑过从，欢乐共之，患难分之，朝朝夕夕，这是何等的善缘？而一日缘尽，至亲至厚，也要分手，从此人间天上，永难再逢。这缘又是多么可珍可惜？然而人在缘中，不知其故，又有几个懂得珍缘惜缘，莫可丝毫轻慢以处之？君不见那鲁智深，吃醉了，闯下祸，被迫离开五台山寺时，拜别长老，他唱的那支《寄生草》有云："漫揾英雄泪，相辞处士家。谢慈悲，剃度在莲台下。没缘法，转眼分离乍。——赤条条，来去无牵挂……"可叹他英雄失路之悲，也着实感慨于"无缘"一义。人，任凭你有天大本领，盖世才华，没有缘法，在世间也只能看着那些"幸运儿"洋洋得意，脑满肠肥，岂不嗟哉。

老残先生在《游记》正集收束时，写了一副对联赠与好友，他道是：

愿天下有情人，都成为眷属；
是前生注定事，莫错过姻缘。

早年阅书至此，亦深觉有味。如今想来，他在有情有味的笔墨生活中，也有小小失误。比如，既云前生注定，如何又言错过？若缘已注定，那是怎么也错不过的，即暂时周折，终究还要结缘；若能错过，则岂为"注定"？这语病可谓不小。我今为他纠改，其下联应作——"是前生注定事，岂错过姻缘？"老残先生若见此拙文，必当首肯，——未必拜我为"一字师"，大约总会欢喜，说我们竟因此而结下了一段"文字缘"吧？

一点儿不差，文字也是大有缘在的。"无缘文字"实际并不会有，比如我这拙文，就是"有缘文字"的好例子，它的起意、产生、编发、印刷、流布、入手、寓目、感应、反响……每个环节都包含着很多层次的缘法，否则世间即不会出现这篇"散文"。是谓"文缘"。

文亦有生有灭，大概也都能用缘来解释。我从幼时十分喜爱的画家丰子恺先生，有个书斋名曰"缘缘堂"。他和鲁迅研究者、名译家孙用先生交好，常通函札。"文革"兴起，孙先生因丰先生成了"黑画家"，吓得把大量旧柬札都付之一炬了。所以"文革"是灭文的"缘法"，信矣。（说话要公道："文革"为灭文之缘，但也"生文"，如"大字报"式"批判"文章是也。友人说，他见某大学的"学"报上至今还登出了那种"风格"的东西，颇有流风遗韵。）但我总还作痴想：也许会有一本《缘缘堂尺牍》印出来。

上文提到鲁智深唱《寄生草》，这支曲文其实是两次说缘，因为那下面还有："那里讨，烟蓑雨笠卷单行？一任俺，芒鞋破钵随缘化。"正是，随缘化缘，他日后一下子化到了梁山泊去也。非缘而何哉？

多少楼台烟雨中

　　北京的西郊，以至西山，是个庙宇最多的去处。少的说是"三百寺"，多的说是"七百寺"，大概谁也没法儿真数个清楚确实。晚唐杜牧之名句曰："十（千？）里莺啼绿映红，水村山郭酒旗风。南朝四百八十寺，多少楼台烟雨中！"两相比照，正不知谁为优胜？这种现象"正常"否？自然也照例是你赞成我反对，其说不一。但如果那四百八十座南朝古刹至今还"健在"的话，那么南京市的旅游收入一定居"世界之最"，无论你赞成还是反对，当你面对那种"景观"，总会暗自说一声："真了不起！"否则，岂不太无审美能力了？

　　南朝为何那么多寺？我只知道梁武帝是舍宅为寺的名人，这显然起了巨大的作用。北京呢，连曹雪芹写《红楼梦》都发表过"批评意见"，他说：这都是有钱的老公们混盖的。一点儿不差，明代太监是修庙的"施主群"。看来，曹雪芹对此颇有异议，但他不仅"西郊憩废寺"而作诗，而且"寻诗人去留僧舍"，"破刹今游寄兴深"，据齐白石老人确言，雪芹贫极时寄居崇文门外卧佛寺，齐老并作画题诗："风枝露叶向疏栏，梦断红楼月半残。举火称奇居冷巷，寺门萧瑟短檠寒"，成为无价的名迹。而且，据老舍先生作诗自注，他在西郊听村民父老传述：曹雪芹曾在万安山上法海寺出过家。

这样看来，雪芹先生究竟是个憎庙者还是个爱庙者？只怕"研究"起来又并不简单，还难以得出"正确结论"。

杜牧曾目击的烟雨楼台，恐怕早已片瓦无存。万安山的法海寺，我爬上去寻觅残踪遗迹，只见满地瓦砾，除石碑石阶外，一无所有。

读史，知道历代有崇佛造寺的，也有贬佛毁寺的，其反复兴替无常，也是一笔难算的账目，据说周世宗（柴大官人一家子）就曾尽毁天下佛寺，将无数铜佛像投入熔炉，改铸为铜钱了。我想他可能对货币流通起过好作用，有功劳，不过，许多寺庙铜铸艺术珍品，多少工艺大师、匠人的心血也就都随之"化"为铜钱了。

阅报，乃知内地、香港以至美洲，都新铸起了"超史型"的巨大铜佛了。

用佛语来讲，"轮回"不但是人所难逃，佛也一概在内。

以上是"寺"的事，寺专指佛庙。寺，原本是一种官署名称——大理寺、光禄寺，直到清代也照旧。只因古高僧曾在寺内译经之故，佛庙就都以"寺"为名起来。寺，与祠、观、堂等有别，比如寺的布局自有规律：山门、四大天王、弥勒、钟鼓楼、观音、韦陀、如来，大体是不异的。道观神庙，并不如此。

中国的佛寺是外来文化而"华夏化"的艺术殿堂，是百般艺术精品的大聚览——民族形式的"艺术博物馆"。所以，千百劫后幸存的古刹名蓝，琳宫梵宇，才成了最宝贵的"文物"和"旅游景点"。它包括着建筑、雕塑、壁画、书法（联匾）、刺绣（幡幔）、金银铜铁锡五金、土木……数不清的百般巧匠之绝艺，还有钟磬、梵呗、木鱼、管弦……诸般音乐，还有精雕木刊本的经卷……它是"文化宫""工艺殿"。

但中国的"本土庙"为数更多，这些应称"祠"。

所谓神，不是灵怪，是人之不朽者，不朽是指其功业、道德、精神永为后人钦仰怀慕，故立祠庙，以寄托追思。药王、李冰、岳武穆、关云长……皆此义也。这更与"迷信"是截然不同的两回事，不必一听见个"庙"字就赶忙板起面孔叫它是"愚昧""落后"的"历史垃圾"。

到了锦里蓉城，你上哪儿去？当然地方多的是，可你不去拜谒一下诸葛武侯祠与诗圣杜少陵的草堂祠庙吗？若对此两古人，说"我无兴趣""也无感情"，那就是对中华文化的蔑视唾弃了，这，又与"迷信"有什么交涉呢？

事情需要分源，需要识义，也需要正当运用这个本民族独创的、群众基础最为深厚的文化形式来进行文化传播、感染、熏陶、宣释等有意义的工作，不一定进庙就为了"烧香磕头"。

准此一义，我曾撰文，呼唤有力的施主们为咱们中华的奇才巨匠"文曲星"——曹雪芹修一座小小的祠庙，因为国人对他确乎太冷落了。

北京雪芹庙，难道不应与成都草堂祠辉映媲美吗？为何无一人出来登高一呼，襄此盛举？

拙文发后，如一枚小卵石投入了汪洋沧海。

不久，作家刘心武在《读书》上发表了对拙著《曹雪芹新传》的书评，文中抒发了他的深刻动人的感喟：曹雪芹与莎士比亚的对比和"处境"之悬殊大异！他慨叹说，中华文化巨人如此难为世界所了解，遑论"重视"了。他说，读《新传》掩卷之后，不禁想起雪芹的文友说他"寂寞西郊人到罕，有谁曳杖过烟林?"他感到了那个令人惆怅的寂寞，而为之酸鼻。

我读了他的文章，也不禁为之泫然。

值得欣慰的是：过了这么一年，我终于寻到了一位热肠古道的女企业家，她由教育界、作家界而"下海"的，她慨然发大心愿，决意为雪芹盖一座祠庙。

听说地已选好，并且设计师已在构图中。

这是令人深深感慰的一件喜事。故此特将这一消息仍然刊布在报上。自然这还只是一枚小卵石，投入了汪洋万顷的沧海，它所激起的小浪花与细声响，再次表明了一种令少数人感到鼻酸目泫的寂寞，这个寂寞，将萌生思索与反思索。

逢年到节系人思

从古来把时光比作水，这恐怕是诗人的妙思，未必常人能设想及此。"可奈年光似水声——迢迢去不停！"你听，这简直是时光的"脚步"，可以令人耳畔闻声呀！"可真没体会到"——所以做不成诗人，原由在此。自我解嘲者会说：我也能运用"时间流逝"这句话呀！但会说会写这样的"文学语言"了，还是无人肯承认你是诗人。必如临川汤显祖，会写出"如花美眷，似水流年"来，那才够得上一个货真价实的天才诗笔。

真的，"似水流年"，时光逝水。这比喻修辞格，实在高级。但比喻总带着缺陷；即如斯例，水是如同李青莲所说："抽刀断水水更流"，你是没有办法"分"它的。可是时光却能"分"。这就大不相同。

时光如果不能分，则"逢年到节"这句话即不可通，即无由产生。

然而，年之与节，似同而有异。从仓颉老夫子造字就能看出：

年的篆字，上面是个"禾"，原是指古代农耕的"年成"——即一年一度的收成。而"节"则与庄稼无涉，它倒是和"非草非木"的竹子紧密相连的。"节"字在简化以前，本是上面一个"竹"，下面一个"即"，是指竹子天生就长成的那一段一段的"节"。

所以，咱们今天说"过节"，是好比循着竹竿儿往上爬——并且爬到一个节就"停爬"一下，歇息一会儿。

所以，若是懂了这个意义，就知道时光不但与水相喻，而且还与竹为比。当然，知晓此义后，也不必替汤公"修改作业"，一定要他写成"如花美眷，似竹流年"。倘若那么办，被打手心的将不是学生，而是"先生"。

既然"节"是循着竹竿往上爬的涵义，那么不待再讲，咱们过节，理所当然地是百尺竿头，更进一步。

这就是，竹喻与水喻之第二个不同之点。

流年逝水，这就意味是回顾，是留恋，甚至时时有些伤感。那情怀是逝者东流，去而不返。它唤起的心境，不是向前，不是瞻望，不是企待，不是更上层楼。而过"节"则并无此义，因为人们过节的情绪是快乐、是欢腾、是庆贺、是吉祥、是祈福——即企望即将来临的"竿头"新境。

我在阳历年刚过、农历年不远的时刻，总是不免心头萦仃着这样的一年一度的微妙而又似乎神秘的思绪。我总相信，中华文化所讲的"一元复始""万象更新"，是我们民族对于宇宙大秩序、大谐和、大同步、大运行的一种极为高明超卓的体察、认识、感受、欣慰与赞叹！

这个，自然和汤公代杜丽娘设想的一切，都是两码事了。

在我中华古历中，你会发现一个饶有意味的现象：你将腊月这个"特殊月"（结束与准备之月）除开不计，那么大约每三个半月得到一个大节。例如，自正月十五元宵，到五月初五端阳，——端阳自初一即进入"节间"，《红楼》有证，正好三个半月。自五月初吉到八月十五中秋，恰好又是三个半月。由中秋再算，过"三个半"月，即正是十二月，那么，进入这"特殊月"就是个特别繁忙热闹紧张的"继往开来月"。

节是一种节奏，节奏本身是一种谐和之美。音乐没有节奏就成了乱聒噪。人的节序之感，也即是一种节奏的美感。这种大节奏，是宇宙力量给安排的，并非全出"人力穿凿"。

逢年过节，多想仓颉老夫子造字时的那个"禾"的事情，——这是物质，不可或缺，还要多想诗人画手所赋与"岁寒三友"一友之竹子的事情，——这是品德的事，也不可或缺。竹是君子，是高风亮"节"的象征，是"竹解心虚是我师"的师表。竹子的既有劲节，又有娟娟清影的丰度，从古成为中华之赞美对象与意象，大约不是偶然的吧？

太原随笔

　　身在北京，又没到过山西，而此刻敢写下"太原随笔"这个题目，有人见了，批为"不通"，说成"怪事"——我不惊讶，因为那都是"可以理解的"，批得本来不错。但是如若还有"会心不远之人"，一看便也心下明白：他这是想写几句"有关太原"的小文字，无非是愿与太原结一段翰墨因缘，人家根本也没说是"坐在太原市里写的随笔"呀！大惊小怪个什么？

　　太知音了，太圣明了。

　　要考我"太原知识"，我可真抓了瞎，大约只有一个办法：效法早年有一个学生临考场上，缴上了一份"革命的白卷"。这位小伙儿还真行，由此出了大名。我现与他不一回事，也没人来考我"太原知识"，是我自设的圈套，自己愿意往里钻的，当然不会缴白卷——无论是革命的与否。

　　我对太原的知识，说来不怕您见笑和见怪，只是听京戏《女起解》时获得的。这出戏我很入迷，不但大段反二黄十分过瘾，整出戏也是一首诗，那么浓郁的诗境——一个不幸的女子被害落难入狱，受尽折磨，有天忽然老解差来唤她，说是要起长解，发往省城太原府，都堂大人要会审这"谋杀亲夫"一案。这天外的喜讯，使她半信半疑；临出狱门了，她请求让她辞一辞狱神。老解差允许了。

这时场上整个戏台里，只她一人，四无依傍，连一片"扶持红花"的绿叶也无，你看这"戏"怎么"表演"法儿？中国人的才思意匠，到了艺术这天界上，那真叫"绝了"！

鼓板一动，丝弦儿响了，——还有一副醉人的小铜撞钟儿增益了节奏之美。只见场上一个苏三玉堂春，柔肠百转，自悲自苦，那反二黄慢板的行腔，真够上一个"如怨如慕，如泣如诉"，一点儿不虚，不折不扣，那女子樱唇慢启，柳眉萦逗——脸上口里，无限的衷肠心曲，她记挂着王公子（还梦想不到她到了太原，在按察院大堂见着了他！），临末儿，她唱的是："我这里，跪庙前，重把礼见；尊一声，狱神爷，细听奴言：保佑奴，与三郎，重见一面；得生时，修庙宇，再塑金颜。"

我每听到这里，目睛泫然——一个被冤无告的弱女，束手无策，她向狱神求助。狱神是谁？就是古贤皋陶，相传是治狱断案最为严明正直的人（其貌慈祥。但有些剧本、小说，把他写作"青脸红发，面目狰狞"云云）。

她求神保佑，也是在图圄中"生活"了一年时光所必有的心情。一个富于感情的、人生多难的女子，在此之际，她不向狱官狱卒作辞，单单只要拜别狱神，觉得倘无这一份儿仁慈，她早已瘐死在牢中了。

这是感动人心的——别忘了那是大明年代，明朝的一个年轻妇女，她还没法儿"现代化"。

可是，据说后来演出的这出折子戏，唱词儿改了——因为苏三不可以"迷信"。戏团呢，戏班呢，更不得代苏三"宣扬迷信"。

历史真实，往哪儿找它去？中华旧时妇女的真心境，也就荡然了，变味了。

苏三辞过狱神，丝弦儿戛然暂止。到她临演完要进"下场门儿"（此门早被洋式大幕给取代了），她唱散板，道是："人言洛阳花似锦，久居禁监不知春。远远望见太原省境，——此一去有死无有生！"她心料此去凶多吉少。我坐在台下，心神随着她的声容，也飞向了太原府去。

我的"太原知识"，就是如此，真真切切。

但我不只"坐在台下"，还曾"坐在台上"——那就是坐在太原府呀！

怎么回事？我青年时在学校里是个京剧社员，唱小生。我胆大脸厚，粉墨登场，演过《虹霓关》的王伯党（当），《春秋配》的李春发，再有就是王金龙（史料作"景隆"）王三公子了。

"苏三，你出院去罢——"

我眼望着女同学扮的苏三，认真地满腹含诚地说……

你看，我怎么没到过太原？那是四十年代的时候，我早坐在那府城的都察院大堂正位上了。难道我没资格写"太原随笔"吗？

不管你怎么理解，我对太原发生了感情，谁也没法儿说不然。

这么一来，我就想："太原"二字怎么讲？

我很快参悟了，那是远古上古山西的先民的语言，意思是天下最广阔的平原。

　　证据何在？在山东。山西的事，如何又到了山那边儿去了？君不见，山东有个泰山？泰，是后写，原本即"太山"。太是"最大""大极了"的意思。大，古音如"代"，比如"大王爷"实音即念"代王爷"，"代"还需再"加强语气"，那么语言学上有个规律，就是变成"摩擦破裂音"，也就是Ｄ变成了Ｔ，"得"变成了"特"。音变强了，书写还要加上一个点儿，大→太，其实一也，山东先民以为天下之山无如"大山"，故呼成"太山"，"泰"是后世"装饰书写法"罢了。

　　咱们中华汉字，这例子多了。有时二字形似难分怕混，也加上一点儿。王——玉，是一例。又如"士""土"易混，古人墨书在"土"字下旁必加一点以为之别——因此古书上"璧"常讹成"璧"。还有老时候汉字四声异读，也要加点以示区分（或在角上角下加画一个小圈儿）。

　　话扯远了，我要讲的就是"太原"正如"泰山"之"大"，古人见晋地四围皆山，到了这块地方，是个很大的平原，就以为天下平原，无过于此了。此"太原"之含义也。

　　你瞧，我这儿在圣人门前卖《三字经》呢。太原的父老、专家、学者们，见此拙文，不禁莞尔粲齿了，说这篇随笔可真"随"了他自己的便，可谓瞎说一气。

　　然而，我毕竟写了太原，您也得承认。

女士颂

一本杂志命名为《女士》，不知出谁手笔？实在好得很，不俗气，让人喜欢。名字好了，内容必然也错不了——否则的话，就不再成其为"女士"了。我的意思是说，一切都不能辜负、辱没这个好名字。

女士，这词儿怎么讲？不问还罢了，一问起来，回答还真不轻松。"书到用时方恨少"，在一问之下，立刻觉得自己学识太不够了，不但答不上来，而且疑难之点丛生。

先说"士"是什么？它大概总与读书、学问有关联，比如旧时对各"界"人排名次，是"士农工商"，士是"读书人"，今日"知识分子"者是也，因为"万般皆下品，唯有读书高"，所以士居首位。现今从西方学制传来的学位"衔"，分为学士、硕士、博士三级，可知"士"的学问是越来越大。幼儿园、小学校……都没有"士"，科学院才有"院士"。那很高级了，带有荣誉的意味。不必多掉书袋，即此可晓：既称"女士"，可不简单哪！

女士之称，何时兴起？我没有"考证"过，心下妄揣，大约也与"欧风东渐"有密切关系。在地球那半边，人家讲演、报告、致词，开头总要称一句Ladies and gentlemen，译成华语就是"女士们和先生们"了。Lady是带着高贵意义的女称，所以译起来就必须用"女士"来传达那"高贵"了。

我们中华文化、文学史上，谁最重视妇女并为她们写了一部巨著？人人皆知，是曹雪芹。雪芹在他书里，却没用过"女士"二字。此则何也？他用的是"女儿"。

这"女儿"，与今日一般人理解、使用的，大不相同。现在指的是某对男女夫妇所生的"女孩子"了。而雪芹笔下的"女儿"，已经需要"注释""解说""讲课"了！

由打这儿，又令人想起咱们中华文化中汉字名词中的女子、女人、女流、女性……等等以"女"字领起的"称谓"。我想考考你：这些词语，有何异同？区别何在？你能逐一地恰当使用而不致出笑话吗？——肯定有人能一一通晓，但也肯定有人未必都行，一问之下，有点犯嘀咕了。

这是个"查字典"的问题吗？恐怕字典也不万能。字、词，有本义，有复义，有引申义，有联想义，有时代社会作用流行义，有传统文化观念概念"典故义"……在某种情形下"女子"与"女人"是同义，可以互代；但在另外情形下，就绝不能乱来、瞎替换了，比如"他娶了一个坏女人"这话里的"女人"就另有"意味"，是不可以用"女子"等词替代的。《打渔杀家》戏里，萧恩要去报仇，女儿桂英也要跟爹爹同往，为之助威"壮胆"，而老父则说："女流之辈，去之无益！"这真是言俭而义丰：第一，女子力弱，难助此等行事；第二，既是女子，倘有不幸，落于敌手，后果更难设想……所以"女流之辈"四个字，道出了人们对妇女的"看法"。

说到此处，大约可以悟知：名词称谓，都不单是个"字眼儿"的书呆子、老学究的事情，它们实际上都在反映着种种的妇女观。

所以，称"女士"，那与称"女人"是大大地不同了——这是个态度问题，是个礼貌问题，是个人际关系问题——归结到底，是个文化教养的大问题。

所谓"人际关系问题"，或许也不妨说成是个社会地位问题，今日之妇女解放了，地位提高了，这才获得了"女士"一称，在早先，情况可不一样。

据历史家说，远古"是母系氏族社会"，"只知有母，不知有父"。那时候，"爸爸"的观念不怎么样，是个"找不着号"的野汉而已，则可见女流之尊了。但是不知怎么弄的，后来变了，变成"男尊女卑""男左女右"了。不但男子自视自居在女子之上，而且女子自己也"自卑化"了，证据何在？你听书看戏，不是常常熟闻"旦角"自称是"奴""奴家""小奴家"和"妾""妾身""臣妾""贱妾"吗？奴、妾是什么？就是奴隶，被视为"贱"人的那一种人。

你看，中国的妇女观，这已发生了多么惊人的变化！

不过，女士们听我如是说，也先不要即时伤心难过，且听我叙叙另一面的情景。

时下都必说"炎黄子孙"，其实炎黄子孙很晚了，应该说是"羲娲子孙"才对。女娲是中华民族的伟大慈母，她补天、垫地、育人，"三才"之道（见《易经》）都由她开始。（伏羲虽是"电子计算机理论创始伟大科学哲学家",但既系"男士",故不在本文话题内。)天上呢,王母娘娘管着蟠桃美境,是位"水果营养补品研究中心"的领导人。泰山与北斗齐名,而泰山之神是碧霞元君,是位女神圣。洛水之神为宓妃,曹子建为她作赋,千古传诵。湘江之神为湘君湘夫人——《红楼梦》的潇湘馆以及黛玉、湘云,就由那"化"来的。可知中华山川之神皆是女性。最奇的,连砚神也叫淬妃,一律是女的!

你看,咱中国人难道对女性不尊不贵吗?

至于历史上的班姑蔡女,红拂绿珠,无数出色女人才,更是写也写不尽,人人赞美爱慕。

《金瓶梅》里的妇女观如何?似乎不太高明高尚。《红楼梦》里的妇女观又是如何呢?哎呀,那可太伟大了。曹雪芹一生贫困异常,都为了给"千红""万艳"传神写照,为她们著书,替她们"一窟(哭)""同杯(悲)"!

我常常想,咱中国至今还没有人肯为妇女写一部系统深入的《中华民族妇女观》的巨著,从头到尾地论论这个大题目,让女士们扬眉吐气——也反躬自省。

中华妇女在数千年文化史上创造了奇迹,她们的才智、技能、美德,实在可令世界妇女叹服。解放了,应当十倍百倍地发挥传统美与创造新时代美才是。但不少的女士却似乎有点忘本了,追求的反而不是更高尚的美好事物和境界了。更有的太不知自尊自重,甘趋下流——怎么反怨人看不起?什么选美呀,挂历裸照呀,某种"职业"呀,"三陪"呀……那依然是旧时代男人把女人当玩物的变形把戏,却甘愿供他们之摆弄。倘若不讲求教育、教养,那么精神世界太低太差,天天夜夜斗牌打麻将,以此为"能"，难道这就是"半边天"的事业吗？南方某大古文化城市，因招考"空姐"之类，报名千余人，初试只有十三名答卷及格；又调查表明，很多少女的"人生目标"是做"明星"，出风头，受人"追"……然则，现时的女士，除了讲求梳妆打扮入时"西化"，怎样才能符合一个"士"字的内涵和人格、灵魂之美呢？

我衷心祝颂：女士们的境界不断层楼更上。

四通八达百和祥

　　《北京晚报》有一版面，题名《四通八达》。有人问：什么叫作四通八达？我反问他一句：地球是圆的是方的？他说：笑话！既曰球了，当然圆，怎么还会方？我说：不然吧？地，一头叫北极，一端叫南极；一半叫东经多少度，一半叫西经多少度——则又何也？既然南北东西一个不短，它不是方的又是啥样子的？你听见说，咱们中华祖先总是讲"天圆地方"，就笑话自己祖宗"不科学"了，那么你试试看，你不用东西南北来指个"地方"（地点方位），你将怎么办？用什么方法讲明白？既然必须（连科学家也不例外地必须）"四方"来指称"地方"，那"地"还不是"方"的是什么？

　　辩论结束。

　　有四方，就有八位——八卦就是按这八位排列的。你听八角鼓岔曲《风雨归舟》，不是还唱"西北乾天风雷起"吗？乾位西北，一点儿不差。

"四面八方"，这句话就由此而生了。杨宗保唱那出《探母回令》中捉住"番营奸细"杨四郎（延辉，是他四大爷呀）之前，要唱小生名段《扯四门》。诸葛亮呢，"名盖三分国，功高八阵图"。你看，四门八阵，凡是地上的事儿，是离不开四与八的。

四八既分，贵在虽分必合，怎么为合？曰通是也。所以，如今两岸汪辜要讲"三通"，即佳例也。通则合，合则和。古语云：政通人和。真是字字确当的。

中华文化的最极标的，是什么？一个字：和。君如不信，请君一思：中医生理药理认识，最高境界叫"太和"。中华音乐之精义何在？也是"太和"（有书曰《太和正音谱》可证）。太和，最高境界的和谐是也。

怎样才得臻此美境呢？没有别的，一靠通，二靠达。所以又言"上命下达""民意上达"。达，即通的结果，或者叫"效应"。唯通，方达。若已能达，方证其通也。所以达是通的更高层次。

四通八达，像是个"横向空间问题"。其实也要包括"纵向空间与时间问题"。通达并非只是个"表面方位"的事情。它的真正精义还在于它具有深度。

新秋漫笔

写随笔散文,可不可以掉书袋?有人反对,我倒觉得也不妨大事,只要掉得好,说到根儿上,书袋是中华的"家底儿",谁让咱们有这么丰富灿烂的书袋呢?有这样的"袋"而不去掉、不会掉,任凭它霉毁虫伤、火烧水浸,已经是地地道道的败家子,不肖儿孙了,怎么还要反对它?家有敝帚,尚知自珍——敝帚比之书袋。哪个更可爱些?那种没有书袋的野蛮民族部落,他倒想"掉"上一番,可又从何掉起呢?不管怎么论辩,我看书袋这东西并不可怕——只有故意卖弄几本别人未见的僻书秘本的,才有点讨厌就是了。

有人以为讲中华大文化,离不开孔孟老庄之类,那才必须掉书袋。其实也不全是那么回事。老百姓的日常谈论,民间市井的说书唱戏,处处是书袋,他们天天都在"掉"。这才是"老字号"的真货色。可惜,大学者们总只是念念不忘那一套"京味儿小说""通俗文艺"概念模式,老是在什么"塑造形象""刻画性格"这些理论名词术语上转圈圈，几乎也有些像"拿着金碗讨饭吃"。中华的金碗呀——里面盛着些西方的残羹剩饭，以至人家的"牙后慧"，而自以为洋洋得意。

当年大鼓书界，有鼓王刘宝全，给京韵大鼓开辟了一个完整崭新的天地，他精通弦索，自弹自唱，又精通京师北方地区的百种曲调，天才独赋，融汇创造了刘派鼓书，成为百世宗师。他擅长的是《三国》《水浒》这类段子，脍炙人口，他不像白老云鹏以《红楼》段儿倾倒一代听众。可是他还有一段《大西厢》最为拿手，轻易不露。我早年有幸，在津门"小梨园"赶上一回，亲耳享受了他这段绝活。京津一带，刘派弟子辈无虑数十百名，可谁也没法儿真学到他这《大西厢》的风神韵味——那是学不了的。为什么学不了？原因虽多，但主要一条是：没有他那种文化素养。

《大西厢》绝活绝在哪里？绝在又庄又谐，真达到了一种无法思议的"矛盾统一"。这段子是唱崔莺莺思念张生成疾，想方设法婉转言辞地打发小丫鬟红娘去请他来会。先是红娘"装傻"，然后一语道破小姐的心病，主仆二人"逗闪"，妙入毫芒。后是红娘奉命来到"西厢"，又和"书呆子张老二"大大地"斗"了一场"法"，滑稽突梯，令人绝倒！这种"内容"，充满了诙谐，极易流于低俗肉麻的格调——可是刘宝全的这段《大西厢》不然！鼓王的那词句，那声韵，那神情，处处妙绝，可又绝无丝毫下流恶俗气味，倒是让人感到在谐趣之中充溢着雅趣。这就神了！

所谓"雅趣"，并不是文人的酸腐冬烘，或诗云子曰。这就是我指的中华文化的真素质了。

这么一段曲词鼓书，尽管时时令人绝倒，但唱到结句"到了后来十里长亭钱别，哭坏了莺莺、这不叹坏了小红娘"，声腔节奏，意蕴情肠，俱使听众为之动容感发，甚至有歔欷之声往来于胸次，觉得那歌音弦韵，绕梁无尽。这就表明：它一点儿也不同于庸俗。

小红娘奔赴"西厢"，目见那庭院景色，而门上的一副对联，也"写得那么真在行"。什么联呢？上联写："庭有余香，谢草郑兰燕桂树"，下联配："家无别况，唐诗晋字汉文章"。

这联早先很流行，本来只是个七言对，后又配上了上面四字，成为十一字联语，这像是很俗——非真正大雅人家所用，但细一想来，从"语法分析"上讲，它没有"主语""动词"，也没有"连接词"，只"堆砌"了"六种东西"，根本不成"文法"的——要译为"外文"，那就使洋人目瞪口呆了！

然而，这才正是真正通俗普及的中华文化的光辉，包括内容与形式。

对联，是汉字文学文化的独特产物，天下独一。它字对、词对、音对、意对，表现力与审美度都极高超。

谢草，谢灵运、惠连弟兄诗人的事情。

郑兰，郑所南品节坚贞的画家的事。

燕桂树，君不见《三字经》中也说："窦燕山，有义方；教五子，名俱扬。"老北京北城有一个坊就以此取名，燕即燕京之燕，要读平声如"烟"。

唐诗——以李、杜为大代表。

晋字——以羲、献父子为大代表。

汉文章——以司马迁、班固为大代表。

行了！这还不是中华文化，那该什么才是呢？

思议一番，越觉得，过去人们嘴头上烂熟的"俗"对子，入了不登大雅的市井"俗"文学的俗"玩意儿"（旧称剧、曲、演艺之语也），原来里面包涵那么丰盈富厚的中华文化。

想当初，坐在"茶园"里听大鼓书的中国人，都听得懂，听得津津得味，入神，倾倒。难道他们是"文化人士"？非也。然而他们身上若没有中华文化的"构成因素"，行吗？

一副对子，六样"东西"，这叫什么？如今我这么讲讲它（粗略极了），又叫什么？难道这就是掉书袋？——然而不是掉书袋，又算什么？

于是笔者喟然叹曰：生为中华人，甚矣其掉书袋与莫掉书袋之两难也！

——"什么？你竟把这副对子里的六项名目叫作书袋？它不让人笑掉大牙！"有人惊疑。

确实的。那是中国人的基本常识，怎么讲也算不得掉书袋。不过，今日几人能唱《大西厢》？几人肯来听？听到那"六项"，保险都明白那是说些什么吗？如不敢保这险，我看这也就算一份书袋了吧？

这是市井俗文学呢。中国人就是这么样的文化迷。但不知今后的炎黄子孙们，于那种"鼓词儿"有何"感想"？妙哉，难言之也矣。

妙语与妙人

　　语妙，魅力最大。凡语妙绝人的人，必定是位大天才，是位受欢迎的人，也是位妙人。当然这指的是"真格的"语妙，而不是指那花言巧语，不是指那"嘴是两扇皮""狗掀帘子——嘴支着"。光耍嘴皮子、贫嘴、贱舌，俗不可耐，怎么能认作是语妙？那可是太"不妙"了。

　　语之妙，可以令人倾倒，也可以令人绝倒。比如要想学说相声，想在相声界出名，就得靠语妙。如果你以为相声只是想方设法地逗人乐，而你的"方""法"又无一妙处，只会出洋相，那就"猴儿吃麻花——满拧"了。可惜相声新段里，真正够个语妙的，实在还不太多。由此可见，语妙之事，谈何容易。

　　拙文的上文，无意中就用了两三个歇后语，会创造歇后语和会说（即运用得绝妙）的，都必然是天才和妙人。所以咱们就不妨从它说起。咱天津的歇后语可称丰富——不知哪位专家正在或已然作出专题研究？我看这不但有趣，也值得下点儿功夫。歇后语往往又是历史社会的绝妙"反映"。举例子来说，天津人早先爱说的，有一句是"老太太上电车——"，那"含"在下边的"半截"是什么呢？今天年轻人必然想不到，原来那是"——你别吹！"所以你若听见张皇其词、满嘴大话的，你就说他"老太太上电车——"，他准脸红。

这是怎么回事呢？原来这就是天津的一段历史。这种历史还是应当知道知道的好。在旧年，天津有"租界"，大约就是"八国"的"不平等条约"吧，订了的，在租界区主权属洋人。洋人在租界里创办了很多"新鲜事儿"，有轨电车是其一也。那电车可真是神气十足，远远望上去就像一座木头箱子，浑身乱响地向你驶来，吓得人退后三尺，然后抢上——其实那时候人少极了，每站也不过三五七位乘客就是了，为何还要"抢上"？只因"气氛紧张"，它不等你上完就开！这么一来，当时的缠足妇女，尤其是上点儿年纪的老大娘，那上电车可"惊险"得厉害，那车门窄，车箱底离地也可真够高的，老大娘们（特别是外地的初到城市的）那几乎就是"爬"上去的！好容易挣扎着上车了，那双小脚还不知怎么站才"稳"——就听嘎的一声，卖票的嘴里有个怪声怪气的觜儿，他就鼓动腮帮一吹，这一吹不打紧（那声音活像一个癞蛤蟆让靴子踩扁时挤出的叫声），说时迟，那时快，只听"哐啷"一声，电车猛开，小脚大娘还没找到座子，也没"拉手"，一下子就或许给"甩"倒在那儿！因此，几有经验的机灵些的老太太，脚一蹬车，嘴里先就向卖票的"警告"，说"你别吹！"别吹者，叫他慢吹觜儿别开车也。而语言创造天才家却借它来嘲讽了爱说大话、专门吹牛的"哥儿们"。

你说这妙不妙？妙的是，妙语双关，活灵活现，反映了当时的有意思的社会历史生活情状。

与"租界"辉映成趣的，还有一种历史现象，就是天津曾有相与数日的白俄人寄居。他们因生活无着，男的常常靠兜售推销肥皂来度日。他们抱着这种日用商品上门来求售，因居留年久，也能说几句汉语，所以当上门求售时，口中常说的一句话是"没法子"。于是乎，津沽一带，便又出现了一句歇后语："大老俄卖胰子——没法子！"每当说自己到了无可奈何之际，便引这句话来解嘲，让人听起来又好笑，又带着苦味，甚至令人难过。

时至今日，那一切都成了异样的历史陈迹，后人逐渐不懂得了。真让人可思可叹。

以上是租界一带的事。老天津卫城里，歇后语也不会少。有心之士，记上一记，总比吃饱了摆麻将牌桌子要对子孙多有点儿"念心儿"。

至于市中心以外，那也十分有趣。我是南郊人，小时候听的妙语就很多。比如，黑云密聚，雨势将临，突然觉得有水滴浇到头上身上，那么语妙之人并不是干巴巴地说什么"哎呀，大雨即将开始进行啦，我的皮肤已然有所感受啦"等等八股调，而是说："嘿，二姑娘的棒槌——点儿来啦！"这怎么讲呢？这又是历史呀，早些年间，哪有什么"洗衣机"，衣服布帛靠人工搓洗，且都要浆洗"鼓立"了，要用棒槌在"捶帛石"上捶得板板生生，挺挺头头的。这种活儿，照例是妇女——"二姑娘"者，代表她们也。这就是古代说的"砧杵"，诗词里常见的，一听这种声音，就会引动游子客寄的深深乡思。而以杵捶砧，是有一定的节奏规律的，捶得好的，也十分动听，也是一种艺术呢！这就是"点儿"，即"鼓点儿"的同一意思。天才的歇后语创造者，又把雨点儿和棒槌点儿巧妙地运用起来。真是天才，令人绝倒。

可是，今天还听见过"二姑娘"的节奏的老乡亲，也屈指可数了吧？

我年轻时，听过一个歇后妙语。那时候，地方（天津县）官府常常"出告示"，就是把印好的"命令"晓谕于民众的方式。一贴出这种东西，人们早已熟知，十之八九没有好事轮到百姓头上，不是加苛捐，就是新摊派，变着法儿要东西要钱。这日，一张新告示又贴出来了，一伙人围着看"新闻"，有位乡中父老马大爷，名字里有个"显"字，故此人称马老显，其人老实巴交，木木讷讷，人都和他友善亲近，他不识字，却也参加"围观"。有一调皮的，明知他不认得字，偏上前问他道："马大爷，您看这告示说怎么着？"马老答道："嗬，又够呛！"那人又道："上边还写着你老呢！"马老答道："我也够呛！"这番对话，传为大家苦笑的一桩话把儿。乡中常听人说这句："马老显看告示——够呛！"总是逗人大笑一回。

够呛者，犹言吃不消，够受的。那年头儿，官府告示一出，人人都知是又加重负担，所以是"又够呛"。此言包含着多少辛酸在里面。

由此可见，民间的歇后语，不仅仅是群众的智慧创造，同时也是一种历史见证，人们的心声——也就是一种词章之类以外的另有风格的"典故"，研究起来，大有意义。轻看了它，以为不过闲文取乐的"低级"趣味之品，怕未必公道吧。

毫厘之差

五四新文化运动已逾七十周年。一提"五四"，当然首先使大家想起"科学与民主"，然后还有"白话文学"，等等。对于后者，当时是打破几千年"文言"世界的"爆炸性"大事，但如今早已司空见惯，任何"文件"也不再之乎者也了。由此之故，有人便发生错觉，以为文言已经彻底灭亡几十年了，只有到古书里才能找见那种文词了。

是这样子吗？请允许我做一"惊人之笔"——曰：非也！

文言虽被打倒，却是"遗孽"犹存。谓余不信，请观下文。

比如说，遇有喜庆之事，不论是你发请柬还是受请柬，通用的"结语"是什么？是"恭请光临"。我就要问了：这是白话，还是文言？

如若你分不清，那么咱们可以用推理的办法来审断。恭请光临，是可以翻成"白话"的语言，所以它并非白话。再者，比如学校开学，也是喜事，举行典礼，校长决不会向一年级新生说他的到校上课"光临"。这也证明：它不像是"白话"。

然而，问题发生了。一个学生问老师：什么叫恭请光临呀？老师答说：是请人来的意思。学生又问：说"请你来"不就得了吗？干吗不说白话用文言？老师想了半日，说是：为了表示客气。

另一个学生问：怎么白话就不能表示客气？为什么不把它先翻成白话再用呢？老师说，也许是不好翻吧，你可以试试看。

学生用了半日工夫，翻译的结果是这样——

"恭敬地请您满身发亮地到来！"我于是想：假使咱们的请柬的末尾都是这种语言，事情可大是热闹。更麻烦的是，若是由此类推，既有喜庆书，也会有哀悼事，你每日阅报，常见的标题词句，就有"瞻仰遗容""向遗体告别"的语言；如果嫌它太"文"，应该打倒，那么势必要换成了"眼珠朝上看死人的脸""和死尸说再见"才行——但是若都这样，"话"是"白"了，可你受得了吗？

这是为"文言遗孽"辩护和争取生存权？根本用不着。因为它尚自生存，何用争取？

那么，这是一种什么道理呢？有人说是文人习气，惰性习惯。我看不一定那么回事。

依我愚见，汉字语文中，天生地具备着一种独特的"文言性"，绝非某一类人（比如书呆子吧）的嗜好和捏造强加上去的。你每日打头碰脸的一些话，都不能划归"白话类"中去。比方说，你看见一句话是"趋谒某前辈"，这太文了，要改"白话"，于是你换说"快步行走（或'小跑儿'）去拜访某个比我大一辈的人"，行不行？假若说行，我还要问一句：你那"拜访"又是文是白？"拜访了张先生"为何不可以换说"磕头作揖地串了张先生的门儿"？岂不更"白话"？

所以，咱们还得继续说一些"文言"话，一个新闻社，发了专电报道，说是某国贵宾在某处"下榻"，某处"进餐"，他嫌这太"文"，一律改说在某处"把吊着的床放下来睡觉"，在某处"呛了一顿饭"，那么该新闻社非关门不可！您是记者，写一篇报告文学，叙某兄弟二人的"手足之情重"，您嫌不"白"，要写作"手脚情重"，那是会引起"动武"的。

汉字语文就是这样奇妙不可思议。"红颜薄命"，人人懂；你非打倒文言硬说是"红脸蛋儿命运不厚"，可有谁来欣赏你这位语言大师的白话创造呢？

我注意到许多报纸上常常爱用个"其"字，误以为它能和"他"字随便"对换"。其实这是错了。"其人其事"，绝对不是"他人他事"。"他未能出席"，不可以说成"其没能摆出座位而出现"。汉字与汉字之间，有一种独特的"组联法则"，是不许乱来的。又时常含有成语的"约定性"，也不容随意而为。您报道某某大会"开幕""闭幕"，可以；如果您写成"启帷"和"拉上帘子"，准被领导叫了去挨训。

这都属于"文言""白话"之分的范围。提倡白话文的胡适先生，形成了一种极深的成见偏见，他认为，是"白"就比"文"好，一点儿"文"也不要沾。可他主张的《红楼梦》"自传"说，却不用"白话"："作者自己写自己的传记（或故事）"这类的话。曹雪芹的小说，文笔极美，可是乾隆壬子年印的那个"程乙本"，偷偷地把雪芹原文大加篡改，胡先生认为改得"更白话化"了，所以就好。并让亚东排版新版重印。我曾与他老争论：假若我按现时流行的（二三百年以后的）语式词汇，把一部《红楼》伟著改得比"程乙本"又加十倍地"白话化",胡先生是不是也给我这"改本"排印流传?胡先生回信说他并未说"程乙本"好,只是"校勘性质"。我信里还说:雪芹当日著书,并未预想二百数十年后会有人提倡白话,他的书也无意要入《白话文学史》!我们不能提倡乱改原著。

胡先生看了,很不高兴(因为《白话文学史》是他所著)。那时太年轻,说话不知轻重。今日很觉不对。但是我始终认为,白话应当提倡,但若因此遂尔走入极端,就是凡"白"即比"文"好,那实在是不明白汉字语文和文学作品本身自有特点的一种非科学的见解。

七十年过去了,文言尚有"遗孽",何况其他乎。

愚意以为,只要条件允许,还是学一点"文",它与"白"并不是"不共戴天"的死对头。只要你深明其分合异同的微妙关系,正确使用,那么它是一项非常重要的文化修养,也是一种十分有力的表达手段。

不悔——知愧

　　我还是服膺曹子雪芹的话："愧则有余，悔又无益。"八个字像是只不过一两层道理，其实却是千回百转，回肠荡气的人生感叹。不是不悔。若真的不悔，那愧又何来？其愧既又有余，则其悔之深可想而知矣，然而，悔到底是个"马后课"，比及知悔能悟，事情早已明日黄花，成了"历史"，故曰无益。俗话还常说"追悔莫及"。是以万人能悔，虽是好事，毕竟那万人已然做成了至少一万件错事坏事了。呜呼，岂不可悲，岂不可痛。

　　这么说，其实还是一层最浅的常理。倘若细究起来，雪芹是个大智慧者，他那话涵蕴的内情恐怕还深还厚得多。那"无益"，也许并不是顽固不化，执迷不悟，死不回头，而是这种悔者，本来丝毫没做什么错事，倒是做极高尚极善美的事——可结果呢？做错事坏事的万人都功成名就，位高禄厚，洋洋乎自得，而这个做好事的曹雪芹，却落得"万目睚眦，众口嘲谤"，一生忍辱负垢，受尽了欺侮贬抑，诬陷伤害。雪芹之知悔而又曰无益，盖深嗟人世之险恶，天道之不公，把他那无比沉痛的话看浅了，懂错了，则是更加可悲，更加可痛！

我常常为此而自己忧愤，世人待他太浅薄，太恶毒了。心里十分难过。

只因这么一点痴念，我自己也走上了一条可愧可悔的狭路。

我不幸之至——当上了"红学家"。

甲子（1984）那年，我作过一首《自咏》的自度曲，幸有存稿，其词曰：

> 为芹脂誓把奇冤雪，不期然，过了这许多时节。交了些高人巨眼，见了些魑魅蛇蝎；会了些高山流水，受了些明枪暗铖。天涯隔知己，海上生明月。凭着俺笔走龙，墨磨铁，绿意凉，红情热。但提起狗续貂，鱼混珠，总目眦裂！白面书生，怎比那绣弓豪杰——也自家，壮怀激烈。君不见，欧公词切。他解道："人间自是有情痴，此恨不关风与月。"怎不教人称绝！除非是天柱折，地维阙；赤县颓，黄河竭；风流歇，斯文灭——那时节呵，也只待把石头一记，再镌上青埂碣。

您看这支曲子，可不算短，该说是个大曲。它说了那半日，到底说个甚么？那中心焦聚，正是个悔与不悔的问题。因为这实在合题对榫，我才引录于此，以见我这拙文，并非随时就题托寓，真是在自家胸中，思量已久了。

这支曲子，分明说的就是一个悔，一个不悔。说悔，那语气好像是受了那些魑魅蛇蝎的那么多的明枪暗铖，可谓遍体鳞伤，若不当"红学家",何致如此？是则悔之之意存焉。说不悔，那语气也不为不强了，为了给雪芹脂砚洗雪奇冤，受了这等人的欺辱伤害又算得什么？倘若因此而悔，一切都不值一哂了，也把雪芹的价值给拖下不少。我怎么能改易初衷，向魍魉蛇蝎投降呢？

所以，始终不悔，永远不悔。

这一不悔，是永恒不变的。我将继续承当一切明枪暗钺的惠然垂顾。

欧公的那十四个字，见于他的小词《玉楼春》。我以为，把它摘取来移赠雪芹，最是贴切不过。雪芹是我中华最崇高最伟大的情痴，但他的小说（原著，不指一百二十回程高伪续本《红楼梦》）绝对不是为"风月"而作。他的情痴，已臻极处，应尊之为"情圣"才更对。但是，痴还是一个关键的字义。此痴，非本义"不慧"之谓，相反，那正是大慧若痴，如同大智若愚之理。痴方能执著，方能锲而不舍——方能无退，即不悔。

雪芹明示吾人：愧则有余，悔又无益——其不悔之教，可谓至矣。

小说里的贾宝玉是谁？有人说就是雪芹自己的化身幻影，有人说与雪芹无关，是张三李四的"集中概括"。唯鲁迅先生明言不讳，一曰贾宝玉的模特儿是曹雪芹，再曰雪芹是"整个儿的进了小说"。我愿意听信鲁迅先生的话，他不开玩笑，也不背教条。那么，您看雪芹怎么写宝玉？他为了蒋玉菡的事，为了冯紫英的事，为了龄官的事，为了金钏的事（还有隐在字里行间的某些人的事），遭到了一场几乎致命的毒打，及至黛玉慰问他"你从此可都改了罢"，他却长叹一声，简断地回答："你放心，别说这样话。我便为这些人死了，也是情愿的。"

这声音，也就是雪芹的回答别人劝他逼他放弃写书的声音。

他又何尝悔，悔什么？因他自知并没有做坏事或做错了事。

"风月"是表面。"这些人"也绝不是一个人，是一群人——即一类同型之人。一部《石头记》原计划是写一百零八名女子英豪——如《水浒》之写一百零八条男子好汉。正所谓"千红一哭"，"万艳同悲"，即是此义。

然而，他又悔个什么呢？

雪芹的诞辰是首夏芒种节四月二十六日，他在书中用明笔暗墨巧妙记明，但世人不悟。我有一首拙诗咏怀写道是：

> 今日芹生日，萧然举世蒙。
>
> 寿君谁设盏？写我自怜工。
>
> 万口齐嘲玉，千秋一悼红。
>
> 晴蕉犹冉冉，甄梦岂全空？

在万口嘲谤、千夫所指的压力下，他为了"悼红"，毅然不悔。他是位不世出之异士奇才，而无人正识，反遭诬谤。我们这些通常的大俗人，休言"望尘"二字，可人家为了那么崇伟的目标都能不悔，咱们又所悔何事？

无悔，不悔，难悔，也拒悔。

可是悔与愧常常相联，如有不解之缘；揆其原由，大抵因愧生悔，所悔即所愧，二者一也，本不可分。反过来，能推衍出一句不悔即无愧吗？这就是一个大问题，凡曰不悔者，必须想想自己内心，有无愧怀？然后再言悔与不悔。

扪心自问，我做了"红学家"，一面无愧，一面有愧。

无愧者，从四十年代一开始，我就是只知为了芹脂奇冤洗雪，不知有它。那时是个青年学生，写了第一篇"红学"文章，连"发表欲"都没有，就压置在纸堆中，自然更不懂发表了还有"稿酬"。至于凭借着这个冷门兼热门的"学问"竟也可以升官发财，当上什么"长"之类，还有公费旅游的条件，可以到处用假头衔去招摇撞骗……当然更不曾梦见。所以也没有排挤别人、打扮自己的意图。很纯洁，很天真。

在这一面，无愧。暗室无灯，也没怕过有鬼来报仇问罪。而且直到今天，还是如此。

然而，另一面则抱愧实深，想起来时，觉汗颜内疚。这就是：我自知并没有充当红学家的真实的德才学识。如果在这一点上我不自揣量，那真是不知愧耻之尤了。

记得似乎是曹子建说过一番比喻：须有美人南威之色，方可以论姿容；须有宝剑龙渊之利，才堪以议断割。每诵其言，辄生愧心。又闻《文心雕龙》著者刘彦和大师曾说："夫麟凤与麏雉悬绝，珠玉与砾石超殊；白日垂其照，青眸鉴其形；然鲁臣以麟为麏，楚人以雉为凤；魏民以夜光为怪石，宋客以燕砾为宝珠：形器易徵，谬乃若是；文情难鉴，谁曰易分？"雪芹是麟凤珠玉，是龙渊南威。——而我是个大俗人，大陋才，大卑识，大禄蠹——我会有资格来对雪芹说长道短吗？

岂非笑谈，岂非神话？

实实愧煞人也！

说到这一层，就须识得雪芹和他的书，具有几个层次的巨大的悲剧性。一是雪芹这个人的遭遇的悲剧性，怀才沦落，不为世容。二是他的书的悲剧性，那为了千红万艳同悲一哭的博大思想襟怀，却被伪续者篡改歪曲而成为一男一女、哥哥妹妹的"爱情不幸""姻缘未遂"，才子佳人，被"小丑"拨乱破坏了的大俗套。三是此人此书的身后命运的悲剧性，第一流大学者、高人卓识，不屑不肯来为之研讨论著，却把"红学"的责任落到了像我这样不学无术之人的手中笔下，由白日青眸，而鲁臣宋客……呜呼，岂不愧哉，岂不悲哉！

知愧，知愧。这愧，是为了自励自勉，努力提高与充实自己。龙渊南威，这辈子是无望了，但还妄欲高山仰止，景行行止。所以这愧，并不由此而生悔。这道理是明白无误的。

知愧，不悔，无"矛盾"可言。知愧是为了鼓舞自己不断努力，使可愧者逐减，也为了与那处心积虑挤抑于我的比赛"本钱"。不悔，是为了增强勇气与体魄，以便抵挡那些与日俱增的明枪暗钺，承当伤害。两者都是积极的，友人说我"竞技状态"总是良好。

但近来，不时传来各地友好的关切的声音，有的说："读过某刊，时有与您毫无干涉的事，也会贼贼咕咕地捅一刀"，表示慨叹。有的说："请多珍重，一些不入耳的话，不必多往心里去。"我着实感动，感激他们的不敢明言多言而又不忍不言的苦心蜜意。我拿什么来报答这些善良的心田呢？

可怜，没有别的，还只是四个平常的字：知愧，不悔。

鲁迅先生当年也说过一段话，大意是：世界是大家的，不是谁一个独占独霸的，我也要来逛逛——"潇洒"一回，咱有这权利。

我们中华汉字奥妙无穷，悔是"每"加上"心"，"每"加"日"为"晦"，加"雨"为"霉"，这都让人不起快感好感。那么，悔的心情应是黯然低沉的了；但是，"每"加"文"为"敏"，加"㐬"为"毓"，却是吉祥繁茂的境界。"每"加"木"为"梅"，加"水"为"海"，那就更是不黯淡不低沉。我是决意不悔的，但万一有朝一日被逼得非写"悔书"不可时，那个"竖心"里也会隐藏着木和水，只觉寒香挺秀，浩荡汪洋，还是光明磊落。"红学"的本来境界，即是如此。是以悔与不悔，总归是如木长春，似水长流，不枯不涸，因为真红学是永恒的生命，无尽的时空。

　　甲戌深秋，写讫于燕都东皋。是年为"甲戌本"之二百四十周年，雪芹诞生之二百七十周年，逝世之二百三十周年。

少年书剑在津门

故乡是一部读不厌的书。那页页行行，写着我和侪侣们的青春——它经历的路程，它焕发的风华，它遭受的苦难，它涵蕴的情怀。

我大排行第十五，小排行第五，都居末。幼子是最受疼爱的，生性又腼腆，怕见生人，又怯弱斯文，因此家里舍不得早点送去上学。入小学，已经九岁了（虚岁，当时的习惯说法，后文同此）。小学岁月给我留下印象最深的是三件事：一是反侵略，抵制日货，反对"二十一条"，小学生游行；二是闹兵荒，什么奉军呀，杂牌呀，败兵窜来，必然占住学校，一停课就是多少天、几个月，也不知多少次了；三是逃土匪，那匪是以小站为中心的绑票匪，以手枪为主要凶器，围攻村镇，绑架勒索，有时也害人命——最令人失"望"的是他们只敢欺侮同胞，不敢抵抗日寇，反而闻风即遁（这种土匪是直到解放才被消灭的，所以华北沦陷时仍然肆虐于一方）。有一年，我就因"逃难"而借读于别处的一个陌生的小学里。我自己已说不清小学到底是怎么对对付付、七断八续地上完了的。

我考进初中，已经是十五岁了。这中学是河北大经路东侧的觉民初中。这个学校是河北省的先生们办的，所以天津卫的阔子弟罕见，而以文安、徐水、河间、献县、沧、景、盐，以至京东诸县的"外地"学生为多。这就是说，它的风气必然是朴实无华，还带点"村"气，可是正派，规规矩矩，扎扎实实。毛病是太死，只让学生读死书，不知其他。校规极严，学生们见了"老管儿"（管人的——舍监）如避猫鼠儿的一般。到校外去必须请假获准才行，不然，擅出校门一步则记大过一次——三次开除不赦。

我们这些活生生的少年，可闷得慌，实在难受了，到"大门洞"内站站望望——这不算"出校"的。校门外是一大片空场，每天有二十九军的士兵来练大刀。他们的大刀队是有名的，足令敌人闻风丧胆。我很爱看练大刀的，大刀环头上有红布为刀"穗"，十分有气象。一个一个的壮士，远远望去，只见都是红面大汉，威风凛凛，真像三国周郎营中，皆熊虎之士也！

小小的心灵上，深深地留下了这些印迹。自己那时候对一切大事虽然说不太清，但也分明意识到，大刀练得越勤，那风云形势也就逼得越紧了。

觉民三年，我的"文学事业"已经发端。不但作诗填词，都自己摸路而行（当然那是很幼稚可笑的），而且开始写"文章"，竟获一个报纸发表。记得得到的报酬是一册书。

毕业了，要升学，决定考南开。南开和觉民可就大大不同了，一切都两样得很。

我小时有颖慧之誉，记忆力特别好，读过的课本再不要温习，都能一字不差；从小学直到初中，每学期大考列榜，铁定是第一名。因此很受老师、同学的青目，真是另眼相待。同学们还善意地给我一些美好的"外号"。可是考南开中学，录取榜上名列第二，当时心里真觉得是"奇耻大辱"。但这对我是一个转折点，从此不再那么重视分数、名次，精神志趣逐步转向了课本知识以外的文化领域上去了。

那时的南开中学，真了不起，简直是个小学府，我不知道天下有几个中学能像这样地有规模有气派，学生的知识来源、思想天地、生活实践，都那么不同于"高级小学"式的中学校。我这时的文学活动主要有三方面：研习宋词、写散文、练习翻译，都在校刊上发表过。我还试用英文译冰心的短篇小说。而且，对红学研究，那抽端引绪，也是在这个时期。

但是我们的学习、生活，不是十分安然的，侵略者的炮火硝烟味，似乎一天比一天地浓而迫近了。那时南京政府的"不抵抗主义"激起了我们这些青年的强烈愤慨。一个寒假，我们一小群学生放弃了"回家过新年"的乐趣，南下请愿，可是铁路局不让我们这群孩子上火车，我们就下定决心用腿走。整整走了一夜，清晨才到了杨柳青。找了一个小学校"打尖"休息。一看外衣领子，自己呼出的气息已经在上面结成了一层很重的"霜雪"……

我们这级高中生，后来在韩柳墅当了"学生兵"，跟二十九军的营连排长们接受军事训练。除了对待学生是客气得多、照顾得到之外，一切体制都和真的新入伍一样，剃了头，穿上灰军装，发真枪（只不给实弹）。整天一刻不休地到旷地去学打野战，什么"散兵线"呀……当时都很熟习了。我的饭量大得自己吃惊，后来告诉家里人，一顿吃六个大卷子，都不信，说我说得太玄。

这时已到了卢沟桥事变前夕了，二十九军考虑到我们这一大批学生的安全，只好解散这个特别的青年军营。我们刚去时，自然并不都"舒服"，可是到了这时，我们都被集中到大操场，官长正式宣布因为侵略者的逼近，为了同学们的长远抗日救国的前途，决定解散时，泪随声下，我们一齐都哭了。

我还记得那些军官给学生扛行李上车时，我们拉着手依依难舍……

爱国，对于我们这样的学生来说，是刻骨铭心的。

何限深情

似梦还真五十秋，

燕园清露尚展流。

明湖绿影当时冀，

谁信周郎是白头。

以上题句，是我千端绪、九回肠，而后又将万语千言"提炼"成为这四七二十八个字的。一提起燕园，流光似水，年华何驻，岂非也似梦境相同？然而你千万莫叫太白、东坡这些大智慧人骗了，他们口里说"浮生若梦""人生如梦"，如果你太天真，以为他们真是这么"看问题"的，就上当了。事情要比这现象复杂万倍。如今的文史家评论家，一见这"二梦"，便认定李、苏两大诗人都是"消极虚无思想"，其"人生观"是错误的，应予"严肃批判"，我看了总觉得有点儿滑稽。拿咱们四〇学号燕园学友来打比方，你说谁真信咱们的燕园生活是梦？连我这"红迷"

都曾题咏过："红楼非梦悲欢切，黄叶无村笔砚寒。"红楼都非梦，何况明湖塔影，斑斑俱在，怎么说是"梦"呢？

说咱们的当年聚会之缘，早已缘尽，回顾前尘，恍如梦间，这原无不可，也不必担心什么"人生观"的大问题。然而以梦为喻，终究"似即似，是则非是"。我们那一段经历，是真的，的的确确，了了分明，寻之有痕，按之有实，怎么是梦？所以比喻这种"修辞格"，总是大有"局限性"。——这么多话，是为了注释我那七言绝句的第一句。

第二句，我用了《世说新语》中"清露晨流，新桐初引"那个典故。此二语，后为宋代女词人李易安运用到她的名作中去。我这倒不是东施效颦，只是觉得要写燕园的那一种朝气生气，清新自由、活泼轩爽的大自然的新鲜空气与莘莘学子的学术空气，是很难找到一个恰当贴切的"形容词"的，因此就要步易安居士之后尘，引用了它。如有人笑话我这是不伦不类，或赐予"批判"，我也不遑多虑——说真的，你说一说，咱们每个人一进燕京大学的校门第一个感觉和印象是什么？我敢断言：就必然是这个清露新桐。

同窗老友们，读拙文至此，会不会有人出来抗议：你说点儿"实质性"的有纪念回忆意义的话，谁来听你这三家村冬烘先生讲《千家诗》！如有此问，则我答曰：要讲纪念和回忆？请问你老兄（或大姐）是从何说起？我不知别人，对我来说，一提燕园，我就动真感情，即如此刻，搦管敷楮，摛藻为文，像是颇有秀才本领，其实则方寸已乱，悲喜万端，叫我怎么能写出使你满意的文章？如果你的"实质性"大作能使我心悦诚服，小弟自然敛容端肃，甘拜下风。这就是我必须也只能"讲《千家诗》"的理由。

第三句可真难讲了啊！如今只说，自幼学途坎坷百端，几经灾难，等到能报考燕大，已是1939年了——后来有位三几学号的，见了我，问知是"四〇"，面上颇有一种"前辈颜色"；我心里说，你别混充老大，臭美，我如果小学、中学不经历逃败兵，逃土匪，逃日寇，逃"招编"，不耽搁那么多年，我和你谁是谁的"前辈"，正未可知呢！话休絮烦，我三九年在北京东城育英中学参加燕大的入学考试，但见无数的花花绿绿的少年男郎和女郎，眼花缭乱。心说：你们别了不起，回头咱们考卷上分高低。果然那一"役"，我第一次有了"用武之地"，结果自然金榜题名，高高地中了一名一甲进士。可是，当年因天津大水灾，我未能进京入学，又蹲了一年，这才跨进燕园宝地。注册课的老同仁对我说：你可以算三九，也可以算四〇，俩学号你愿意要哪个都行。我当时"灵机一动"，心想：五十年后必然要由四〇学号同窗旧友出纪念册，大典不可交臂失之也。于是我便"当机立断"，回说：我决意选个四〇学号。

说到此处，"四〇〇六二"这个焕发着"个人光彩"的"标记性称号"，就在燕园史上写下了它的"应有的一页"。

然而即使如此，我到燕园时，那未名湖的澄波，印下的我的鬓影仍然是美好的绿色，所谓"惨绿少年"之鬓影是矣。但是这种绿鬓清波，除了未名湖神，谁也无法印证那一历史真实了，而今的周郎，则已满头白发；每一揽镜，辄为"顾影自怜"，诧曰：此面对我者，谁耶?！嗟嗟，人的变化，有如是者！

五十年的事啊，叫我从何说起，何况上文已经表过：一提燕园，方寸已乱，笔法也就不灵起来，想了一想，决定不用"开账单""列年表"的方式向故人们报告了，我这才拿二十八个字，代替我自家的那部"二十四史"。

我于句中，用了"周郎"二字，这绝不是只因为贱姓偶与"遥想公瑾当年"相同（当年，非当初往者之义，即"正当年"，好年华的意思），其实另有一层涵义。周郎之为人，酷嗜顾曲，鄙人不幸也有此癖，所以总想与公瑾"叙谱"。因此之故，我到燕园之后，除了说不清的许许多多的新鲜经历感受而外，第一件事就是报名参加国剧社。

国剧社倒很慷慨，没有拒我于门外。第一次聚会，地点在"岛亭"，夫岛亭者，乃俗称也，正名是Luce Pavilion，因为此亭是鲁斯先生所捐建。提起鲁斯，我在1986年到1987年，又与之结下了一段学术因缘，这大约和我入燕园先登斯亭有关系吧？话休枝蔓，单表那天晚上，亭内华灯射彩，弦索流音，已是大堪诱人了，再加上从各楼、院走来了不少裙屐翩翩之辈，也满可以引用一下"衣香鬓影"这句颇能传达气氛的语句。

这次聚会，除了各作介绍，开始相识、互语交谈，还有一点，就是老大哥姐们要听听新人（Fresh men）的嗓音，也就是一种雅致的"入会考试"之意味。记得我唱了一段"娇儿打雁无音信"，是《汾河湾》的青衣。田淞当场表示，还行，只是嗓子还没放开（今日则相当于"还有潜力可挖"吧）。此情此景，如在目前。

不知怎么回事，我也记不清了，后来竟没去做"梅派传人"，忽然改行唱小生了——当时自然还没想到这是姜六爷（指姜妙香）的路子。这倒也罢了。可后来还要动真的，要"汇报演出"！这可有点儿打鸭上架，要想临阵脱逃，势所不容。幸亏那时年轻，脸皮比今天厚，仗着三十六计以外的一计"不怕害臊"，竟然粉墨登场起来，这可真热闹：贝公楼大礼堂，剧社的叫座力满行，座无隙地，师生皆在，万目睽睽——我从后台隔帘缝一看，那"阵势"可真"震动人心"！心说：糟了，这回可要"当场出丑"！

还好，下妆净面后，来到台下，找个座看看戏，正巧旁边是地质学同班的一位女同学，她见了我，一本正经地说："太好了！"我当时真有点儿受宠若惊，不但没出丑，还落了个"太好了"的评赞——至少有这么一个知音，也就满可以有"高山流水"之感了。

话要简短。记得一共演过三场，一次《虹霓关》，与卢鹤柏女士同台，两次《春秋配》，与鹤松大姐搭档。后一次《春秋配》是在城内东单三条的协和小礼堂。以后每过此巷，必引起回忆，还作过绝句，因发表后鹤松看见了，又引起我们在信函中的话旧，真如一梦。

我演《春秋配》，兴致比别的戏大。为什么？自然喜欢的是它的诗意甚浓（此乃中国古戏的主要特质）。但还有一层原因，人所不知，如今索性一叙，或许不算题外吧——

这事有一段很早的因缘：我小时候，母亲常给讲故事，学唱戏的和唱俗曲的片断，甚至学她堂兄弟们在塾中曼声长吟杜甫诗的声韵："越女红裙湿，燕姬翠黛愁"，吟唱得铿铿顿挫，纯是燕赵慷慨之风，不同于靡靡软调那一种。她没上过学，可是自学得能看一般的小说唱本。她之喜爱文艺可由此而知。她也学河北梆子的戏词儿，最常听得的是这一段：

> 李春发、在荒郊、扬鞭走马，猛抬头、观则见、大姐妈妈：年长的、也不过、五十上下；年少的、约只是、二九一八……

她也学那乳母抢白李生，姜秋莲婉转央告缓解，以及好意而遭误会的李公子说出"小生拉马去也！"这一些声韵，在我小小的头脑与心灵上印下了难以淡忘的"景象"——声韵会在想象力的转化神力中，变为景象。我那时似乎亲眼看见荒郊野外的捡柴的少女和乳娘，还有戴公子巾的李春发……

我从很小就"迷"那公子巾，以为非常地好看，自己恨无由一戴，也很想到荒郊上去看看还有无姜秋莲这样可怜之女辈。那时的童心中，常常憧憬着，不知心愿何日得偿……

没想到，我长大成人，却真的有了戴公子巾的福分，而且真和那个倔煞人的老旦对了话。

自然，最后还是见到了姜秋莲。这折子戏，大部分都忘光了，只有以下这段西皮原板和过门夹白却是记得清清楚楚，请您"赏下耳音"，谛听：

> 蒙君子、致殷勤、再三问话，虽则是、男女别、不敢不答。
> ——（过门小生夹白）大姐家住哪里？——
> 家住在，罗郡城，魁星楼下；
> ——令尊何名——
> 儿的父、名姜绍、贸易天涯。
> ——大姐不在闺中，来到荒郊则甚？——

在家中、受不过、继母拷打，

因此上、到荒郊、来捡芦花。

　　这段原板，不繁不赘，神完气足，实为名曲。加上鹤松女士的一条好嗓子，真是精彩之至——她的嗓音有天赋，不像一般女音失之尖细窄（古人不让女音唱旦角，不是故意找别扭，考虑甚周，但后人不解耳），而能宽能厚能亮，奇的是愈唱愈亮。力竭声嘶，变沙欲哑，在她是断乎无有的。

　　可惜的是，五十年前的声韵容颜，在贝公楼大礼堂曾经绕梁惊座的，只因那时还不流行录音录像二机，以致云烟散却，难以复收。燕园史册，更不知有无司马迁、班固之笔，纪此一章盛况？

　　此乃"小事一段"，已足以想见尔时燕园之淑气晴光，迥与他处不同。此间一草一木，我都曾熟识，也觉得别有风致，——又遑论那一番书史经纶、群贤接履的情怀兴会！

　　五十年往矣，然而燕园不老。所以者何？只因这块地方，对每一个来者，都以无限的深情来迎接，来陶冶，来扶植，来爱护。

　　无限深情，我应也以同样的心意，来报答于燕园母校。

我和胡适之

要提我与胡适之先生的"关系",先得提到顾随和赵万里两位先辈学者以及家兄祜昌。

我喜欢话要从头说起。1947年的秋天,我回到了燕京大学西语系,重作学生(经历了沦陷和抗战胜利)。课余,必到图书馆去看书,既看洋书,也看古籍。研阅兴趣所及,常与祜昌通信讨论。不知何因,话题转到了《红楼梦》上来。一次,祜昌把考察《红》书的几种重要书目开列给我,嘱我留意,其中之一名曰《懋斋诗钞》。这本书,是曹雪芹的好友敦敏的诗集子,胡适之已经访得了敦诚的《四松堂集》,只是寻不到《懋》集,久抱遗憾。因祜昌提醒了我,于是就到图书馆去找寻——其实也不过是姑作一试之意罢了。谁料此书就在馆中,却多年无人过问,我则一索而得,当然十分高兴。在这集子里,很快发现了六首与雪芹直接有关的诗,重要无比!

我就此六诗,写了一篇文章,并将详情函告祜昌。然后就将文稿压置于案头书堆中，以为"此事已了"。说来可能人不相信：那时我根本不曾想到什么"发表"的事。那时我的翻译、研究、诗词创作等，为数很多，都不是为"发表"而作，好像天下没有这种事的一般。

一次，顾先生在来信中偶然提到，课余不妨写作，如有文稿，可代介绍发表。我便检了两篇成稿寄给了顾先生，一篇是考论欧阳询书法的，一篇便是研究《懋》诗与曹雪芹的这一篇。后来得知，顾先生将两稿给了赵先生，赵正主编报纸《图书》副刊，就选登了关于《懋》集的这篇文字。

此文内容，今日已成"常识"，但在当时，却是红学停滞了二十五年以后的一个突然的新发现。胡适之见了此文，确很高兴，就写信给我。此信是由赵先生转交的，而赵在转交前又编发在《图书》上。我读了之后，因为不大同意胡先生的论点的后一半，就又撰一文，与之商榷，也发表在同一刊物上。

我和胡适之的交往，就是这样开始的。从1947年冬，到转年的春、夏、秋，大约一共有七次信札往来。这些信，经历了劫数，却因为它们"不一般"，反倒得以保存住了（目前只有一封存亡未卜）。我打算全部发表，以存历史真实。我和胡适之的交往，时间并不很长，然而回顾起来，也可以细分为三个"阶段"：开头的阶段即上述的经过，因《懋》集而研析曹雪芹的生平的问题。第二阶段是向他借阅《甲戌本石头记》并讨论有关问题。第三阶段则是由于《红楼梦》的版本问题而发生了更大的学术见解上的分歧与争执。

我与胡先生如何开始交往，已见前文。那时我的书呆气比现时自然更可观，虽然也晓得胡先生是知名之士，但并不明白他身份、位望究竟是怎么样的；及至他主动给我的信札刊登出来，原先对我这"大褂阶级"的穷学生不屑眼角一抹的人，忽然加我以青眸，并且挑出拇指，我这才"体会"到胡先生的分量，与他学术往来，是很光彩的呢。自然，这一"光彩"到后来也惹出了大麻烦，因不在题内，不必多及了。

闲言少叙。我虽称之为"闲言"，其实言又不闲，因为不提我这一书呆气，也就不易明白我今天要谈的事情。

书呆气的"表现"之一，就是胆大妄为，那真有点儿不知天高地厚，把"冒昧"二字当作轻易。因我要考察曹雪芹，既得《懋斋诗钞》，则必须与《四松堂集》合看，而这集子别人无有，于是我就向胡先生请借。他很快就寄给了我。

不管怎么讲，这种慷慨的作风在那时是不多见的。我这个得陇望蜀之人，就又兴起了另一个冒昧之想：向他借阅"甲戌本"《脂砚斋重评石头记》。此书的珍贵稀有的程度，又远远超过了《四松堂集》。

也是为时不算很久，就由孙楷第先生将书带给了我。那是四册一函，外用报纸包裹，上面朱笔写着我所在的学校名称和我的名字，——自然孙先生是先看了才送来，但连这位小说研究专家也是第一次见到它呢。

打开书——我简直惊呆了！原来《红楼梦》的真面目竟是这样的！它与坊间流行本的差别是太大了！

对于一个惊"呆"了的书"呆"来说，这个印象是太深刻了，像雷轰电掣一般地震撼了我。从此，萌发了一种极其强烈的志愿：此生要尽一切努力将曹雪芹的这部奇书的本来面貌让读者都能看到，而再不能坐视篡乱严重毒酷的程高本永远欺蔽世人。

这时临近暑假了，不久我将"甲戌本"带回我的故乡咸水沽，与家兄祜昌同看。说来有趣：他一见书，也是完全惊呆了！他所产生的印象和感慨，与我完全一样，立志和下决心要为雪芹的真书做艰巨的工作。我们二人志同道合，直至今日，还在为此孜孜不懈，而溯源则从拜见"甲戌本"开始。

祜昌当机立断——面对着这部珍贵无比的古钞本，纸已黄脆，连多翻一下都于心不忍，怎么办？决定自己下手钞一个副本，以便运用。这一整个暑假，我们就为此事忙个不停。

那暑假，祜昌整整忙了两月之久：为"甲戌本"录一副本，这是因为原书纸已黄脆，令人不忍多加翻阅，而我们又必须深细研读，没有双全之计，遂决意"先斩后奏"，函告胡先生此情，并说明不得已而如此擅专，如不同意，即将原书与副本都还给他。

回信来了，他说："你们这样做很对，副本就请留着运用，那部原书将来也是要捐献与公家的。"

胡先生的这番话，鼓起了我的勇气。我又写信，说出心里话：我以为他获得了如此宝贵之本，但除了写出一篇《红楼梦考证》粗加介绍之外，再也没有多做专门研究，真是可惜。我向他表示两点：一、此本是个宝库，不应束之高阁，还须正式研索发掘其内容意义；二、芹书被程、高篡乱得如此酷烈惨重，亟待整校出一部接近雪芹本面的新校本，此乃一件大事。

他回信说，这个工作太繁重了，所以一直无人敢来承担；如你愿为，我将支持帮助你（凡引昔年信函皆记忆中的大意，并非原文）。

由是，他又借与我"戚序"大字本（宣统三年与民国元年所印，当时已不易得），上有"胡适的书"一方"白话印"。据后来内行告知我那是名家所刻。

我得了两部真本后，就一力搜寻已迷踪多年的"庚辰本"，使当时仅有的三真本汇齐，以使实现恢复芹书真面的大愿！

迤逦已到1949年，北平的和平解放之前，局势很显紧张了，古都文化命运如何，那时议论纷纷，没人敢预卜。我想起"甲戌本"还在我手，担心若有失损，无法补偿，觉得应该归还物主才是道理，于是专程又来到东城东厂胡同一号胡府叩门求见。出来开门的是位中年人，问明是胡公长公子，说明来还书。他说父亲不在，书可交他。我就在门口交还了书，便匆匆告辞了。

胡先生对我写定一部真本芹书的意愿虽表赞成，但在评价程、高伪本上，在雪芹生卒年考定上，却发生了争议。我们之间的那一种"忘年"也"忘位"之交虽然绝不可夸大说成是什么"不欢而散"，但终究因彼此见解间的差距无法苟同与迁就，未能延续下去。

第一方面，胡先生对我的"生卒说"只同意一半（后来连那一半也"撤回了"），他总认为我所言雪芹生年（雍正二年，1724）太"晚"了，雪芹就"赶不上繁华了"（指康熙年曹家鼎盛时）。我则争论：雪芹根本就没赶上那繁华，其书中所写的，不过是一点"末世"，是原书再三点明的流风余韵而已，我们不宜发生错觉（书中屡屡表示，追忆盛时是"二十年前""恨不早生二三十年"……）。胡先生不接受，还说："我劝你把年表收起来"（年表，指用历史年月事迹与书中所透露的迹象构成的对照表）！那时又加上另一位红学家对我这个学生撰文公开泼冷水，于是激起了我这个不识好歹的年轻人的"执拗"之性，立志誓要全力弄清雪芹家世生平的一切内幕——这就是拙著《红楼梦新证》产生的真正根源与背景。

另一方面，我劝胡先生不要再替"程乙本"做宣扬流布的事了（他将自藏的"程乙本"拿出来，标点、分段、作序、考证，交亚东图书馆印行，影响和垄断了数十年之久），因为那是个篡改最厉害、文字最坏的本子！

胡先生又不以为然，并且辩护说：我并不是赞许程乙本，举文字异同的诸例，只是"校勘的性质"，云云。

我见胡先生在这一点上确乎不实事求是，有强辩之嫌了——因为他的序文并非如此。还是年轻之故，我对胡先生的答复不但不服气，出言更欠克制，确实让胡先生有不愉快了——我寄给他一篇文稿，论析"白话化"并非雪芹笔墨的向往与"极则"，除了人物对话，其叙述文字并不像胡先生想象的那样"白话化"；雪芹著书，也没有"提倡白话文"与进入《白话文学史》的愿望！而假如我把这部伟著用今天的"白话"再来"加工"改动一番，胡先生是否还为之作序吹嘘，重排新版？

这实在是说话太不知轻重了，应该自责。胡先生读了这些有意气、带讽刺的话（《白话文学史》是他所著呀），当然不会高兴。他用紫色笔将这些话划了一个通页的大"十叉"，并于眉上批注，将文稿寄回来，说这文章无处发表。

这一点，尤其让我这一名在校学生心中更加犯了书生气，觉得名流大家如胡先生，其学识水准竟也有其限度，是不能随流盲目信从的。从此，我更坚定了已立的誓愿：一定要做出一个雪芹真本，来取代那个害人欺世的"程乙本"！我与胡先生这段"忘年""忘位"之交，后来也未能继续进展，历史给它划了结束。

自家的癖性

文人情趣，也是个大家喜欢的话题。其所以如此，或缘好奇探"秘"，或欲"求其友声"，也种种不一。这方面我倒不是不想谈一谈，但总嘀咕——先得够个文人，才有资格谈自己的情趣，而文人者，并非与一般知识分子乃至作家之群是同义词的，自己原不够个文人，又何必妄谈情趣？因此久未落笔。

友人有善诙谐者，向我说道，你就作为一名"准文人""候补文人"甚至"冒牌文人"也好，何必认真"鉴定"？就来谈谈嘛。经他一鼓舞，我的勇气果然"大幅度增升"了。

我这人兴趣广，嗜好杂，条理乱，不谈时倒不以为意，一谈时方知大不简单。虽不比"一部二十四史"，却也不知从何说起才是。

古文人似乎离不开琴棋书画，被人视为雅事，但雅过了分儿，已变为"俗套"了，一提起真觉太"酸"。我看还不如书剑二事，就无那段俗气味儿。老杜的名句"检书烧烛短，看剑引杯长"，真写得好！又古时书生，常说是"书剑飘零"——就是飘零也显得那么风流潇洒，定非俗物。

因此，窃慕于剑。我买了三把，一是龙泉的，木鞘，黄铜錾花护饰，钢与木皆本色，不电镀，不抹漆，不贼光刺目，我心甚喜。挂在墙上，大红丝穗子，那斜悬的剑姿，启人美感。有时抽出剑来舞上几下——"自造"的"剑法"，取其"意思到了"。比如陶元亮的琴，不张弦，不也是"意思到了"？又何必学会一套"青萍剑"呢？

提起琴，我与古琴、瑟、筝等无缘，交游名家室中常见，但未触过一下。而凡是"今"世（指我少年时）的"俗乐"，不拘弹拉吹敲，几乎所有民族乐器都弄过，丝竹二大类，只管子不能，因无那一段充沛惊人的气力。京剧的文场武场也都乱来不惧。还有津门特有的法鼓——大鼓、铙、钹、铛、镲为"五音"，都很"拿手"。我酷爱京、昆剧及大鼓曲艺，京剧还粉墨登场过，演《春秋配》《玉堂春》《虹霓关》的小生。

耳朵一坏，这一切都绝了缘。似乎老天不愿我那么胡闹，将我"改造"成一个"内向""面壁"的书呆子。

我从未落一个笨的称号，平生在学总是"名列前茅""鳌头独占"的，小时颖慧，"过目不忘"是丝毫不掺假的——可就有一样极拙极笨：不会下棋。走象棋，"马日相田"是懂的，但总难制敌取胜。不知为何，对这样去"钩心斗角"的耗费神思，觉得了无意味，只得敬而远之。

书画自幼皆喜涉笔，但不成"气候"，也都荒废放弃了。

——那剩下的还有什么吗？

答曰：有，不但有，还是不少。我酷爱民间工艺，过年过节的，孩童得以为宝的，我也喜而宝之。我这人有点儿怪，不喜欢"高档""精品"，职业工厂"生产"的那种"宫廷摆设"，有钱也不想买，莫说无钱了。那种东西工虽精细，可是越细味道越薄，全无魅力引动我。而民间的手工艺，泥垛的，纸糊的，其味无穷，可爱之至。旧时的年节庙会，棚摊路摆，人人买得起。可惜，这种宝物已很难见到了，每逢节日，总想寻个赏心悦意的小玩意儿——总是失望而归。心中有一段难言的惆怅之感。

我特别喜爱红烛、纸灯这种"过年"的东西。不用往远说，五六十年代北京街头，腊月底就有挑担子卖红灯的，秫秸细篾片圈成的八棱灯骨架，油得半透明的大红纸糊得挺挺的，在阳光下发出喜庆的光彩。白日买一个提着回家，路上引得小孩童张大了眼，投以惊羡的目光。夜里点上，那微微晃动的内蕴而外溢的红光，真是一种人创的仙境。小孩们若打着红灯在院里走，远远地看去，美极了！

它和电灯的光亮、气氛、境界，是如此地不同。其理何在？愧非科学美学家，不能自问自解。

还有走马灯，迷人极了。民间巧手，用秫秸棍儿扎成一座楼阁，糊以白纸，中燃红蜡，火气上冲纸轮就能旋转起来——周围系着纸剪的"皮影"人子，男女文武，影映纸上，宛如相逐而行。小时面对此景，真如人间天上，神往意迷！

但是不知为何，这也再难享受了，好像绝了迹。有一年鼓楼举办灯会，过元宵节，报上宣传，我特意赶去——一见之下，原来尽是些小电灯泡的玩意儿，用反光刺目的人造绸绢之类制的，一个转盘，坐立几个绢人子，单摆浮搁，了无意蕴，但见电流通时，盘子转动，几个呆板的绢人就那么毫无意味地兜起圈子。我感到索然兴尽，后悔为这个挤车奔波一大阵子。以后也再没有看过。

在海外逛商店时，看见那琳琅满目的形形色色的蜡烛。他们吃晚饭，故意去电灯而点彩烛。圣诞节的烛光炫影，更不可或少。这不禁又使我十分困惑：西方是电的世界，可是蜡烛仍然魅力未减。在北京，我想买支红烛点点，领略一丝诗词中引人入画的"绛蜡""兰膏""蜜炬"的意味，却无觅处。

此仅一例，已写了这么长，看来谈情趣也很麻烦，何况再论文人乎？

我与"红楼"有夙缘

我家与姥姥家都是"海下"养船的人家，母亲姓李，纯粹旧时家庭妇女，没有名字。母亲为独生女，当时她还没有赶上有"女学校"的时代，自幼深慕读书的堂兄弟们，偷听他们念书的声音，能仿效当时学生朗诵唐诗圣杜甫的五言律诗的声调——北方特色的抑扬顿挫的"美读"法。她因此发奋自学，竟能阅读一般的小说、唱本，也能学戏台上的唱腔。一句话，她是个酷爱文学艺术的村女。

重要的是，她有一部《红楼梦》。

奇怪的是，她的这部书（还叫《石头记》的版本）竟是日本版！

我第一次看《红楼》，就是看母亲的《石头记》。

怎么是日本版？原来，这书是她的堂兄（我的大舅）在她出阁之后前来看她时，给她带来的礼物。那是清光绪二十三年（1897），母亲年方二十。那书后面印着"明治三十八年一月十三日"，绿色布面精装上下两册，带批语，绣像。

我那时太小，看不懂，就丢下了。

母亲却津津乐道，常提《红楼梦》的名字，讲给我听。给我印象最深的是她向我追述早先我家盛时的一些往事。我家曾有一个傍河依水的小花园，有小楼，有花木，大树很古老，百花竞放。爷爷很爱惜，也很得意，春秋花盛时节，各院年轻的女儿、少妇们，盛装打扮，花团锦簇，到园中去看花。母亲追述这些，就是为了一句话："那时家里的姑娘媳妇们，穿的戴的，打扮的，真是好看极了！我们一群，一齐来到园子里，那真像《红楼梦》里的那么好，那么热闹……"

我听得很神往——可又似懂非懂。

但是，这种追述，对我来说，也就是一种熏陶。从此种下了很深的"缘"源因子。

我长大了，家境比母亲追述盛时的那年代更败落了，园子也被族中败家子弟拆毁卖了"材料"。

我上大学了……沦陷了……重返学校了……我在校学西语，志向是精通外语为了向世界介绍中华文化、文学名著——我在南开高中时，英文成绩就过得去了，英译冰心女士的小说……暗自立下一个志愿：准备英译《红楼梦》。我和黄裳（今日散文名家）是同屋同窗，每晚墙子河边散步，二人热烈讨论的主题不是别的——就是《红楼梦》。

经历沧桑，重返燕京大学，我已年龄"老大"，心情十分抑郁，落落寡欢。这时，四哥祜昌在家乡读三哥泽昌的旧书，因三哥少年时是个小说迷，当然也就有《红楼梦》等等有关的"闲书"。四哥因而重看起《红楼》来了，对作者曹雪芹之为人发生了强烈的兴趣与求知欲，就写信给我，希望我对他（雪芹）做一番考察。

这一封信不打紧，却一下子引发了我这个早先读不懂芹书的人的极大兴致，一头扎进了"红学"的无边乾坤世界里去了！

从那以后，我与四哥两个人在四十几年中，无有一时一刻不在为考芹研《红》而努力。什么困难险阻、挫折中伤，都没能使我们二人改变初衷，失去信念。

我与《红楼》的夙缘，始于家庭母教与手足之情，但更始于中华民族文化的极深至厚的培育灌溉。

再说我的母校燕京大学，没有那样的学术环境我是无法做"红学"功夫的，特别是那座了不起的图书馆，凡是我想用的书，那儿几乎一索即得，那藏书太富了！可是，只没有《红楼梦》的好版本。后来，经过我的提议与张伯驹先生的努力，使得珍贵的"庚辰本"成为了馆中珍笈——彼时的情况，那种古钞本无一人重视，任其流落湮没，如不得入此名馆宝库，其命运真是不堪设想，难以揣量了。

"庚辰本"我得见的先是一部珍秘的照相本，已在我得见"甲戌本"之后。"甲戌本"是胡适先生的珍藏，世间首次复现的乾隆精钞朱批、未经高鹗等篡改的《石头记》原本，中华无价之宝。我与胡先生素昧平生，斗胆借阅，他竟立即托小说专家孙楷第先生捎给了我，报纸包着，上以浓朱笔写我的姓名和"燕京大学四楼"。那年暑假，我与四哥拿定主意，为保护纸已黄脆的原本，全力经营，钞出了一部副本。

后来，北平和平解放之前，情势不可预卜之际，我想把这珍本交还物主，因为人家胡先生自从借与我，从未催询过一字，这种对一个陌生的学生的信任，世上少有，我不能做不道德的"攘为己有"的昧心之事，就专程送还。到了东城东厂胡同一号，出来的是他的长公子，将书收到手中，我不入门而告辞。事后很多年方知：那时胡先生正要坐南京派来的专机飞离北平，临走只携带两部书，而这部古钞"甲戌本"竟是其中之一！

以后，台湾首先影印了它。这年适逢甲戌年，"甲戌本"诞生二百四十周年，台北寄来请柬，方知高校学府将于六月举行甲戌年纪念研讨大会。这不禁使我忆起了上述的种种情事。

我与四哥为了大汇校，写定一部真本，聚集了一些历年搜得的比较难得的本子，也包括胡适惠借的大字"戚序本"。未及"文革"，大约是"破四旧"时，四哥正在运用的那些本子全部"抄"走了，至今不知被谁"饱入私囊"。母亲的那部"启蒙"的《石头记》，因为存在我处，却得以幸存，但是总不忍翻阅了。

我与《红楼》有夙缘。真是三生之幸。

我的笔

当年孙大圣，上九霄，闯四海，经历七十二难，终成正果，他凭的是什么？只两件宝。一件是一颗赤心，一件是一支神棒。有一回他的棒丢了，于是见了某位神道，躬身致礼，唱个大喏。那神道问他：大圣为何前倨后恭？他答曰：只因老孙没棒弄了！

及至后世，还留下了一句古语，道是"猢狲没棒弄了"。思之令人忍俊不禁——但又为之感到一阵酸楚。

干文字行的，本领哪里比得大圣之万一，但他手中也得有支棒弄，否则就手足无措，什么也不灵了——他的这棒，端头上有一个尖毛锥，中华之人，自古叫它作笔。

所以，我既命中注定必须浮沉于文字海中，其手中有一支笔，这确实是再无需乎"考证"的了。

孙大圣的棒，人称"金箍棒"，那其实是错了，"必也正名乎"。那本叫"篝觚棒"，用竹（或以木代）制成，其形八棱，（棱即觚，合言之即曰"觚棱"，故觚棱棒又讹为"骨碌棒""毂辘棒"），即古之"殳"是也，殳是兵器的老祖宗，专能驱鬼降妖。后世的"傩"戏中还是以殳棒为最尊的。孙大圣之单单取用于它，岂偶然哉？（棒若靠"箍"，还是根好棒吗？）

大圣的棒，既有那等来历，无怪乎他神通广大，无敌不克，妖魔望影，魑魅远遁。至于这笔，只怕就大大地瞠乎其后了。笔能"三打白骨精"吗？还没听说过。

是以弄棒使笔，从一开始就有"上下床"之别，洵不可同日而语也。

既然从小时学的就是弄笔，到今也觉别无善计可施。与笔结缘，已到了"不可须臾离"的地步。弄笔有点儿像受烟毒，它会上瘾。无笔，垂头丧气，无精打采。有笔，精神振作，意气昂扬。这大概就是受笔毒太深的病态。

笔对我来说，绝对不是什么"工具"，工具云者，是个很轻薄（甚至轻狂）的称呼或名目。自己的感觉：写文时并不是先有了一切——内容、思想、意见、结构、语词、典故……之类，一概齐全了，然后只用这"工具"来变成文字。一点儿不是这样的。我常常是先拿起笔来，而后生文。不妨说是"笔生文，文在笔"。

说也奇怪，每当一支笔在手，原来没有的文思就随它而涌向纸上了。有人不相信，说这"不合逻辑"，世上没有这回事。谁知道呢？世上事奇奇怪怪者正是所在多有，哪能都如书呆的头脑所框限。笔是"引文君"——可对它的旧名"管城子"。

说了半日，"我的笔"究竟是什么样子的？可否泄露一点点天机？

我眼坏后，写文是难用毛笔了，只好改用"钢锥子"。有时被逼，非得启用我那尘封上罩的"文房四宝"不可了，冒充"书法家"了，我则必用狼毫，取其富有弹力，也合古法——宋朝行家管弹力叫"回性"，意思是你将它按弯了，只一提笔，那锋毫自己会回到挺直的状态和劲头儿，这是书法的必要和重要的条件。狼毫价昂，又不耐使，是写字人的"奢侈品"了。但我绝不使羊毫。

钢笔的话，说来太长，一时也不拟细叙。一管受使的钢笔，自然也是一种享受。日下我用的是北京"金星"制的"弯尖笔"，白色的价二元，镀黄色的二元六角。它的特点是可以按下去，笔尖稍稍铺开，笔画随即展宽一些，于是书写之际，便也稍稍感到像是毛笔的意味，可提可按，笔画便显出一些"笔致"来，不致像普通钢笔，一味死硬，是颗"钉子"。

如今除毛笔之外，笔种虽多，多数是西方洋文化的产物，那原不是为书写中华汉字而设计而生产的，它们只能"画道道"。而中华书法字法并不止于"画道道"。这样，势必有一种矛盾问题发生。

所谓"圆珠笔"，开"发票"那是呱呱叫的，写中国汉字似乎很难让人发生"某种程度"的审美感受。中华毛笔不仅仅是个画符号的"工具"。大约从几万年前先民始创毛笔时就与"西笔"是分道扬镳的。有幸"托生"为中华人，有幸使用毛笔，——而不幸让钢锥子霸占了我心爱的"湘管"，以"钉子"代替了柔翰长锋骏颖，我心里总是不安也不平的。难道中华的笔一变而成"洋笔"之后，那中华汉字还会是完完全全原先本来的风神气度吗？

我的笔——那寒伧得很了，有甚可记的？然而只因一笔在手，到底也引我写出这类的拙文——拙文之拙，是我之过欤？抑笔之过欤？还是生产这种拙笔的厂子之过欤？

一时说它不清。然而孙大圣寻棒时，也必然要掂掂试试，是否顺手伏手？难道他竟曾拣一根秫秸棍就去西天取经乎？

看画与观化

我看画，有个怪脾气：先看绘者的题字，后看他的画图。倘若我见他那题字的词句与笔迹都太不像样，以至很糟糕，我就连他那画也再不看了。

这叫什么道理？说来并不离奇。你想，一个中国人，连汉字语文都不大通顺，连汉字书法都不及格，这种基本文化学养都欠缺的人，他能画出令人称赞、值得玩赏的画来？你若是对我说：世上多有那样的人呢，我是敬谢不敏，不会相信的。

俗话说得最好：内行看门道，外行看热闹。看画看字，都不可以只着眼于"热闹"，而一般"文化市场"，则大抵以"热闹"定身价。几笔"大抹"，一片"假大样"，毫无法度意度；运笔之妙，境界之高，韵味之厚，神采之俊，一概不见，只凭那点儿吓唬外行的"热闹"来动俗人之耳目，收外国之利名——这样的画，不是绝无仅有。名头大得很，可我不想看。

画点儿山水，一片乌烟浊雾；画点儿花鸟，一片槎枒粗俗；

画个人物，满脸拧眉努目，撅脖扭胸；画件衣服，踢里拖拉，活像叫花子披着麻袋片。——凡此，自以为高，大行其道，我也不敢看，看上一眼，不舒服好半天。

除了这种怪脾气，我还有一派谬论。我常对朋友说，听说现时美校美院，教后生学画，一概是采用"先进"了的洋办法，比如学中国画画人物，也得先从人体素描开"蒙"，以人体"解剖学"为基本功。我怕犯众怒，自己关起门来说：事情坏就坏在这里。

一个高明的中西贯通的超级学者曾说过，学中医，就得依本民族"土"办法，从《黄帝内经》到汉朝张仲景，土头土脑地、土里土气地去学，真学懂了通了，再说别的。假如先从洋医观念去"解剖"入手，这样来学中医，一辈子也休想真学进去。这番话听来骇世违俗，其实是大道理，真识见。

中西文化从根本上是两回事。生理学医学，先"宰"一个倒霉的蛤蟆，只能学那些内脏部位呀，血管神经呀等等表皮之事，蛙的生命机能的活的流转运行，在那一堆死肉上早已统统没有了。这就是我们古人常说的"活龙打作死蛇弄"，是学道之人的大忌，也是学艺（艺术）之人的大忌。

一旦"死蛇"成了先入为主的东西，则活龙的营卫、气血、表里、虚实、经络、脉气、穴位……等等，就再也难以"后入"，学不进去了。然而这后者一串，才是对人体科学的高级认识。我一提"人体素描"总是联想这个文化差异。也许是我的比拟不伦？未可知也。

咱们的中华文化，最根本的一条就是以"人"为主体来观察和感受宇宙万物，着眼会心的是那个整体性。整体性不等于简单化，而是特别清楚那些复杂错综的万物之间的相互关系，然后得到的一种高级的"概括"理解认识。而这个整体感又是活的，有生命的，有高层文化素养的"人"的精神活动的收获，因此是不搞支离破碎、孤立分散，不搞皮相貌相，重"神气儿"，重神韵、神采，这就不是"热闹"之流的事了。

中国人画洋画，我也不看。因为在我意下，中国人是用毛锥子运行的高级线条笔触来构图表象，而洋人乃是用"齐头小刷子""戳""点""堆""涂"来办事。在华夏文化观念中，用"小刷子""堆"出来的，是不会发生什么高层韵味神采的。我自幼读"西语系"，学"外文"，可我这下驷之材就是没法懂得"小刷子"的妙处。

我童年也当过"画家"。我完全是"自学"，可惜不"成材"。我那时画两种画：一是"八破"，二是钱慧安派人物。

"八破"早先颇有佳品，如今似乎久已绝迹。那当然是不值方家大雅一粲齿的。但画八破得什么都会一点儿。一页古书，一片残帖，一张旧画，半段书签，一把破扇……斑斓古色配合在一起，工夫要细，品格要高，看上去简直像是"真的"，要用手去揭。小时候迷这个。稍长，酷爱钱慧安。钱氏晚清人，号清溪樵子，字吉生，也署双管楼，锦树轩。在天津杨柳青年画上也有过贡献；后在上海，与吴友如等同时。大人物是看不上这类小名家的。我却深喜之，原因也说不太清。大约先是见他以瘦劲线条而表现人物的能力很高，尤其他笔下有一股清气扑人眉宇，高寒秀润，乎不可企及，怎么也学不到他二三分，心以为异，后来知道他是陈老莲这一流派的最后传人，又倍增敬意。因为陈老莲的"家法"，可上溯到晋贤顾虎头，那可真是了不起呢！

钱慧安之后，我见他高足弟子沈心海（兆涵）之作，仅得皮毛，笔下清气已无几多，只剩粗浊之迹。暗伤高艺难得为继，多归广陵之散。沈氏之后，更无来者，这个流派算是绝了。

家兄祐昌早年在天津劝业场旧书肆买得一部《聊斋》，书品不佳，纸质下劣，可是每卷有多幅钱吉生的插图，惊喜叹为仅见！后来这部宝贵的书被我丢在友人家，找不回来了，而任何地方也未再发现同一版本。每一念及，辄为怅然。

钱吉生也画《红楼》人物。在天津商场看见一组杰作，镶在硬木框里的几扇屏，其后不知归于谁手（不是曾经影印在红楼梦年画册的那一组，比那好得多），心向往之。沪上肆售名人画谱中收有一幅他画的品茶栊翠之图，中有宝玉引杯细尝之形象，亦他家所绝未尝有，实为名贵之至。

画须有高致，然后可观。然画欲有高致，须绘者先有高致方可指望他笔墨不落尘俗恶道。这不是个"技艺"问题。我曾戏言：画者化也。我意思是说，画非技艺所能尽其能事，实乃文化素养的人格品质的一种表现。所以连题字的词句与笔迹都令人不敢恭维的人，岂能画得一手真好画乎？我是大大怀疑。

钱吉生画人物，以老人、童子、仕女为胜，也偶画武将，别有风度。老人在中国画中是一项重要的主题，不知你可注意到此事没有？在西洋画中，老人似乎不太多占要位。什么道理你自去寻寻看。至于画女子，中西也不大一样。钱吉生画过"去年元夜时，花市灯如昼。月上柳梢头，人约黄昏后……"，画面左边大片空白，右边也只几丝垂杨，掩映一轮圆月，柳下一少女，端庄秀雅，伫立待人之景，鬓上只一粉点珠花为饰，右手抚鬓，整肃之致，楚楚可人。丹唇一点而外，全归淡紫，着色无多，有色处也极浅。我以为，这是一片东方女性美的高级表现。西方画女，以肌肤裸露、肉色丰圆为"人体美"，那"曲线"是很"鲜明突出的"。钱吉生的元夜柳边伫立的女郎相比之下，只有瘦衣纹数条而已。我不禁暗想：假如钱先生学过"人体素描"，画那女郎时心目中总有一个裸体模特，画出来以后的宋代少女是高乳丰臀，短裙少袖……那么，柳梢明月，花市彩灯，也都要为之"变色"吧？

从这来说，我看画不是"看画"，是"观化"，——看文化，观其得失高下也。

《三国》补诗与《西游》骈语

　　我离开北方的燕京大学中文系研究院，到成都的华西、四川两大学的外文系去当讲师。只当了两年，中央特调回京，在一家出版社当编辑。该社的领导人是冯雪峰、巴人、聂绀弩，都是大作家，或兼为研究者。

　　我刚一"下马"到任，聂公就交给我一项工作任务："我们出的《三国》，将原来的'后人有诗叹曰'的绝句，都给删掉了，毛主席看了，说这不行，要复原。请你把诗全部恢复，补进去，重排新版。"

　　我那时初出茅庐，百事不懂，听了，觉得很新鲜，也有感想。怎么流传数百年的名著，说删就删？这不知是哪位高明的高见？

　　这工作，太轻松了，我逐首抄清，按原位楔入，很快就"缴令"了。因我发现排印本有误字，就顺便问了一句："还要不要再校一下？"聂公答："那就校校吧。"——情景如昨，那时我才三十多岁。

一校之下，可把我吓怔了：原来已出的那个本子，讹错百出！我写了一篇很长的工作报告，将校出的讹谬，举例为证，分类说明，大稿纸数十页之多——还只不过是摘例而已！

报告送上去，大得奖赞。聂公随后不言不语，乘我不在屋，把一个纸条放在我办公桌上，我发现时，还不知是谁送我的，那是一首诗，写道是："三国红楼掂复掂，少年风骨仙乎仙！不是学林有《新证》，谁知历史有曹宣？"那末句是何意呢？原来他最赞赏拙著中考辨曹寅的亲弟不是曹"宜"，应名曹"宣"。——这个"大胆假设"，当时颇遭反对，约三十年后，新史料发现了，果然记载分明，确是曹宣。于此，也可略见他的识力之一斑。

聂公本来专研《水浒》，足以名家；后因我之故，也将目标逐渐移向《红楼》了，他对雪芹书八十回以后的人物命运结局特有兴趣（即我们现已建立的"探佚学"者是）。听说他病危了，被送往医院，他好像已有不良预感，说："我肚子里还有一篇考证宝玉的重要文章要写。等我写出来再送我进院！"家人不依，果然这就是他最后的一次住院了。那篇定有卓见奇致的红学文章，也就随他而归于尽了！走笔至此，不禁泫然，我一生所遇的知音莫逆，为数不少，而聂老是其中的一位。他后来专作七律，常把诗句寄给我，称我为"诗兄"，这样的翰墨因缘，别人不知道。在诗以外，他又爱上了书法，也成为我们谈文论艺的话题之一目。

回到本题：当时他看了我对《三国》的工作报告，说了一句："这个亚东本真害死人！"①

---

① 该社最初印的小说，都是用"亚东"的本子作底本的，在出版《红楼梦》时也是如此，为此受到了批评指责。

后来，我为新校的《三国》写序言，第一次提出了两个基本问题：为什么这部历史小说从古以来的群众性如此突出？为什么几百年的亿万读者一致持有向蜀反魏的态度？并且做了回答。那时新中国成立不久，一切问题都在从头认识起，在《序言》中我指出，那些"后人咏叹"的诗，是我们说唱文学的体制的标志，在叙事中抒发感想，评论是非，表达爱憎，是我们中华章回小说的一大特色，而且，这些诗给"听"众以调剂作用，把叙事与抒情二者有节奏地结合在一起，构成艺术。因此是删不得的。

但这一论述后被出版社删掉了。①

前些年，有一美国人见访，他是博士在位生，论文是研究中国古代小说中夹"诗词"的作用。他以为，《西游》里的无数的骈文小插段，也是不可删的，它们给读者以优美的散文诗的享受，而且起着表现时间（季节）空间（途程）不断向前推展的具体作用，非常重要！

我看了他的论文，很是佩服，也不无感慨。心想：我们这青年一代，即使肯来看《西游》的，有几个是连着这些骈体插段读的？有几个又是不但不厌烦它们，反能体会其文字之美与作用之大的？他们大抵是"揭过去"不看！

我们的理论家，又习惯用西方小说理论的老一套来套中华的汉字文学的高级作品，专讲些这主义那主义。向西方学点好的东西，那是很必要的，但是如若弄得连古代的作家作品都得跟在我们后面赶"时兴"，一体西化，才算文明进步，岂不令外国人

---

① 我从湖北干校回到北京，周总理指示重印四大小说，我那篇序言被某人出主意废弃了，于是历史就都抹煞了。

（比如那种博士在位生）感到诧异乎？

那位美国青年学人来访的目的，是想听我讲《红楼》里的诗词韵语的作用又是怎么样的？我说，那性质却又与《三国》《西游》迥然不同，——可是已经佚出本文的主题范围，应当就此打住为是了。

岂敢岂敢

不时遇见些好笑的事。比如，有人初次会面，总是"恭维"我，说我是"书法家"，还擅长"瘦金体"等等，——跟着表示，想"求"一幅"墨宝"，云云。每逢这种场合，我就如坐针毡，努力地想用委婉的言词向他表明：我不是也不够个"书法家"，也从来没写过什么"瘦金体"——那是宋徽宗的字，他是学唐代"欧虞褚薛"的薛派，与我这拙字风马牛不相及。……如此等等，大费唇舌。

至于"墨宝"呢，自然我从不曾"惜墨如金"，但是若真能做到"有求必应"，那我只好别的正事都不干，专门写字才支应得过。因此，若干年来，胸中也积有些许感触——若说是什么"牢骚"，则哪里哪里，岂敢岂敢。所以，容我谈一点真实的感触，似乎倒也无妨。

第一，我觉得近年来咱们的社会风气中有一股"捧风"特盛，不管实际如何，报上的捧场，张口就是什么"星"，什么

"手"，这个"家"，那个"师"，古叹成名之难，今嗟得名之易。名号（早先叫作"名器"）之加，关系着一个重大的实与虚冒、诚与伪妄的民族道德素质的问题。名器之滥，是害国害民的一大祸患。以为这是闲事小事，怕就是助长这种"捧风"的变相方式。

别的不敢妄议，只单说"书法家"。

先请问一个问题：什么样的"书"才够得上一个"法"字？

法有几层涵义。起码，那字本身先得具有"书法"，然后那"法"也须值得给别人作"法"来学习研究。否则，你算个什么"书法"？！

目中所见，真有连那支毛笔也不知怎么使，凭着斗胆，提起笔来在宣纸上乱画些墨道道，粗硬干枯，毫无笔致气韵（高层次的文化素养的流露），凭一副"假大样"吓唬外行，但阅其标目，也是"书法家"的作品。我每逢此际，便会"反顾"自身，人家称你"书法家"呀，岂不脸红背汗？

所以，书法家的桂冠，不好腆然自居。越想越不是味儿。

至于"墨宝"呢，说来也着实有趣。我的切身体会，写上两幅字，浑身发热，精神的贯注（实即消耗），比写篇把文章要劳累得多。眼是坏得连笔尖也看不准，家里"陈设"简陋得令来客吃惊，没有"书法家"的硬木大案子，上列文房高级四宝，铺着毛毡……也没有"书僮"，几个月不摸一次毛锥子，临时找东觅西，大费周章，还得请老伴出来帮忙，裁纸，倒墨，调水，抻纸……忙得团团转，最后还有"用印"一道"工序"。那劳苦麻烦，"局外人"未必能有"体验书法家生活"的机会。还可能以为：你只不过拿管破笔画画就完了，还值得这么大的"架子"！

"工序"都齐备了，本地的还好办些，可以"联系"，请他得便来取，外地的则麻烦有加，因为都是特嘱"挂号寄来"。跑邮局也没什么，局办公员的态度也能容忍得下，只是寄出之后，从此再休想见到一声"收到"的信息，至于"谢"字，那真是你太计较，太"小气"了。

提到"小气"，我索性不必掩饰，我确有"小气"的毛病，记得幼年常见求字的一般普通的礼数（礼貌呀！），是买好了可用的纸，裁好了，背面上角贴好红纸签，恭书"敬求墨宝，赐呼某某（这是为题上款）"，外有"一得阁"墨汁，或其他文具。求得之后，讲礼念旧的，还要在年节上送点茶叶等类的雅致而不伤廉的礼品。也就是说，礼轻意重，人家心里拿这个当回事，以尊重感谢的态度来回报。而现在呢，大抵是求者只说一句话，我就欠了他的债，不时来催。我得赔宣纸。宣纸不贱，我这"书法家"又岂敢与大名家相比？人家有"收入"，我是"舍纸陪君子"，这真是大巫小巫，云泥之别了。

君不见，某界名"家"，腰缠万贯；某界明"星"，演价惊人！寒酸之士，伫车尘而自惭，望云天而莫及，赔几张宣纸，还要"挂齿"，你说这不是惹人耻笑到极点了吗？

作"书法家"的感触，不过如此，若云有别的意思，则岂敢岂敢。

"恨水两埋肩"

　　我的故乡在上元佳节、四月药王庙会、天后（即福建、台湾的妈祖）娘娘庙会时，都有民间"出会"的热闹节目。其中一种叫作《渔家乐》，由四名小男童扮为美丽的渔婆，服饰很好看，唱腔也很美妙动人，由长笛四胡等伴奏，并有"做工"（今曰"表演艺术"了），真是轻歌曼舞，迷得整个地方的男女老少都学那唱，一时成为独有风味的民间风俗"风气"，我少年时也入了迷。

　　后来才发现，其中《四大景》的曲词，就载在《霓裳续谱》，最晚也够得上是乾隆旧曲。当时欢欣若狂。

　　乡间二三百年的传唱，是没有曲谱与词本的。四哥找着一位七十几岁的老人，名高玉发，他幼年是出名的最佳小渔婆，跟他学唱，制出了简谱，但一到曲词，就遇到了不大不小的困难：许多话不太懂，须自己"考证"定字。

　　有一句，师传弟受，唱的是"恨水两埋肩"——而且唱时小童的做工是双臂交叉胸前，两手互抚左右肩！

这是什么话呢？

记得那时连老父也恢复童心，与我们一起"寻字"。

一日，忽然大悟：原来那是"恨锁两眉尖"的讹音！

我们高兴极了——唱的是"丽景和，暖气暄，花开三月天。桃似火，柳如烟……"忽然又出来一句"清明上景圆"。

哎呀，这又是什么话呢？

当时怎么也"解决"不了。过了五十多年，我与四哥又想起它。又是忽一日大悟：原来那是"清明上冢园"！

还有，北方曲艺梅花调以《红楼》段子享名，其《黛玉葬花》中出了一句是"……逢迎佳客，变眼双观"！

哎呀，这又是什么话？

又得"考证"了。还是四哥提起，说问老艺人，也只是师傅那么教的，谁也弄不清——照样唱，不敢改动。

我忽又大悟：原来那是黛玉误会宝玉招待宝钗，叫丫鬟不给她开门，所以是"逢迎佳客，便掩双关"——君不见《西厢》崔莺莺上场就唱的《赏花时》："可正是，人值残春蒲郡东，门掩重关萧寺中"吗？那正是同一个"掩关"的用法了。

这种例子不少。古人说读书发现错字而寻绎得其正字本义，是一种快乐，其理大可推之于听唱。所以我很喜欢"咬文嚼字"，其中有至乐焉。

但也有另一种情况，发现错字，并不是"快乐"。尤其自己的"大作"印出来，里面的字大是让人尴尬。例如我明明写的"其致一也"，用王右军《兰亭序》也，可是一看，变成了"其一致也"。又比如《孟子》说的"熊鱼不可得兼"，我用个"得兼"，过去人人懂，可是印出来的定已改成了"兼得"。还有，比如"言念及此"，是常用语式，书出来却成了"念及此"，——大概以为我那"言"字是废话，所以该删掉。诸如此类，不一而足。书里呢，涉及清皇室内部皇子的名字，校样大字朱笔校定，但印出来"乱了阵营"，错了——甚至一个"弘"字辈的诗人变成了"弘历"！

我生性不够豁达，还爱面子，怕读者说我"不学""不通"。既被错刊误植加重了我的"二不"，更觉"斯文扫地"矣！啼笑，是假话，心里着实地不是滋味，倒是真的，——你也没法"更正"。

这才真叫令人"啼笑皆"不必"非"了吧？

青石板的奥秘

儿时夏夜，庭院中一家人围坐乘凉之际，最爱听母亲或带我的妈妈给我讲故事、"破谜儿猜"。那些有趣的民间谜语中，有一个是："青石板、板石青——青石板上钉银钉。"大家伙儿你思我索地纷纷猜度。最后谜底揭开："是天上的星星！"那时孩童的心灵上十分信服地记住这个生动如画的"画面"：青石板——那天空原来是石头做的！我仰着头竭力地想要看穿那青空碧落，只见它明净如洗，像半透明。心里想：那青石多美啊！——可不知道它有几尺厚（应当在此说明：那时候讲的是中国的寸、尺、丈，没有什么"米""码""公分"……等等之类）？

我问妈妈"几尺厚"，她没答上来。

我长大了以后，自己才找到了答案。

天，到底有多"厚"？——十二丈！

这个答案在哪儿找到的呢？是在《石头记》里。这并非僻书秘笈。原来曹雪芹早给此问预作了回答。

你看他是怎么写的——

> 原来女娲炼石补天之时，于大荒山无稽崖炼成高经
> 十二丈、方经二十四丈大石三万六千五百零一块。……

好了！你看他说得那么精确，这"高"是十二丈，就正是我在孩童时所想的那"厚"了。

妙极！

顺便说一句：这个"经"，就是指"尺度"的"度"字之义。有的本子作"径"，是不对的，因为"周三径一"，直径半径，只发生在"圆"里，与"经"并非一回事。

由此我才恍然：原来那碧落青空是用许许多多的四角见方的大石头"铺"成的或"架"成的，那巨石的厚度是"边长"的一半，如打个比方，就是那形态好像一块块的豆腐或"绿豆糕"的样子。

然而，曹雪芹虽然也解答了我童年的疑问，但他是一位了不起的"百科家"，他还精于"数理"，他所采用的数目字都还隐藏着一层妙用。

这种妙用，本来是超越我们的"常识"和"正规智力"之外的，幸而批书人脂砚斋却指点了内中的奥秘，且看——

"高经十二丈"句下，批曰："照应（一本作总应）十二钗。"

"方经二十四丈"句下，便又批曰："照应副十二钗。"

这真使我们洞开心臆！

无人不晓，《石头记》共有好几个异名，雪芹自题则曰《金陵十二钗》，是指书中最重要的女子十二人：黛、钗、湘、元、

迎、探、惜、纨、凤、巧、妙、秦。但在第五回中，宝玉在警幻仙姑处看册子，还有"副"钗册、"又副"钗……他没得看完便放下了，又去听曲文了。

这好像是只有正、副、又副三层的群钗之数吗？答曰不然。证据在于另有一条脂批，说是直等到看了末回的《情榜》，才知道了正、副、又副、三副、四副……的全部"名单"。

说到此处，我才敢提醒大家注意：那"副"是有很多层的，由此可以确证：上引"照应副十二钗"的那"副"字，是个广义用法，是统包正钗以外所有诸多"副层"而言的。

那么，接着新问题就是：到底在雪芹原著中实共多少副层群钗呢？

答曰：八层。

这又证据何在？证据还是上面已引的"方经二十四丈"的"照应副十二钗"。请看：那巨石是正方的，四条边，每条长度是二十四丈，即两个"十二"，所以正方的四边共计"八"个"十二"——这就是"照应"了八层副钗的"数理"。

到此，我再发一问：请算算吧，一层正钗，加上八层副钗，共是九层，九乘十二，正是一百零八位女子。

这就表明：雪芹作一部《石头记》，是由《水浒传》而获得的思想启发与艺术联想！其意若曰：施先生，你写了一百单八条绿林豪杰，我则要写一百零八位脂粉英雄，正与你的书成一副工整的"对联"！

一百零八，这是我们的民族喜爱的数字，其实它也还是个"象征数字"——象征着"多"。

为什么单要用一百零八来象征多呢？

讲这种十分通俗的数字的数理，须推源到我们的古《易》之学。因为说起来很费篇幅，如今姑且只讲一点吧。《易》是由阴阳构成的，而我们的数字也有阴阳之分，即"奇"数为阳，"偶"数为阴。故在《易》中阳爻以"九"为计爻之辞，阴爻以"六"为计爻之数。"六"的两倍（叠坤卦）即是"十二"。所以在我们中华文化上，"九"是阳数之极（九月初九为"重阳"节），"十二"为阴数之最（太阳历的月份是十二）。因此，我们是将此两个"代表数字"运用起来，"乘"出来一个"一百零八"的——雪芹也正是如此！

雪芹是以这个代表或象征的数字，写了他书中的"诸芳""群钗""千红""万艳"，为这些女子的不幸命运同悲（杯）一哭（窟）！

这是一部极伟大的中华新妇女观的文学巨著——也是文化奇迹。

雪芹不但写人是一百零八位，连全书的回数也是一百零八。全书分两大"扇"，前扇写盛，后扇写衰，前后各为五十四回书，总是盛衰、荣辱、聚散、欢悲……互相呼应、辉映——那大对称的结构格局，异常精严细密。

书的总精神意旨，只用了两个字来标题概括，曰"沁芳"。此二字实即"花落水流红""流水落花春去也"的"浓缩""结晶"，说的是这诸多不幸女儿的可怜可痛结局命运。"沁芳"二字最为沉痛不过，但世人当"闲文"视之，不解其味。

小说会有一百零八回的吗？此说太怪。

答曰不怪。与雪芹同时微晚的一部小说叫《歧路灯》，就是一百零八回。

但雪芹的一百零八更精密：以每九回为一段，共为十二段——仍是奇数偶数的妙理的巧用。

试看：第九回闹学堂（总写男子之不才，引起秦可卿之病），第十八回元春省亲，第二十七回群芳饯花，第三十六回梦兆（宝钗），第四十五回风雨夕，第五十四回除夕元宵（盛之顶点），第六十三回群芳寿怡红……请问哪一个关键不是落在"九"上？不理解（或不承认）这种大文学家的结构法则，对于认识雪芹的思想与艺术都会造成巨大的隔阂与损失，那不实在太可惜了吗？

雪芹曾客"富儿"家

敦诚于乾隆二十二年自喜峰口寄诗给雪芹，劝他"莫叩富儿门"。这是暗用《红楼梦》中第六回前标题诗"朝叩富儿门，富儿犹未足"的话，可是又兼有实指，诗词常有双关妙语，此亦一例。

敦诚意中所指的"富儿"是谁呢？

原来此人名唤富良，所以这"富儿"二字，还又多着一层隐义，真可谓语妙"三关"了。

富良是马齐的儿子，排行第十一。马齐是康熙朝的大学士（宰相级），功勋盖世，显赫之极，当时俗谚云"二马吃尽天下草"，二马就是马齐与其弟马武。马齐早先做过侍读学士。曹寅去世的那一年，他署理过总管内务府大臣，是曹家的上司，他们从很早就是世交。他还很喜欢招邀文士讲论。

马齐极有才干，文武皆能，而且掌管着与俄国的各种事务（外交、商贸），还是八旗中的俄罗斯佐领的长官。封了伯爵，爵

169

位后由他的幼子（行十二）富兴承袭；富兴惹了乱子，伯爵夺位免除了，改命富良袭爵，名号是敦惠伯。

敦惠伯府在哪里？就在西四牌楼以北街东的石虎胡同。

这胡同，就是敦诚读书的右翼宗学的所在地。敦诚寄诗说："当时虎门数晨夕，西窗剪烛风雨昏。"他和雪芹在宗学里掌灯夜话，正是因为雪芹在富良的敦惠伯府里做西宾，所以能常到宗学来"串门儿"。现在想来，不但"富儿"二字用得巧妙无比，就连"虎门"一词，也是既用古语指宗学，又暗指那个"石虎"的巷门。清代北京胡同口有栅栏和"堆子"。

雪芹到了敦诚的学里，是"高谈雄辩虱手扪"，如古人王猛议论天下大事，旁若无人。这其间定然会谈到他的东家富良府中的事。早年北京的《立言画刊》上载文，记下雪芹在"明相国"家做西宾，被诬为"有文无行"，下了逐客令，把他辞掉了。这正与敦诚诗中说那家"富儿"待雪芹是"残杯冷炙有德色"，十分吻合——未辞退前，也是以轻慢相待，还自以为是对雪芹的"恩赐"。

所谓"明相国"，显然是由于年久传讹所致，一是索隐派旧说，雪芹写的是"明珠家事"（此说乾隆所造也），但明珠是康熙早期的相国，相距很久了。而马齐的侄孙明亮，却正是乾隆后期的相国。这样，后世人就用"明"字辈来代称了。"明"字辈的明琳、明义，都是雪芹的朋友。"富"字辈有富文，富文的外甥就是裕瑞（豫亲王之后裔），裕瑞由从他的"老辈姻亲"听到了一些关于雪芹的体貌、性情、嗜好，以及讲说的口才与写书的情况。那老辈姻亲，正指"富家"，可谓全然对榫合符。

"富家"本姓富察氏，是清代满洲一大望族，与皇室是世代的"儿女亲家",他家的每一个男子几乎都有官职。"富"字辈的,也有用"傅"字的,如傅恒、傅清即是。后来傅恒官居极品,荣耀当世,他家出了皇后,儿子娶了公主……他后来也聘请过雪芹,但雪芹拒绝了。因此敦敏作诗说他是"傲骨如君世已奇",真是话中有无限的事故。

由此可见,雪芹与"富儿"的关系纵非"千丝万缕",也堪称"一言难尽"了吧。

长安·种玉及其他

长安是哪里？是古都城，即今名西安者是也。这连高小学生都知道，提它作甚？只因有人认为，曹雪芹在他书中用了"长安"二字，所以《红楼梦》所写都是西安的事。这个论证有力量吗？明代的书，有《长安可游记》《长安客话》，内容却都是以北京为主题，这又怎么讲呢？

清初有一部享名的小说《平山冷燕》，号称"第七才子书"，专门表扬才女，据说顺治年间还译成了满文，可见其地位了，这就无怪乎雪芹也必然有意无意地接受了它的影响。我这话有何为证？请打开那书，立时有一首七言开卷诗入眼，其中有句，解说"才"的产生，道是："灵通天地方遗种，秀夺山川始结胎。"又说是："人生不识其中味，锦绣衣冠土与灰。"仅仅这么四句诗，也就显示出它们与雪芹的文思之间的微妙的关系了。

诗后，正文的一开头，就是叙写"先朝"之盛。其文云："是时，建都幽燕，雄踞九边，控临天下。……长安城中，九门八逵，六街三市，有三十六条花柳巷，七十二座管弦楼。……"你看，建在幽燕的京都，却叫作"长安城中"。即此可见，雪芹书中也用"长安"一词，又有何奇怪？有何奥秘？那实在不过是当时人人都懂的"大白话"，用不着后世的"红学家"们来说长道短、猜东指西的。

由此可知，"红楼长安"，本来就是燕山北京。

又有人驳辩说道：第三十七回海棠诗社，史湘云最后才到，独作二篇。其一篇开头就写道："神仙昨日降都门，种得蓝田玉一盆。"蓝田产玉，其地正在长安之西，岂不可证那"都门"应指西安？

我说：非也。"种玉"的典，不出在秦地蓝田，正出在燕山京东，一点儿也没有差失错讹！

原来，种玉这段古老的故事，就是使得京东的玉田县得名为"玉田"的来历，那儿真有一顷左右的田地，在其中种出过洁白鲜润的美玉来！而蓝田之玉，却不是"种"出来的——并且也与神仙无涉。

有好多种古书记载了这段种玉的美丽的神话故事，说是周景王的孙子，因居住阳樊驿（属玉田地界），易姓曰阳，名叫阳翁伯。翁伯为人最孝，亲亡后庐墓，在高山上，无水，日夜悲号，感动得泉水自出，他却将水引往路旁，以济行人之渴。又给过路人补鞋，不取报酬。人们都感激这位乐于助人的善者。他也没有蔬菜吃。一天，有一过路书生就他的引泉来饮马，问他："怎么不种菜？"他说没有菜籽。那书生就给了他一把菜籽。他这时已从八十里高的山上迁居到山下路旁，就把菜籽种在一块地里。奇怪！这菜地竟然生长出很多美玉来，其长二尺！这时徐氏有女，有求婚者就要索白璧二双。翁伯以五双璧娶了徐氏之女。他的子孙将这块一顷左右的地，在四角上立了巨大的石柱，以为标志，还有碑文记事。由此，这块产玉之地被人们称为"玉田"——而县名也是唐世因此而改称得名的。这段故事，南北朝名家干宝、郦道元、葛洪等都有记载，大同小异，有详有略，可知并非某一人的虚构。我在此是综合撮叙的。

所以，"种玉"成了一个有名的典故。它的来历是京东玉田县，而不是长安蓝田的事。

说到这里，就可以和"胭脂米"联上了。《红楼梦》里写的这种红色香稻米，也正是玉田的特产。

我在1953年旧版《红楼梦新证》里早就引用了胭脂米的史料，加以论证了。后来被评家斥为"繁琐考证"，吓得我在增订本中都删掉了。其实那都是以史实来论证芹书的时代背景和真实素材，本无"错误"可言。近年上海的"红"友颇曾议论，那删掉的考证诸条都很可惜，而陈诏同志也曾明白表示：他的《红楼梦小考》就是受拙著那一部分的启示而用力撰著的，结果成绩可观，受到好评——这大约就是"有幸有不幸""此一时也，彼一时也"了吧？

那么，除了种玉和胭脂米，还有第三条吗？

答曰：有。

雪芹笔下，贾琏两次外出，一次赴"平安州"，一次到"兴邑"，前者较远，后者较近，——这都是哪里？各注本似乎没有明文解答。

如今我将答案指出吧：平安州是遵化州的代词，兴邑就是玉田的代称了。

《名胜志》云:"平安城,在(遵化)县西南五十里,周围五里。相传唐太宗征辽遘疾,经此旋愈。故名。"而《方舆纪要》云:"兴州左屯卫,在玉田县东南一百四十里,旧在开平卫境,永乐初移建于此。"

由此可知,所谓"兴邑",也就是玉田、丰润一带的代名(丰润本是玉田县的永济务,金代才分出来的,故本是一地)。

你看,"荣国府"的琏二爷,有"公干"常常要到京东去,正因为那一带是他们家(满洲正白旗)的领地范围,正白旗地都在京东。

种玉,充分说明了雪芹喜用的是"老根"故籍丰润的典故。但意义还不止此。这个典,为什么单由史湘云来大书特书?就因为这是个"婚姻典"。雪芹给小说安排的诗,其实"不是诗",而是"艺术暗示",即一种"伏笔"暗写,无比巧妙。雪芹之书,原本的结局是宝玉与湘云的最后重会,这已有十几条记载为证了。但人们还不知道"神仙昨日降都门,种得蓝田玉一盆",早就"点睛"了——而且也点明了这是湘云最后到来,最后题诗的重要层次,即结局的"伏线千里"了。

要知道,鲁迅先生讲《红楼》,也都是明言以"伏线"为重要依据与论据的。

红学,红学。究竟什么是红学?它在哪里?大可思绎,而饶有意味也。

普度寺·福佑寺·克勤郡王府

　　北京的古迹又有一批新公布的保护目标。我看了一遍，见普度寺、福佑寺和克勤郡王府都在名单之内，格外地高兴。因为什么呢？因为这三处都和曹雪芹家有密切关系，早想倡议保护，可是一直无人重视。现在得以列入保护目标，这一决定极有见识，值得感谢。

　　普度寺，原是多尔衮的府邸。清初名诗家吴梅村题咏说"百僚车马会南城"，即指此地（南城，明代之旧称也）。在当时那是摄政九王爷"皇父"之家，清朝入关后的实际"政治中心"。曹家上世，原是他家的包衣奴仆。地址在南池子，又名吗哈噶喇庙。

　　福佑寺俗呼雨神庙，原是康熙皇帝幼时随乳保居住的小府邸。皇子有"八母"，四乳母，四保母，乳母中以噶礼之母为首，保母以曹寅之母孙氏为首。保母是实际上的抚育人，负责一切，包括礼数、仪容、语言、做人等等方面的教养。由于此故，康熙特别敬重孙氏，情同母子，所以与曹家的感情不同一般。曹家的命运变化起伏，都与此有重要关系。雍正夺位之后，康熙的亲信包衣和太监，都遭了祸，家破人亡。雍正元年，将康熙这处"潜邸"改成了福佑寺，后殿供奉着康熙的牌位。由于宏丽的大牌坊上的匾额是"泽流九有"四字，民间遂讹为雨神庙。此庙保存较好，但牌坊上的字，"文革"时给砸掉了。寺在西华门外北长街，筒子河侧。庙内尚存康熙御笔匾额等珍贵文物。我曾数往考察，得知此府曾赐与噶礼——其时曹寅家一定是另赐一处大宅子了。

克勤郡王府，即平郡王府，在石驸马大街。府极雄伟，古厚之气与他府迥异。平郡王纳尔苏，康熙将曹寅长女指配为他的嫡福晋（正夫人）。小平郡王福彭，即雪芹的表兄。他家是武功军将家世，雍正时驻扎西北，本是康熙"内定"太子允禵大将军的副手。雍正夺位后，将允禵召回，圈禁起来。后来幸而福彭与弘历自幼感情最好，及雍正暴亡，弘历即位，是为乾隆，福彭成为重用之人才。曹家在雍正朝获罪遭祸之后，处境一再起伏变化，都与三朝政局息息相关。

这三处，从历史上看，标志着曹家命运的三个阶段，内容十分复杂丰富。仅从这一点说，列为保护对象，也是十分之必要的。

龙年与曹雪芹

今年戊辰，辰属十二生肖中的龙，所以自从客腊为始，那谈龙的文章遍满报刊，盛极一时。看其情形，是凡沾上"龙"边的，已被搜罗挖掘罄尽，想插一嘴，大不容易。我也未能免俗，把"龙年"写入题目之中。

北京的报上，有两派考龙专家商榷龙的来源。一派说，龙者，原无其物，乃是先民看到闪电现象而想象出来的。一派说，不然，古人对龙记载得那么具体，不会只系想象之产品，定有实物为原型。看到此处，我十分开心，因我个人的感觉，也正如此。但再看下去时，不禁失望之极——原来他认为龙的原型乃是鳄鱼！

我不会说假话"照顾关系"，率直地说吧，这两派见解虽然彼此论战，大不相同，可有一个共同点：就是都把我们民族的祖先估量成为"低智"者。"闪电说"虽也破绽重重，到底还令人感到它的富于"想象力"；"鳄鱼说"使我满腹疑团，更觉难以

"接受"。

我们祖先在观察审辨动植物、自然客体的高度能力是惊人的，你只要打开一部按"部首"排次的字典，看几眼"金""石""木""艹""犭""豸""魚""黾"……诸部中的那些字，大约就会暗暗吃惊：原来"低智"的"古人"对事物的认识是如此难以置信地精细！怎么会把鳄鱼或黾认成了龙？

龙给人的印象，一是蜿蜒夭矫，二是飞腾变化。在我看来，比如古人形容王羲之的书法是"龙跳天门，虎卧凤阁"八个字，宋代大书画家米颠，还笑话这八个字"不知说些甚的?!"其实很明白：龙跳是说右军书法的动态的美；虎卧是说它那静态的美。可见古人写龙，总是飞扬腾跃之姿。至于鳄鱼，我缺乏研究，但只见它是一个笨重的大肚子，既痴肥，又懒惰，趴在那儿，好像永世也不愿动一动劲儿。非说我们祖先会把这样一种毫无"神采"的笨重之物当成了龙，岂不是太低估我们祖先的智力了吗？

到底有没有龙？真龙什么样？龙会乘云，也会吐水——谁见过鳄鱼做"喷泉"游戏呢？现代人知道了荒古时代有过"恐龙"（这是日本译欧语而来的名词），那么谁又能来"保证"在"超荒古"时代不曾有过另一种近似龙的生物呢？所以最好也是慢作结论、不断研究为好。

为什么单单一到辰年便是属龙？这个更得聘请专家解决。辰的古篆体字，很像一个动物形，比如说"蜃"是什么？也很神秘。若按"五行学"来讲，十二地支中，申、子、辰三位联合，成为"北方水局"。申、子、辰是"水"的生、旺、墓三位点，辰是"水"的"库藏"。那么，这或许与龙就有了一些关系？——我这纯系姑妄言之，方家莫笑。

不知中年的同志们，还有见过"老皇历"的没有？皇历的开卷，例有一幅龙图，画几条龙，便写着"几龙治水"。不少人以为那预示水旱年景，其实不是。那是一种隐语，比如今年正月初三日是甲辰日，便画三条龙，标曰"三龙治水"。所以正月初三，是个"双龙日"。大家纷纷喧诵龙年，而不知道着重"过"一下龙日，可见"知识"之不完备、偏轻偏重之风了。

今年的三月初四日，是戊辰年丙辰月申辰日，可谓"三龙"之期，届时不知还有人会提起它否？（当然，那天的辰刻是戊辰时，一起是为"四龙辰"了。）不过我估计，五月节因为有"龙舟"，报端文章会热闹一阵，至于"三龙日"，恐怕是没人"作兴"了吧。

龙年，确实也可说是非同寻常之年，因为每逢龙年，往往出现重大事件。这对曹雪芹来说，更是如此。我这话你若不信时，且听我举硬证据。

太远的，不能尽述了，单说"近"的：

康熙五十一年七月，雪芹祖父曹寅忽然患病，没有多少天，竟然去世。这是曹家命运上的第一大变故。这年岁次壬辰，是龙年。

雍正二年闰四月二十六日未时，曹雪芹诞生。同年，与曹家关系至为重要的李煦获罪，政治情势十分险峻。是年，岁次甲辰，是龙年。

乾隆元年，新皇帝施政，结束了雍正朝的局面，曹家也解除了十多年的政治背运，获得"新生"。是年，岁次丙辰，是龙年。

乾隆十三年，雪芹表兄平郡王福彭突然病故。福彭是乾隆帝重用的宰辅大臣，直接关系曹家命运。这是曹家所遭逢的又一次重大事变。从此一蹶不振。是年，岁次戊辰，是龙年。

乾隆二十五年，脂砚斋四阅评订《石头记》，留下了一部重要钞本，今称"庚辰本"。是年，岁次庚辰，是龙年。

乾隆三十七年，下令访采天下遗书，是编纂《四库全书》的先声与开端。此事后来影响到《石头记》八十回后被毁，成为我国文化史一大奇案。是年，岁次壬辰，是龙年。

乾隆四十九年，有一位"梦觉主人"整理了一部重要钞本《红楼梦》，今称"梦觉本"。是年，岁次甲辰，是龙年。

这些所列之事，足可说明，龙年对雪芹一生至关重要，这话不算虚妄了吧。

此刻最值得一讲的，却是雪芹本来生在龙年这个事实。用天津话说，他是"属大龙"的——因为天津人管蛇年生的叫作"属小龙"的，所以要加"大"字为之区别（那"小龙"，念得活像"小锣"一般）。

雪芹生在甲辰年，有证据吗？十分简单：他的至友在甲申年开年作诗挽吊他，两次写道是"四十年华太瘦生""四十年华付杳冥"。可知雪芹终年四十岁。从其卒年癸未上推四十岁，该生于雍正二年甲辰，正是龙年。

除了这主证，还有旁证，今不缕述。但要叙清：雍正夺位后，天下大旱，于这新皇帝面上很不光彩，所以渴盼下雨。时在江南的曹頫，职责要报"晴雨"气象，更是盼雨，盼到五月初一，连下三日大透雨，万民欢悦，曹頫有了一个"报喜"的良机，即上奏折，其中用了"霑霈"二字。这恰好说明，曹頫给他刚刚新生的儿子取名曹霑，正是因为纪念这场减缓焦虑的甘霖，仿佛这个儿子是和雨一起来的，家人亲友，也纷纷致喜，说：这孩子属龙，龙能致雨，果然他一生下来就带来了这场好雨！将来这孩子必定不凡。

雪芹写作时，连买纸的钱都无有，只得把旧皇历拆了，翻转页子作"稿纸"用。这个人确实不凡，一生的经历都不同寻常。假若说这些都是由于他"属大龙"，那当然"迷信味儿"太浓了。但如作为龙年谈龙的佳话，这么叙它一叙，似乎未尝不可，无伤大雅。

雪芹在书里不怎么写龙，恐怕是因为那时候龙总和"天子"联起来，有忌讳。书中好像只写过墙上挂的墨龙大画《待漏图》，写沁芳溪是宛若游龙，写呆霸王名蟠字文起（又作文龙），则是用龙的典（调侃他被打落苇坑里，是和龙王爷去调情），写宝玉忽到水月庵，那老尼姑见他来了，"如天上掉下活龙一般"！——这就有了一点意思：雪芹善用巧妙之笔，令人于不知不觉中，把龙和宝玉联系起来！这实在有趣之极。也许其中寓有他自己知道的特殊用意，未可知也。

雪芹遗物

做学问最忌的是什么？是名心同利心。名心利心这种东西，常常会化为另一种心——小人之心。此言有据否？试为"举例以明之"。

我举曹雪芹遗物为例吧，因这本身便值得撰文叙记。

雪芹声价，不待烦言，凡沾上他一个字的，哪怕隔着三层关系，都能成为"头条消息"，他的遗物自然要比隋珠和璧还贵重百倍。所惜者，天上难寻，人间罕遇。但正因此故，有的红学曹学家，竭其智力以求，真到了梦寐凄迷的程度。这对其本人来说，原是佳话堪传，无可非议，人家有权利自寻芹梦，旁人何必说三话四。然而世有黠者，穷极无聊，看出芹迷的心事，遂投所好，钻了空子，炮制出一串假古董，愚弄痴人。于是好事情便被这种坏人搅得一塌糊涂，不明真相，轻易相信的，至今还在对这些骗人的东西津津乐道。

不知者轻信相传，也无可厚非。问题在于造假物件的，都怕人揭那个假，甚至恶言秽口污人。这就是他们安心和学术开玩笑开到底了。

在早年，有一位"红友"，笃信骗局伪物，自信是"二百年来的最大发观"，写文章为之宣传，还害怕旁人先知，夺去"发现专利"，直到发表之事统统安排定局，这才对我"宣布"。我看了之后，觉得可疑之点太多了，搭不住起码的文物眼，不敢信以为真。我不信，也不行，他又多次来问："你的著作里为何不引用我这批珍贵的资料？"我只好婉言托辞，说："那是老兄你的发现，我不当掠美。"他说："没关系，你还是该引用。"后来，他也明白是我根本不信之故，就对人说些闲话，意谓："周某人竟不相信！要是他发现的，那就不是假的了。"

我写文至此，读者阅文至此，似微闻耳际有叹喟之声。

你听那话，那叫什么思想呢?!

许多的经验教训，使得我自己在做点学问的时候，先得想想小人之心君子之腹的"问题"。

话若真落到雪芹遗物上，我倒不是没的可讲的。屈指算来，四五十年间，目见芹迹，敢说是真，或可能是真（可能性颇大的），也有那么四五宗。今因未得藏家同意，不便公开举示世人，姑且隐姓埋名，略陈一二。

一宗是北京的。一位收藏家，给我看过一件雪芹遗砚。其尺寸，大约比我手掌稍宽，其色偏黑，石质倒并非十分细润，看正面，实在貌不惊人——谁知一掉转，背面却"语倒压众"：只见镌有三行小行楷字，正文两行，七言二句，道是"好将娲炼□□石（二字记忆不清），写出胸中块垒时"，一行下款，四个字是："千山老芹"！

砚之风格，朴实厚重，略无雕琢之华，浮薄之气。藏者用一旧绸袋装之，绸色古黄。藏主很是谦虚——或者可谓之具有冷静客观的态度，对我说："此砚未必真，因有二可疑：石是张坑，一也；铭词扣得太紧，二也。恐怕靠不住，希望你暂勿对人言讲，以免贻笑方家。"

这一席话，要言不烦，涵义则丰。需待在下略为讲解。

所说的"张坑"，是指清末张之洞开采的砚石坑，时代最晚。如系张坑石，当然是假托乾隆时物，其伪可知。所说的"扣得太紧"是指词意一望见底，是字字切合《红楼梦》之写作，显系作伪者有意动人耳目，有此二疑，评价自不能很高了。

我对他说：不然，不然。观其石面，十分古旧，决非近期"仿古"伎俩所能造作，一也。铭词字口，与石一致，已很古旧，若后来剜刻，痕迹甚新，断难掩饰，二也。"千山"一词，只有曹寅康熙年间用过，指的是长白山，即"辽东"的一种代称。有涉于曹家的文献著录，都不曾引过，故世少知者，是拙著《新证》考明，才渐为人晓。若说在先造伪，就能考得"千山"这样的专用词，而加以配合，那是太难令人置信了，三也。有此三破疑，这砚恐怕不假，当是"老芹"遗物。

藏者听了，频频点首，并说："家兄买得此砚，为时很早，在他手中就有二十多年，然后我才从他处索得的，他买砚时还在胡适研红考曹之前，那时没人留意'曹雪芹'三个字，就是费手脚造成假砚，也决不能卖什么大价，哪有干这傻事的？确实也是讲不通。——不过，我还是不敢'认真'，除你之外，也不想让人知道，免生麻烦……"

他要求我为之保密的心情，我完全理解。那还是五十年代的事，至今我仍坚守信义，不曾给人家泄密。我当时用铅笔拓了一张铭词，"文革"失去。藏主原说高兴了用墨拓一份送我，但后来也就搁下来了。1982年，上海召开红学会时，兼有展览会，派人到京征借展品，已见到此砚，但藏家仍不同意公展示人。

仅举这一个例子，文已冗长，我只想再赘一点：我自信对文物真伪，经过审辨，应是老实说自己的真看法，岂能有意"压良为贱"，把人家的好物硬是贬低，然后再施展手腕，据为己有——世上这样的人可不是没有呢！

那比"小人之心"还更可怕。

早年也出现了两幅雪芹小像，其情复杂万分，可谓世间之奇致！本文不能多及。因为这两幅小照，一真一假，假的被当真，真的被认假，我也是爱说实话，为争真理，因此也挨人笑骂，受人威逼……

治学一事，岂易言哉！

红楼竟亲历

国际著名女学者、女词人叶嘉莹教授，精研中国古典文学理论批评，1979年又出版了《王国维及其文学批评》这部将及五百页的巨著（香港中华版）。就我所知，实在是这一方面的一部难得的好书。叶女士学贯中西，识见精辟，我想凡研究我国韵文的，如不读她的这部书，终会感到是一件憾事。她的《迦陵诗词》，也是脍炙人口，蜚声宇内。

我与叶女士，只彼此知道姓名。1979年因同为美国国际红学研究会受邀之国外学者，才得在威斯康辛会面，在彼，也曾以拙著一二种奉贻求正，但《恭王府考》一书未能如期赶印完竣，会后归国才得"问世传奇"，遂补寄一册给她。这本书，我特别要向她请教，其原因又和寄与别家者不同，这也就是我想借此小文略加记叙的主要内容。

原来，我和叶教授叙起来，却有同门之谊，都曾从顾随先生研治词学。但我在燕京大学，她在辅仁大学，并非同校同班。辅大的女生部，就设在恭王府。我想叶女士必然熟悉那时府中情景，奉寄一册，当能引起她的回忆。

果然，她在1980年11月12日的来札中，就写下了这样一段话：

> 近接威斯康辛大学周策纵教授转寄来学长近日出版之新作《恭王府考》一册，嘉莹于四十年前读书辅大女院时，日夕游处其中，书中所言天香庭院等地景物，思之如在目前，学长言之娓娓，证之凿凿，读之既弥增怀旧之思，更不禁对大观园当日种种情事生无数遐想，使人情移神往，考证之作，写来如此生动，钦佩无已。

因为她是一位诗人词家，我不禁遂生一念，想请她为此话题赐以题咏。适值学期将终，她为加拿大研究生的工作特别繁忙，虽然如此，竟然于腊鼓催年的时节里，为我作了三首五律。今录全文，以飨同好：

> 汝昌同门学长近著《恭王府考》一书，以府邸为《红楼梦》中大观园之所本，嘉莹于一九四一至一九四五年间在辅仁大学女院读书时，曾朝夕游处其间，读汝昌学长对府邸环境及景物之描述，觉旧游踪迹如在目前，因致书相告，汝昌学长既复长函，更赐七律华章索和，珠玉在前，未敢步其原韵，因别为五律三章奉答，自知不工，聊书所感云耳。

飘泊吾将老，天涯久寂寥。
诵君新著好，令我客魂销。
展卷追尘迹，披图认石桥。
昔游真似梦，历历复迢迢。

长忆读书处，朱门旧邸存。
天香题小院，多福榜高轩。
慷慨歌燕市，沦亡有泪痕。
平生哀乐事，今日与谁论。

四十年前地，嬉游遍曲阑。
春看花万朵，诗咏竹千竿。
所考如堪信，斯园即大观。
红楼竟亲历，百感益无端。

莹按次章"多福"句盖指辅大女院图书馆中有榜书"多福轩"三字；"沦亡"句盖指当时北平方沦陷于日军占领之下；三章"诗咏"句盖指高我二级之李秀蕴学姊题天香庭院诗曾有"天香翠竹几千竿"之句也。

庚申腊月叶嘉莹写于加拿大之温哥华

这三首诗，落落大方，情味弥永，读后深受感动。她的笔墨运掉自如，无意雕绘，而情真意切，特别是读过她的著作，了解她的身世的人，更能体会出句中所包含的复杂而深刻的感情。

"多福轩"的事，我前此一点也不知悉，得她一咏，便成珍贵之名句与文献。并承她剪寄来一篇《绿竹庭院可是潇湘馆》，原刊于台湾报纸，作者张秀亚女士，也是辅大老校友，她详细地描叙了当年府内景色和她的亲切感受，恰好也着重提到了天香庭院与多福轩的真情实景。至于叶教授自己的一篇旧作《临江仙》——"题李秀蕴学姊纪念册"，也极为名贵难得，今亦求存在此：

开到藤花春已暮，庭前老尽垂杨。等闲离别最神伤，一杯相劝醉，泪湿缕金裳。　　别后烟波何处是？酒醒无限思量。空留佳句咏天香：几回寻往事，肠断旧回廊。

盖李秀蕴女士原句云："天香翠竹几千竿，昔日朱门今杏坛。绕遍回廊寻往事，斜阳犹在旧阑干。"

叶嘉莹词人，为何选用了"三篇五律"这一体裁为我题诗？起初不解。后来悟到，拙著《恭王府考》中引用的一项极为别致而宝贵的资料，正是涉及大观园遗址的三首五言律。她是有意这样作，使之相映成趣的。

这样的主题与词句，实不多逢，堪称艺苑之佳谈，红坛之掌故，弥足珍贵。况且这也代表着海内外学人的友谊深情，因记为此文，览者或不以为多事乎？

上元佳节访芹居

寻找伟大文学家的故居遗迹，是一件极有意义和兴味的事情。谁都想知道并且看一看曹雪芹从南京来到北京之后的住处究竟在哪里。看看有什么用？这倒很难说得明白晓畅，条理粲然。人总是要过文化精神生活的，看看素常倾慕敬仰的历史人物、文学大师的故居，会引起一种丰富的想象，我们在此徘徊瞻眺，流连不忍离去——这处地方便能寄托我们久蕴于怀的无限景仰、怜惜怀念之情。人若有了这种感情，自然爱自己的国家，自己的民族，自己的文化。那时，也就不再是限于一人一事、某书某史的个别的事情了，换言之，故居就绝不仅仅是一处"地点""房屋"或者"院落"的问题，其所关岂为细乎。

自从前年发现了一件档案，载明曹雪芹家在雍正六年因获罪抄家、拿问回京之后，已无立锥之地，后经人帮助请求，才"赏给"了一处住房，共有屋十七间半，坐落蒜市口，——这是我们第一次"找到"了一个雪芹住过的确切地点。档案发表后，我就在甲子年的元宵佳节间走访蒜市口。

那一次，不能说毫无收获，但因不懂古建筑，无法作出比较接近实际的估计，从那以后，我就订计划，邀请一位专研古建筑的老专家，再往续探。由于他非常忙碌，要到各地去踏看、开会，因而直到二年后的元宵节，这才得以同赴蒜市口，恰好一周年。住在北京，虽值上元佳节，了无节意可赏，我们值此嘉辰，同访芹迹，这却比赏灯看会另有一番况味。

有了老专家的协助，果然与我这外行独往是大不相同。这次的收获就大多了。

蒜市口，位于北京崇文门外（由内城通往外城的三座大城门的东面一门），顺着花儿市往南，走到尽头便是。论范围，这地点实不算很大。论情况，房屋拆改也还不是最多之处，但那变化也是可观的，我们得到居民的热心合作，给我们指点。我们进了很多家住户的院子，房主们无不表示欢迎接待，有问必答。

这样，我们经过观察比较，初步找着了一处小院，建筑旧迹尚存，布局风格未改，而且问明未加改建以前的房屋数目，正好是十七间！老专家认为，这处地方，值得注意研究，他准备继续探索，并绘出图样。

甲子年的元宵节日是这样度过的，倒也十分新雅有致，为此作一首七律，以作纪念：

上元佳节了无灯，蒜市重来问古行。

橡梢已迷原覆瓦，轩窗忽显旧镂棂。

天衢路改寻常陌，地藕祠荒勇士营。

十七楹间欣可数，主人好语最堪听。

"红楼"本是燕京典

　　曹雪芹写《红楼梦》，背景是北京城，但为了避免麻烦，故意"打哑谜"，只说"进京""入都""神京路远""天子脚下"……而缄口不言"北"字，可是他在叙述妙玉、宝钗等人时，却说她们把家里的东西由"南"土带到"北"地来了。这就是让读者自己细心寻绎，须"自得之"，而不欲道破。

　　但主张《红楼梦》所写是江南情景的人，还是有的。这原是见仁见智，各存一说就是了。不过我也曾写过一篇"炕文化"来论证雪芹实写北京，因为，他书里每写一处房屋，都曾写到炕的事情。从前些回写荣府，到后些回写大观园，皆无例外。我列举了大量例证，《红楼梦》处处点明"炕"字。因此我问：难道这是江南的风土吗？旅行家说：大约一到鲁东南，淮河附近，即无炕的痕迹，何况大江以南？炕是北方苦寒之地的产物，特别是从辽金元时代起，北方少数民族的"火炕"风俗使得燕京的炕更加发展和考究了，清代自然也是一样。

我又举过唐代诗人们使用"红楼"一词的句例，也为数不少。其本义是富家女子之居处，唐代都城是长安，故而"红楼"也出现在那里。但唐以后的句例，我愧未尽知。近日重温《宸垣识略》等书，见所引明人吴国伦的《燕京篇》中，竟有佳例——

> ……
> 重城开御气，双阙倚明霞。
> 芳树华阳馆，高台易水涯……
> 风云森剑佩，雨露足桑麻。
> 紫陌新丰酒，红楼宛洛花。
> 轻尘飞白练，旭日丽青骢……

你看，这诗描写当时的都城北京，就有"红楼"的芳踪倩影了。所以不妨说，"红楼"一词所代表的历史实体和概念，是随着京都地点的迁变而转移的。也就是说，唐人多用红楼写长安，宋人则可以用来写东京汴梁城，元以后又可以用来写北京的事……这很自然，没有什么可疑与可争的"问题"。

结论应当是：雪芹是清代人，清代建都于北京，那么雪芹之用此一词来写富家女流，自然就是指北京的情境。吴氏诗中的"宛洛"，也止是"京都"的一个代称。

宗室永忠（上次我在"西府"一文中提到他）有一首诗，题作《戏题十二钗画障，为伴月赋》，其句云——

> 十二吴姬簇锦屏，临风玉貌各婷婷。
> 若为唤得真真下，一曲霓裳卧里听。

　　这首诗是乾隆五十年乙巳岁之作，要注意两点：一是所咏是十二位女子的画图，而不同于古代"头上金钗十二行"的语义。二是作诗时，离程伟元刊印"程甲本"，还有五六年之久，永忠读的绝不是百二十回的假"全本"《红楼梦》，而那时已经兴起绘画"十二钗"的风气了，这一点十分重要，我记得大学士傅恒、和珅等人的诗里，也都用过"十二钗"的"新典"，可见流行之一斑！雪芹的书，早以抄本的形式流传了，而且不限于京师一地。这种历史事实也未为研究者尽知，到今天，"红楼"一词，确实已成了北京"独占"的"专利词语"，移他处不得。

从红楼到康熙

本文不是史论，当然更不是影（视）评，这只是我对康熙的一些杂感漫话，亦即文史随笔之类的小文字。我因对康熙说过几句"好话"，竟尔招来一张大字报，批我的"阶级立场问题"。那几句话见于1964年版的拙著《曹雪芹》，大意不过是说康熙可算是封建时代的一位"较好"的皇帝，对历史有过贡献。那时当然不会想到：皇帝竟也有"走运"的日子——近几年好像两岸都大拍清代皇帝的片子，所谓"彼一时也""物极必反"吧？

我对康熙发生了"好感"，不用说是由探索曹雪芹的身世生平而引起的。十分明显：没有康熙，就没有曹家的兴衰际遇——也就没有《红楼梦》之可言。所以我很自然地对他发生了兴趣，而且愈来愈浓厚。无论作为一个人还是一个皇帝，我都很佩服他，觉得中华历史上自唐太宗之后，似乎再没有哪一朝一帝能与"贞观之治"的缔造者相提并论了。为他说上一句好话，谅不为过。我挨批之后，心里的想法仍未改变，自信我与他并不"沾亲带故"。

由于他，在中华文化史上产生了一部《石头记》（原著），这就是他第一件第一等的大功劳，怎能不记入史册，流芳青简？

康熙是顺治帝之三子，本非为父钟爱定储之宠儿，历史"鬼使神差"地让他在盘根错节的关键时刻中选了，"命大"就大在这里。满人畏痘如虎，未出过痘的孩童以及成年人，叫作"生身"（出过的叫"熟身"），是大事上受"局限"的要紧项目。西洋教士"尚父"汤若望也支持选中小康熙。康熙为什么日后对雪芹的曾祖母孙夫人特别亲厚优遇？其真正原由也还是他幼时痘症濒危，众人弃为不救，是保母（教育抚养之重要人，不是今天的"保姆"）孙夫人一力调护挽救之力。所以康熙到哪儿也忘不了这位真正的慈母，封之为一品夫人（是极品），破例照顾了她的夫、子、孙三代四个人的职位与生计。这绝不是偶然的什么"照抄"的官样文章，"祖宗旧例"。

康熙朝六十一个年头，经历并非风平浪静，有些年月是风波险恶万分的；但宏观而论，他确实带来了一个名实相符的盛世。有一则记载说，他突然去世的信息一传出，万民罢市聚哭。这种民间自发的痛悼表现，似乎只有诸葛武侯亡故时有过，那是极罕见的情景。

康熙的庙号叫作"圣祖仁皇帝"，这儿多少含有历史的真实功绩与普遍舆论评价，曹雪芹也曾写道，一个皇帝如果"不圣不仁"，那"天命"是不会归于他的（大意）。他就是巧妙地运用"圣仁"二字，怀念康熙而讥刺雍正。

康熙讲《四书》，最注重《大学》开头的那几句，即：在明明德，在新（亲）民，在止于至善。主张要做到亲民须从和睦六亲起步。而雍正却以残害骨肉而夺位。曹雪芹让贾宝玉代为吐露心里话：世上的书，只有"明明德"一句是真理，别的都可以焚了！你品品这话里的真滋味吧。——但不是常听康熙讲论此义的亲近内侍人家，是无从理解与传述这番道理的。世上谈"红学"的专家大约也不太留心于这些微妙笔墨的吧？

在康熙这条线上，牵系着好几个大悲剧性人物，这就是他父亲顺治，儿子胤礽与胤禛，这要细讲起来，才真是可骇可愕，可歌可泣，"比一部书还热闹"。尤其是他这两个英才盖世的皇子——一个立为太子了，一个后来内定为嗣位之人，而都被雍正一党给诬谤陷害，折磨毁灭了！

此二人方是清代史上的最大悲剧性人物。我在《文史》版曾发小文，言及影视片不必老是认那"末代皇帝"之类，应该扩大视野，提高认识境界，如只就清代皇室选材，也应反映一下胤礽、胤禛之大悲剧。

电视剧《康熙大帝》，听说是根据一部四卷小说改编的剧本。深感自己目坏已甚，无论是小说还是剧片，都难以拜观了，不知其质量如何？但导演肯拍此一主题，可谓有识之士（女）。当时法国传教士熟知康熙的，写报告给法王路易十四，对这位中国大帝称赞佩服得五体投地！这份著名的报告早已译成多种欧洲文字，康熙大帝的名字在那儿是不算陌生的。所以再介绍一下这位中国人，料不为多余之事。

绛珠草·文化教养

绛珠草大约与《红楼梦》的"知名度"可以等量齐观。这种草之所以出名，是因为它就是林黛玉的"前身"——或者就是今之所谓"象征"。文艺理论家讲究"模特儿"（与"时装"无涉）和"原型"，大抵指角色人物吧。那么绛珠草如何呢？难道它也有模特原型不成？

答曰：不差，它亦有之。

绛珠草是"艺名"，曹雪芹指的（或心目中摹拟的）实是苦葴草。

葴，和箴同音，都读作"针"。它又叫苦苏。据《尔雅》说，即寒浆草——亦名酸浆者是也。但它与林黛玉联在一起的原由却在于它有一极有趣的别名叫作"洛神珠"。

据晋时崔豹的《古今注》记载. 这个名字是长安儿童给它起的。我时常兴叹，那时长安儿童的文化水平真了不起！就凭这个名字，如果那时候有什么"国际××奖"早该获奖，名扬四海了。

崔豹说，这草能结实，浑圆如珠，未熟时是青色的，熟则变赤，苦葳结的这种可爱的红实，长安儿童将它与曹子建所会的洛神（伏羲之女宓妃，她落水而亡）联在了一起，而雪芹则又将它赠与了苦命的苏州林姑娘。为什么单单将这洛神珠给她？

这里隐有一段深意：原来在雪芹的原稿中，林黛玉本是在冷月寒塘中自沉而死的，所以很多的艺术暗笔——即鲁迅先生承用的中国文学手法传统的"伏线"，都预示着她的不幸死于水中。

有证据吗？那太多了！——

林黛玉为何"诗号"是潇湘妃子？因娥皇女英皆水神也。她的《葬花词》特别提出的"一抔冷土掩风流"[①]，只是个愿望而已，那"（强于）污淖陷渠沟"才是命运的真正安排。她的《五美吟》开头就是"一代倾城逐浪花"，何也？宝玉与她谢罪，说"明儿掉在池子里"变个水龟与她（死后）去驮碑，又何也？（世上设的誓，哪有这么奇怪的？）中秋月夜，黛玉湘云联句，至"寒塘渡鹤影，冷月葬花魂"，妙玉出来拦住，说已是太悲凉，不祥了——也正是暗示黛玉次年此夜此塘自沉的诗谶。宝玉在凤姐生日那天，偷偷跑出德胜门外尼庵中去会金钏（也是落水而亡）的那一回，别人不晓，独黛玉讥评他，借戏中所演的王十朋《祭江》而讽之曰：这王十朋也不通得很！不管哪里的水，舀一碗对着它哭，也罢了——非得跪到江边子上去？……你听，这是说的什么？雪芹在书中已特笔点醒：那庙就是供洛神的"水仙庵"！……

---

① "冷土"，俗本作"净土"，今依在俄之圣彼得堡本。

其实，还可以再列些证据，说到底，大观园中主景是沁芳一溪，连亭、桥、闸也俱以"沁芳"二字为名，又为什么？读者至今不悟，那沁芳，即"花落水流红"的痛语，不过在雪芹的巧思妙笔之下，人们只看见那"香艳"的字面，而很少体会内中所涵蕴的无比巨大的悲痛——为妇女命运所流的血泪，酿成了这一部《石头记》。

明白了这些中华文化的富厚美丽、沉痛感人的内容与笔法，才晓得雪芹这位特异罕逢的奇才巨匠，真真当得起"伟大"这个词语的实际，而不同于庸俗的吹捧。

1932年有一位德国人，名叫恩金，撰文盛赞雪芹的书，说，《红楼梦》与《金瓶梅》不同，写的乃是"有教养的生活"。这话重要极了，教养就是中华文化的最美好的表现，其品格风调，方是人类最高的境界。他又说，雪芹不知哪里来的这种"神奇力量"？将日常生活琐事写得如此之生动感人！

他还说：读了此书，方知中国人有权利对他们自己的优越文化感到自豪，欧洲人是从没有达到这样高度的！

我们现在重温这种评论，不免心有所感。一位欧洲人士在三十年代之初早已认识到的这种中华文化之瑰宝的价值，如今过去了六十年，可我们自己还停留在"婚姻悲剧"的水平上，只知为"爱情"哭鼻子，以为这就是曹雪芹伟大之所在，岂不值得深自反省？

不敢提芹字字清

世人所知于雪芹的一些情况，迄今仍以敦家兄弟的十来首诗句为基本文献（其他传述居次，而伪造的"史料"是另一回事）。但这十来首是明白点名的，实则除此明点的以外，还有几首也是咏芹（至少也是兼咏）的重要篇章。今将拙见略叙其二三，或博雅君子不以为妄言，为之发明胜义，诚为幸甚。

第一例。比如敦敏壬午年有一首《秋夜感怀》，极为重要。其句云："叶落疏窗向夜敲，短檠幽思倍难抛。蛩吟断砌悲今雨，燕去空堂剩旧巢……"

这里的"今雨"，正是他访雪芹于山村时所说的"衡门僻巷愁今雨"的同一涵义，是暗指雪芹——这时他正因官方"索书甚迫"，进城来访敦敏，次日遇敦诚于槐园同作《佩刀质酒歌》的那一番变故。最终，连住房也被强占，栖身无地，所以脂批引杜甫的不幸而慨叹古今才人之厄！合参互证，真如符契之相吻。而且，敦诚觉此诗语气愤激（"壮心还欲学屠蛟"！），深恐不妥，就用墨勾替哥哥删掉了！你看这是何等地隐晦而清楚——敦敏感怀的正是雪芹的困厄一至于此！这是关系雪芹生平的大关目，大事故，由于害怕惹祸招灾，不敢明白题咏，以致无人索解。

第二例，比如敦诚有《同人往奠贻谋墓上，便泛舟于东皋》一诗，也十分重要——

"才向西州回瘦马，便从东郭下澄渊。青山松柏几诗冢，秋水乾坤一酒船。……"

其第三句下注云："三年来诗友数人相继而殁。"

要弄清：所奠之人是他族弟，名叫宜孙，是自家人，不得呼"诗友"，所以那是称友朋的用语，而首句正是他挽雪芹诗中所说的。

"他时瘦马西州路，宿草寒烟对落曛。"

前后呼应，紧密伏倚，说明了他不久前在西州门外（借指西郊）吊祭了雪芹等诗友，那"青山"恰好也正是"故人唯有青山泪，絮酒生刍上旧坰"的呼应与伏倚。这是多么耐人寻味而又令人悲慨的文学史迹！

这一例，也充分表明了一个事实：敦诚往奠雪芹，是"西州瘦马"，与贻谋墓在潞河南岸正是一东一西，遥遥对举，而入于吟咏的。

世事无如纠谬难

世上万事，以妄为实，以假作真，沿讹袭误，那"便当"得很，真如大江东去，所谓"水流就下"，一点儿不差。迨到掉转一个过儿来，可就难了，明明纠过辨过了，也不中大用，照旧而沿而袭，大江之向"东"，是不愿返"西"的。有时费大力气纠辨，实际则收效也不过千百分之一而已。

比如旧年忽然传出了一首"雪芹诗"，起句是"爱此一拳石"，结句是"潇洒作顽仙"，一时轰动九洲。后来吴晓铃先生得到了一册晚近人的诗集，这首诗就在册内，是被人"抽"出来伪称是雪芹之作，以欺世骗人的；1982年在上海开全国红学大会，吴先生亲携此集示众辨伪——按"理"说，这决当不致再以伪传伪了吧？可大不然，至今某些著述之中照样"引用"，津津然有味焉。

作伪的伎俩依靠的是什么呢？原来就只是一句"无材去补天"。人人觉得似曾相识——相识在红楼第几层？

但很多被骗的人却不曾去想：假使这能"证明"就是芹作，那可"热闹"了，那你会"发现"许多"雪芹遗诗"了！比如清代一部诗集吧，内中就有咏白海棠诗，有句云："水晶为魂玉为英""庭豫送春埽花帚"。又有一首诗，请您着眼：

> 石来吾语汝：玲珑尔身，空洞尔腹；精卫难衔，苍天难补。尔虽无材，殊胜女娲之辛苦。不入匠石之门，而入贤王之府。以不材而全其天，石哉，吾深有取于汝！

我若将它发表，伪称我"发现"了雪芹诗，岂不更可大大地"轰动"一下子？（此荣亲王之文孙荣贝勒之作也。）可惜那作伪者没有机会看到这部罕见的抄本，这倒也免去了一场"诗案"。

我在北京、台北两地分出一书，题曰《红楼梦与中华文化》。京中责编同志热心设计装帧插图，烦求画家画了一块"玲珑出自然"的石头，上面大书一诗——我一看，正是吴先生辨伪的那一首！心说糟了！责编、画家，都出于一片好意盛情，可是他们事先并未告诉我这一切，印出来我才大吃一惊，我连书也不敢送吴先生，写了一封信陈明原委，幸蒙不多责怪，还是要我给他一本，我这才敢专人送去。

这种奇妙的"内幕"，局外人哪得知之？其他伪文伪物的内幕，又各有其"奇妙"，真是一言难尽，容日后一一道来。

我在拙著中多次着重交代：雪芹真诗，至今仍然是敦诚所引的两句十四字，"白傅诗灵应喜甚，定教蛮素鬼排场"。多年来尚未有任何"新发现"。1970年我将那两句补成一首律诗，原为自娱，吴恩裕先生抄在他本子上，被陈毓罴同志转抄发表了。于是有人一口咬定是"真的"。我撰专文在香港《中报》与《内蒙古大学学报》两次澄清事实真相。但仍有人不信，说是我"偷"了雪芹的诗当自己的！但海外学界都了解了真情，都纷纷用我那韵脚试补为"全篇"，周策纵教授汇集抄给我，加上我自己三次补作的，竟共得十一篇之多！堪称文苑秘闻佳话。这让不懂诗的人见了，岂不都成了"真雪芹诗"，而且捧得天花乱坠？

其实，我"补"的不止这篇，也补过"三春去后诸芳尽，各自须寻各自门"，也是律诗。但除家兄知道，未让别人看见，怕又惹出无谓的麻烦，把我的戏作自娱与作伪欺世搅在一起。经验已经教训在先了。

"六朝人物"说红楼

张中行先生在沪报发表文章，谬奖我是"六朝人物"；他说明撰文意在论人而不敢论学，可是他接着就写道：对于我的红学观点，如主张程高续本是有政治来由的，却"总觉得能够摧毁反对意见的理由还太少些"。张先生行文之妙，在此一例中，也足供学写作的人作为范本，可谓笔法一绝。

把话讲得直白一些，就是他很不相信程伟元与高鹗等人之续书是有政治背景的。其实，何止张先生一人，不信的人还多的是。只不过能像张先生这样委婉词妙的不多罢了。

张先生所不信的那个"来由"，到底有与没有？这类切磋讨论，实在必要得很。今试一说拙意。至于"摧毁"力量如何？那又焉敢自封自信，还待方家斧正。

这个"政治来由"并不是我捏造而生的。它是赵烈文亲聆大学者掌故家宋翔凤传述并记之于纸笔的。宋公说：《红楼梦》是乾隆晚期，宠臣和珅"呈上"，乾隆"阅而然之"的。原文可检蒋瑞藻先生的《小说考证》。

什么叫"然之"？点头也，同意也，赞成也。乾隆会"欣赏"这部小说吗？一大奇谈也。再者，和珅何以忽然把这部书"呈上"——征求皇帝的意见？二大奇谈也。要知道，和珅是《四库全书》总裁，掌管删改抽毁书籍的献策人。还有，雪芹之书从一开始就是有避忌的禁书，传抄阅读，都不是公开的，而高鹗公然在"程本"卷端大书"此书久为名公巨卿鉴赏"，三大奇谈也！再次，所谓"萃文书屋"的木活字摆印（今曰排印了）版式，有人知道那"书屋"云云是烟幕，实乃皇家武英殿版是也——皇家刊书处，给印曹雪芹的抄本禁书？四大奇谈也！

这些奇谈，都怎么解释？不知张先生该是疑我，还是疑赵烈文与宋翔凤？难道唯独对程、高、和珅、乾隆却不去疑他们一疑？

乾隆时陈镛，久居北京，著书记下他亲见芹书八十回，后四十回乃刊印时他人所加！原来，到了《四库》书后期，和珅就把注意力转移到小说戏本上来了，同样删改抽毁。至今还可看江西地方大吏奏报统查弋阳腔戏本结果的详细文件。和珅"呈上"，皇帝"然之"的，正是将芹书删改抽毁并加伪续的假全本。

有人又不肯相信"萃文书屋"是假名，认为它在苏州；又有人说北京也有这"书屋"，内处是本店分店的关系……总之，这是当时印书卖书的书商，云云。

可是，乾隆五十六年（1791）"程甲本"印出后，1794年就有俄国第十届教团团长卡缅斯基来到了北京。他是汉学家，俄国国家科学院通讯院士，极重视《石头记》，在他指导下，俄人买得了两部抄本，带回本国。卡缅斯基又在一部"程甲本"上题记

云："道德批判小说。宫廷印刷馆出的。"（见俄学者孟勃夫、李福清两氏论文所引）

好了！卡氏是"程本"伪全本出笼后的第三年就到北京的，那时乾隆还在位。外国的使团、教团、商团，消息灵通，又不必像清朝文士百般忌讳，清文士且慢说不易得知政治内幕，即使得知了，也不敢见于纸笔之间，因此教团成员的报告、日记、回忆等文献，一向是治清史的必备之参考要资。卡缅斯基的这一记载，是其一例。当然，他落笔之际万万不会想到这将于二百年后成为红学史上的秘闻与"佳话"！

虽然如此，虽然我个人是相信卡氏的忠实记载的，但仍然不敢强加于张中行先生。张先生是否认为卡氏之言足以"摧毁"那些怀疑派的疑点，那就更非我所敢奢望了。

"程甲本"于1791年用武英殿刊书处木活字予以摆印后，一部禁书立即传遍了天下，二年后都传至日本长崎。没有一个"政治来由"，士大夫们焉敢"人人案头有一部《红楼梦》"乎？1991年，颇有一些红学家们为了纪念"程甲本"问世二百周年，举行盛会，歌舞此本的价值与功绩。然而独独不见有人引用卡缅斯基的历史见证之任何迹象，则不知何故？因"纪念"已过，乃觉不妨撰此小文略为之补遗了。质之张先生，尚希有以教我。

潘霍芬与太虚幻境

近日阅报，方知，世上真有货真价实的女儿国。此"国"是德国的一个镇，名叫潘霍芬，上自行政长官，下至各种员工以及居民，一色是女子。男人因事"入境"，须出示证件，而且必须当天出去，绝对不许过夜停留。那镇长说：世界都是男人弄糟的，如战争和一切坏事，都是男人做起的。因此，她们对男性的态度，大约接近"深恶痛绝"，疾之如仇，拒绝与之打任何交道。

这条新闻，着实有趣有味。我马上发生一个妙想：应当把雪芹的《石头记》拿到那镇的书店里，最好是一部"汉德文对照本"。委托若干女士去举行"首发式"，告诉全镇官民：这部书"妳"们一定要买去细读，因为书里有位"不准入境"的贾宝玉，但他却是你们最伟大的知音莫逆——他也痛恨深憎所有的"须眉浊物"！

如此一登广告，作宣传，则《石头记》一定会成为镇的畅销书 Best Seller。岂不大是佳事美谈？

当然我又立刻想起太虚幻境。此"境"被洋教授解释为书中"两个世界"之一的"理想世界"，就指大观园，是完完全全的头脑虚构品。但他看不懂境之仙姑即是秦可卿的化身幻影这个艺术笔法。他也不明白这个幻境竟然也有"原型""模特儿"的实体。

友人邓云乡著有《燕京风土记》，他在此书中首次指出：雪芹写太虚幻境是运化了北京早先朝阳门外第一名胜东岳庙（老北京叫天齐庙，庙会盛极！）。

这是真知灼见之红学贡献，可惜书出后反响者罕逢。

东岳庙，门外有著名的大牌坊，正殿之外，另有一层，模拟"阴曹地府七十二司"，塑像极可畏，且装有机括，香客一脚踩上，那鬼卒们会"活"起来。（真吓死过活人！）所以雪芹也写门外牌坊，写"薄命司""痴情司""朝啼司"……也写"簿册"（因世传阴间有世间每个人的"生死簿"）……

雪芹总是半庄半谐、亦真亦假——你们说有阎王管人的亡魂，我则偏另造一个女神，专管世上可怜可痛可爱的不幸女儿！

太虚幻境——由此而生。

邓兄没有指出的，还有重要一点：庙的正殿最后一层叫寝宫，内有名塑手所创造的一百多个侍女（当亦一百零八位），她们各有神态，各执其事，面容服饰，无一雷同。真是栩栩如生，目所未见之奇观！

雪芹的艺术天才，抓住了这种奇观，诸司的狞恶与寝宫的美妙两种景色强烈对比，使他无限感叹感发——最后一个巨大的火花在他头脑与心灵中爆出了奇芒：他萌生了要为一大群亲见亲闻的女儿（以侍婢丫鬟为主）传神写照，撰一巨著的念头。

可惜，他自然不会想到，世上真能找到潘霍芬那样的地方——这是"真事"，而不是"假语村言"；那也是现实，而不是什么"理想世界"。

雪芹·水星·红祠

曹雪芹是"上应星宿"的非凡人物。我这儿说的"上应星宿"，包含有"土""洋"双关意义；此话怎讲？且听一道其详：

第一，我们本土的传统"天人合一"的大文化观念，认为非凡之人都是天上的星宿降世的。如你在旧日章回小说中就可以常常看到说某某是"太白金星转世"，某某是"文曲星"落凡……所以，我们如谓雪芹乃是文曲星转生的大天才大手笔，那是并不夸张的"修辞格"吧？

第二，雪芹已然超越地球，而属于宇宙，这又是事实，而不再是一种崇仰想象之词了。那还是1974年的3月，美国发射的水星探测飞船"水手号"到达目的地，成功地探明了水星的表面上有六十多座环形山，于是就以对人类文化有巨大贡献的中外六十多位伟人的名字予以命名，其中的中国大文学家就有唐李白，元关汉卿，清曹霑。

要记清：这不是凭空臆造的说法，而是由《人民日报》等日报刊载的新华社的正式电讯新闻报道。若有蓄疑者，可以复查有关文献。

所以我才敢说：不管从哪个角度和观念来讲，雪芹是真正的一颗"天上星"，绝无虚假。

时下好像特别崇"星"了，诸如"影星""歌星""笑星""武星""球星""棋星"……等等，早都见于文字，但是"文星""诗星""书星"尚未习见，那么我这儿斗胆给雪芹戴上一顶"星冠"，似乎不为鲁莽冒昧。

但是，称雪芹什么星呢？倒成了个难题，因为诗文书画，他是样样超群，他的好友们赠他的诗文，都指得明白，可以作证无疑。还嫌都不"全面"，就叫他作"说星"，这又实在不太"像话"，即难以够得上一个被文化人接受的佳名美号。昔年有人称他为"稗圣"，意为"稗史"（小说的别称）的圣人，但如今若仿效创一个"稗星"之名训，仍然不太像样子——不成文体。这个难题，只好以俟高明吧。

记得古寺壁画上群神之中，有金、水二星之像，而二星皆是女神，仪容美好；再一查，原来古人原是认为金、水二星者乃掌管文学艺术的女神。

如今雪芹的大名单单题在了水星之上，此事实亦"天缘"，饶有意味。最近，听说新建的雪芹祠已然规模初具，大约距离正式启祠为期不远了，这也令人十分欣慰。我曾向建祠的友人说：我们这个祠不能建成一处到别的地方也可看到的"旅游景点"，而是必须使祠的品位向成都的草堂少陵祠来"看齐"才行。如此一南一北，一个是诗圣祠庙，一个是稗圣的祠庙，遥遥辉映——这才令普天下人一起"惊醒"，抬头瞻仰礼敬！而海内外的文化名流，也会与大众一齐前来这处新祠朝圣致礼！这样在北京才是又一处足以代表中华文化辉煌成就的胜地奇观，入祠之人，都可以寄托他们的久蓄于怀的钦慕感叹之情。

这座红祠，不同于一个普通的"纪念馆""陈列室"，也不同于一般神佛寺院：它是以展示祠主的丰貌、生平、家世、成就、影响等史资文献为主要贡献，因此具有与众不同的巨大特色。比如你若想了解研究雪芹的宗族世系，祖籍迁寓……都能在此得到一定的收获与满足，故我为芹祠之落成深深贺敬。

芹庙·芹像·红楼升官图

某天，我撰一文，偶然泄露了修芹庙的"天机"，谁想很快有了反响。先是首都的《北京周末》主编亲自撰文报道了这个消息；然后，我这"芹祠侍者"就收到了一方专用的玺印，不禁喜出望外！

印是谁赠的？津门印家李泽润先生。他忽然托人送到了这方名印。打开看时，锦盒内是石章一方，质色有红云透出细润如玉；上方是卧狮印纽，刻得神气之至。再看印文，竟是"芹祠侍者"四字白文，秦汉篆的格韵，规矩而又潇洒，刀不肥钝而饶腴润之致。其中"芹"字最难，不少印友惠赠的佳印中，唯独李先生的此字十分惬怀，信为高手。两行边款，用汉隶分书表现，也非常当行出色。

我虽大半辈子书生福薄，可有一样，就是书画诗词篆塑诸般艺家都不弃嫌我愚拙无能，常常以佳构惠我。以印家而言，南北名手多有赠品，而且都是"三包"——何谓三包？·要包送石头，二要包送篆刻，三还要包送到门！我这么"擎现成的"，简直福分太大了。李先生这番匠情至意，尤其令人感幸。

为什么叫"侍者"？君不见观世音大士，两旁龙女与善财童子分左右而侍立乎？那就是侍者，侍者都敬慕所侍之正神，甘愿为之服劳的人——倒不一定是低三下四、拍马溜须的奴才。雪芹的令祖父曹寅，有一别号，叫作"埽花行者"，他倒不"侍"，但也"者"了起来。这外号着实有味。

为什么是"埽花"？大约意思暗用大剧家汤显祖《邯郸记》中的"翠凤翎毛扎帚叉，闲踏天门埽落花"的名句。（《红楼梦》里，夜宴寿怡红，芳官在席上唱的曲子，就是它了。）

庙是有了，盖好盖坏，是设计师和"泥瓦匠"师傅们的事，咱们无能为力，也插不上嘴；"房框子"有了之后，盖得再好，如果正殿中间供的那雪芹塑像，若是不行，那照样要糟！

监工人来找我，这可"罢了"——难题呀！若不提芹像，还好；一提芹像，事情可就多了，单是我知道的"种种情况"与"种种原因"，就在这儿写之不尽。

我亲身经历的，略叙一二。今先谈谈画、塑。

第一次画芹像，是为了纪念雪芹逝世二百周年那一回，那时刘旦宅还年轻，从狱里提出来，住在东城的翠云楼，专为给雪芹画像。同时不光他一个，还有黄永玉、贺友直、林锴。黄先画成一幅：雪芹在山村的院里"豆棚瓜架"之下坐着，微长的圆脸型，意态潇洒。不知他们出了什么问题，黄先生不干了。于是芹像任务便落到了刘旦宅身上。

刘君真是好样儿的。他画了几幅之后，开会讨论，那回到会的只有三四个人——那时原本只有极少几位称红学家的，不像后来出现了那么多的红界名流。主持者是黄苗子，被邀的只有我、吴恩裕、沈从文（还有一人）。沈先生彼时满头黑发，很精神，夹着皮包，主动热情地与我握手——初次会面（信函文章来往过，也是因为注释《红楼梦》，此题须另文了）。大家一看，墙上贴着新芹像，其中一幅是坐像，素白衫，两鬓微有风吹飘散的发丝，丰神俊朗，风流豪迈兼而有之，面型也极合理想。我十分赞赏此幅，因旦宅在左下角画了一方印，文曰"似非而是"，我也极叹服，于是依此句作诗赠他——他引我为知音，自此为始。他后来成为"红"画家，其实也从此开始，结下不解之缘。

因为在前以先，专家已讨论过，提出画芹像要有"十气"（英气、豪气、傲气、才气、逸气、嫉俗气……），简直难极了！大家提起也觉可当"话柄"，难为了画家。没想刘君如此不凡！

这幅坐像，我心里惦着，后来问起，说"让邓拓给拿走了"。我不免暗叹，邓不仅收藏珍贵书画，连这个他不放过，果然是个有眼的人。但是，等到"三家村"案发，邓被抄家，此画的命运如何，就"不可问"了。再后，我让旦宅照那再给我重画一张，他也照办了，可惜全不是当日的意境了，形神皆难再现；而且又见他自己为自存而画的，找我与周策纵题了诗的，也不太行，远远不如"似非而是"了！

我想起来就叹息一回，芹像真难！

化繁为简地说吧，以后所见，好的更少了（有的避难，不画正脸）。

至于塑像，我也可以略叙几句。由我倡议的，是请津门泥人张的传人张钺，为京郊纪念馆塑一尊芹像（然后放大刻石头的）。费了很大周折，初稿也试塑出来了，正待再作些改进，他病逝了。第二位是南京的湛女士，为那儿的乌龙公园塑了一个，已立起来，她又烧制了泥砂陶的小型像，分送于人，我蒙见赠了一件。再者厦门李维祀教授为我塑了一座"玻璃钢"的，照片也印在拙著《曹雪芹新传》卷首了。然后，又有津门青年艺家李志明热情为我塑了一尊石膏的，是依据传世的郑州所藏的"雪芹小照"画面制作的。原准备铸成铜像，不幸他因不治之症而早逝，真是令人伤悼。现此石膏样，尚在我的案头。

今夏，雪芹祖籍丰润召开"河北省曹雪芹研究会"成立大会时，建立了一座巨大的石雕像，这是我目见的首座大石像。

在我看来，各有特长，也各有不足之处。如今要为芹庙造新像了，这又该怎么办？

幸好，我又找着了一位雕塑工艺家，他又是画家，小样画出来了，我看很好。如果雕塑成功，我当另文详报一切。

除了这些，若问我所见最早的芹像是哪里的？说来可有趣极了——是一张道光年间的木刻版的"红楼梦升官图"上的！这是怎么回事呢？六十年代，张次溪先生借与我几种涉及"红楼"的文物，此为其中之一。木刻极精，朱色墨印成大幅，上面竟有雪芹的小像！头戴软翅公子巾，据几案而著作，面貌十分可喜。那年正月，亡兄祜昌来聚，我们"自制"了骰子，聚家里几个人玩这别致的升官图，真是乐趣横生，难以描叙！

这幅宝物，大约"文革"时张先生惨死之际，也都遭毁灭了，天下应无第二份了。

藕香名榭在津门

《红楼梦》中的轩馆，有一处不大为人注意，然而却极关重要：这就是藕香榭。但是细一考察起来，将一处池馆题名为"藕香"的，溯源实在天津。

提起这一名目，先就让人想到宋代女词家李清照的《一剪梅》，这篇名作的开头一句就是"红藕香残玉簟秋"。这藕，并非真指那带孔而折断有丝相连的那种根茎部分，而是诗词中因声律而换字的以"藕"（平仄）代替"荷莲""蕖"（都是平声）的艺术手法。所以它指的就是荷花。

曹雪芹写藕香榭，最重要的一回书文，是众少女大开菊花诗社的那一次盛会，就设在藕香榭中。

藕香榭与谁的关系最为密切？与史湘云。这不但因雪芹安排的这次秋闺吟社的东道主就是湘云，而且雪芹还有一段特笔，写贾母来到这里，先看联匾而且是让湘云念这副对联给她听。对联从湘云口中读出，说道是："芙蓉影破归兰桨，菱藕香深泻竹桥。"对那竹桥，走起来咯吱咯吱地响，也有一段特写。但还有意外的文字，就是贾母一见此榭，就想起她少女时自己家里也有这么一座池榭，叫作"枕霞阁"，自己常来玩，一次失足落在水里。贾母的娘家，就是湘云家里，因此众姊妹这才给湘云取了一个别号叫"枕霞旧友"。

令人感到惊奇的是"藕香榭"这三个字，作为池馆之名，最先却是出现于天津。

天津的查氏水西庄，不但是清初园林史上的一处重要地点，也是文化史上的必须深入研究的一处胜地。当时南来北往的无数名流，路过津门，几乎没有一个不是曾在水西庄流连吟会过的。而水西名园之中却正有一处"藕香榭"。

查莲坡《蔗塘未定稿》中有一首题为《雨后藕香榭看荷》的七言绝句，写道是："半晌轻雷过野塘，依然树杪染斜阳。粉红半褪当风立，似试华清第一汤。"其令弟俭堂的《铜鼓书堂遗稿》中也有以"藕香榭"入题的诗句，可以互证。

这两个"藕香榭"有无关系？若有，关系何在？一个可能是雪芹曾到过天津，甚至在水西庄寄寓过，给小说的池榭取名时受了查氏名园的启示，以至借用了那三个字，并赋予了自己意中的更丰富的涵义，因为小说中"香""湘"是谐音关联的。

几年前在上海开会时，南方某名城的一位收藏家见示雪芹字幅，真伪不敢妄断。有一点很奇特：上面有一方印，镌文是"红藕花馆"。我一见立刻就想起了李清照的"红藕香残……"。拙见以为，这字幅即使并非真迹，摹仿制作赝品的，为了充真，更要寻找依据痕迹，方能使人认假作真，那么，"红藕花馆"之印文，应非全出臆造。

这篇小文的主旨是说：藕香榭一名大有讲究，而其本源却在吾乡津门，雪芹似乎与"红藕香残"有某种感情联系。

万安山访古刹

久想一访法海寺，因为自己没有条件，全赖友人帮助安排，方能得遂此愿。虽然已过重阳两日，到底可以算是"补登高"，万安山顶，一畅神思。

为什么非要远游万安山？这却说来有趣。1986年，我在海外，看国内报纸，发现有一首诗，乃老舍先生五十年代之作。那时他在西郊小住，写了这首七律，在一条小注中忽然出现一支"旁蔓"：他听村中父老说，曹雪芹曾在法海寺出过家，当过和尚。我把报剪了，留为资料，但回国后寻之不见了。今春在香山开政协会，又与老舍夫人胡絜青老人晤谈，我们总不免话题转到《红楼梦》的事上。老人说，现在一些戏剧影视里的人物扮演，与八旗大家的历史真实相去太远了。例如把贾母老太太弄成那样儿，让人看了真是"受不了"。因为他们没见过满洲八旗世家的老太太，年尊品重，所受教养最严格、最深厚，慈祥和善，令人起敬，怎么会成了那个样子？我们又不免笑叹一回，懂得《红楼》的事物情景的，越来越少了，就以为曹雪芹写的本来就是那模样儿。我因此赋诗一首呈赠絜青老人："盛会香山比岁同，仪型遥识大家风。相逢不说尘间事，却话红楼似梦中。"这时，我自然又忆起老舍先生那条诗注。陪同老人的舒大姐，非常热情，她说，这诗还查得着。第二天她就抄来了，拿给我看！果然不差，记下了村民父老的传述，雪芹在法海寺剃度为僧。舒大姐还说，寺离香山不太远。——这就是我一直想到寺里去看看的缘故。

那天上午，友人晁同志、刘女士安排一切，请了许君当我们的向导。车到万安山下，时约九点过。许君1983年到过此地，五六年之后，路径已不能确记，他年轻力壮一下子闯上了山头。这时我们三位"游客"，我七十三岁，晁同志五十岁，刘女士年最少，可是她穿着高跟鞋，这样的三个人，要在无有路径的陡坡上，披荆斩棘，硬往上爬，其"情景"当然是很"可观"的。我们又笑又自我解嘲，说这比走康庄大道有味多了！

三人推推挽挽，终于坚持到"胜利"，但山巅平地一方，了无所有。于是许君独去搜寻这座古刹，究竟何"往"？费了一些周折，果然弄清了，山冈弯环，庙在对面山上隐隐可望，又有平路可通。这下子我们高兴极了。

循着山路，来到寺侧。将到之时，同伴们指与我，山坡之上，丛树之间，隐现着残垣一段，这就是法海古刹了。

我问过友人赵光华先生，才知道法海寺有两个，北法海寺在万安山，南法海寺在石景山。综合判断，老舍老生所指，乃是万安山法海寺无疑。再查书册，又知此处是入西山的门径之地，原有很多庙宇，清初已多圮废。法海，法华寺相连，建在前朝名刹弘教寺的废址上。我们一层层进去，寻到最后一处山岩，几块巨石叠为洞形，最上一石镌有"弘教禅林"四字，证实了清人的记述无讹。在这遗址上，单用眼看已无法分辨两寺的界线何在了，只凭几座巨大的白石丰碑，可以看出顺治十七年与康熙五年之岁月和建寺的经过。

凡建寺于山上的，总是一层殿后又上一层殿，随山坡递升。我们循着入寺之路，单方石砌成的一条"线路"，一石高似一石，引向山门。夹路两边皆是发红的栌叶，我不禁想起唐人的名句："清晨入古寺，初日照高林"，真有此等境界。这天天气晴暖，并无深秋的萧索之气，山上的朝阳，格外明朗，向低谷处望去，晨雾蒙蒙，尚未散尽。

向导许君说：原来山下还有一道外山门，已不复存在，如今进的是一座石砌的内山门，孑然犹在，门上无字，想来题名本在外山门上了。进门以后，遍地碎石，只有几层阶矶的条石尚可登陟。又看得出殿前铁炉的巨大圆座，佛像下层的长方底座，零零落落触目荒残，惹人一种无名的古今兴废之感。

然而，就是这种残痕遗迹，想来也会荡然无存。我们乘此良辰，拍了不少照片，以备异日"寻踪""怀古"。当然我们怀的这"古"，主要是雪芹的影像。我对同伴说：雪芹当日处境极度艰难时，走投无路，不得已遁迹佛门，这是完全可以理解的，而这种环境中的古寺禅林，也正适合他的情性。我看父老传述是有道理的，与有些出于编造者的"传说"不同。我们如有"慧眼"，也许可以"看"到废址的土石上，还留有雪芹足印吧？

晁同志帮我拣了两块殿脊上的螭吻的残块，纹理飞动，古气盎然（螭吻者，俗称兽头，《红楼梦》里贾环作的"灯谜"，就有此物）。古庙是没有了，我把这残砖碎瓦带回来作为"念芹"的纪念品。

经过"文革"，那几座顺、康古碑，居然完好如新，真是一个奇迹。还有一个精雕方石座，一处庙中大蟠竿的石雕座础（我不知当如何称呼，就是两块外方四圆的"尖石"），皆青石，雕工极好，我愿有关部门设法，加强保护，以存古迹于万一。

雪芹曾在香山后一带（南边）留有生活遗迹，还有佐证，今不备述。单说他曾出家一事，拙著中也引录过资料，说他"逃禅"，即遁迹于禅林之意。记得有人指责我，既然你认为雪芹就是宝玉的原型（鲁迅先生也如是认为），那么你"考"了半天，为何考不出雪芹当了和尚？拿这一点来"将"我的"军"，此例最近又有人重新以此论证"考证"的无益。我站在古寺荒墟之上，心头也在自思自忖：村民父老，未必看过拙著，受过"影响"，而向老舍先生肆口胡云，并且"编"得那么好，以致老舍也觉得应当见书于文字吧？谁知道呢？

太平湖梦华录

北京城垣内外，哪儿有尚可追寻曹雪芹步履遗痕的地方，哪儿就有我与家兄祜昌的踪影。每一次的寻痕问迹，都值得好好记一记，可惜我没能办到。这原因是多层的，最不为人注重而实为主要原因的，却是当时并不以为奇特，也不知道从那以后的变化是如此巨大，还以为想再访时再重游就是了。一句话，自以为并非不能体会此种寻访经历见闻之可珍可贵，可是实际上还是体会不够，估量不足。如今事隔多年，悔意暗萌，而记忆已趋模糊，心理矛盾是想记则殊感歉然不自惬怀，不记则连这么一点模糊也将变为不复存在。真是莫名的惆怅，难言的惋惜。

今年，蒙一关心此事的友人多次"劝驾"，方始做一番"亡羊补牢"的小工作——这句话用得也是无可奈何，而一时不遑推敲，自己心里明白：连"牢"都拆光了，又何从谈到一个"补"字呢？

忍不住，一声长叹。

那大约是三年困难时期已过，"文革"尚未兴起之时，家兄正做一名职工业余中学的教师，每到暑假，必由故里来京相聚，每聚并无第二则话题，总是魂牵梦绕着雪芹这位不幸的畸人才士。因为我们散步时也会诵念那些难忘的诗文名句，有时就想起一位满族学者的一段话——

平流十顷，地疑兴庆之宫；高柳数章，人误曲江之苑。每当夕阳衔堞，水影涵楼，上下都作胭脂色，尤令过者留连不能去！

这是写的哪里？那境界如此之美，如此之足与唐代长安城侧的曲江苑兴庆宫一带风光相为比拟？这太让人心驰神往了！

原来这就是《天咫偶闻》中写太平湖的文字，作者为满族学者曼殊震钧，有人说他的著作不及前人（记载北京地理人文名胜掌故的书籍），但据我看来，他文采斐然，善于运用骈句散叙交互倚辅的章法，气味典雅，将汉字文章之美发挥得十分出色，在晚清时代实不多逢了，怎可轻加贬抑？

我与家兄并肩而行，一边走，一边背那一段美文，简直得意极了！

我们口里背的是好文辞，心里想的是太平湖侧就是雪芹好友敦敏家之槐园所在，那儿常有雪芹的履痕鞋印。

"听说太平湖早没了。可惜这一段景色咱们无福一见了。"我们共相叹惜。

"反正是那个地点，湖园没了，也该去访访。什么都没有了，去一趟也值得，倘若万一有点儿收获，岂不更好？"

我们商量着，拿定了主意，次日去走一遭。

湖在内城尽西南角，角楼之下。坐车到了西单牌楼，往北不远就是石虎胡同右翼宗学，雪芹常在那儿与敦家弟兄剪烛夜谈。我们已到过了，这回只往南行，向西拐，进石驸马大街，就是雪芹姑丈、大表兄两代平郡王府，府门虽已面目全非，内院规格还在，此刻也不暇多叙。顺街走到尽头，再往南拐，就是醇亲王府故址了。

太平湖明明就应当在府畔。绕了绕，不见踪迹，且也无路可循，十分失望，便往东向开里走走，想遇个父老打听打听。

路见人过，便冒昧上前询问，都摇首答云不知。

茫茫然莫知所投之间，却又见一位老太太。我们估量她老的年纪，似乎会记得，即又上前求问。

"那湖，早没有了。日本人占北京的时候，把湖垫平了！"

聆听此言之下，一切"万一之想"，都断绝了。

于是只好寻路奔北——作"打道回衙"之计。但心里还是不甘就此罢休。走到了一处，胡同名字已不记得了，见拐角是一烧饼铺。因时已近午，便买了几个烧饼，找了一个小街侧的砖砌的高房基拂土而坐，两人以烧饼代午饭。

吃饱了也歇过了，起身再向北行，出了胡同已是出城的一条街了。因漫无目的，正好游观，便到城门外看看。

嗬，这可太宏伟了！

不禁惊叹暗语：那位设计元大都整体的人和那个设计明北京城墙的人，都是何等的奇才！他们的胸怀太博大了！竟能在一片广阔的平原上创造出这般壮美的艺术景象，真是不可思议的奇迹！

正对着大城门是桥，桥下便是护城河。河水是有些变浅了，却也还是河景宜人。河身是"V"字形，河面两岸相距很宽，两边都是高大的老柳。我们找一块好柳荫，拂草坐了。向对岸望去，连河床的斜坡也长满了绿草，几个居民就坐在坡间乘凉，悠然地享受着这种境界。

我心里想着：若能住在这里，岂非洞天福地。家兄端坐无言，可是看他脸上，便知他是心旷神怡——他最喜欢北京，却没有福分到这种地方小憩。

坐了半晌，恋恋难舍地起身，因为到底须作回程打算。而余兴未尽怎么办？就在河内岸循着城墙往南而行。

地上没膝的丛草，没人经行的，不时触动了一些草虫，忽然跳跃出来，让人吃一小惊。我们难得到这种地方的两个老"秀才"书生，简直有点儿"开山伐林""荒原拓境"的冒险意味了。但往左一抬头，那高大壮伟的古墙，那饱经风日、带有苔痕的明代巨砖，伸手就可扪着，方悟这乃是古老的帝城脚下。

愈南行，河里水草愈盛了，但似乎还有一个小木船在——这自然不能拿唐诗的"野渡无人舟自横"来作比，可是帝城脚下的野趣，实在是盎然满眼。

走着走着，见草里斜卧着一个石羊。它带着残缺，却大体完整。这是原先立在何处的？怎么到得这里？

我对家兄说：咱们若有力气，就拉回家去，咱们老家里的"青毡""敝帚"都馨尽了，这岂不足可当一件镇斋（书斋）之宝？

他俯下身，用手摩抚着，讷讷不能言，叹了两声。

哎呀，不知不觉已走到了西便门！

就打这门进城吧。不必从宣武门再入内城。

这时天色已不早了，日欲平西。我们商量着，是直接回寓，还是再作一下最后的留连？

犹犹豫豫之间，脚步却又奔西，漫然无所指向。忽然走到一条胡同口。见一木牌，上写"太平湖公园"！

我们惊得几乎"叫"起来。二人更不发言，紧步往里走去。

啊，世外仙源！

迤迤逦逦，一条小土岗，引向深处。还真有高柳多株，垂条拂影。这是不是震钧笔下的那"数章"？即使不是，也足可代表当时风致。树木所围之处，是一片低洼地。这是浅水干涸后的遗痕，十分明显。估量一下，该就是太平湖的尽南端的一个小水角。

树下还设着公园式的靠背木条椅，我们也走累了，坐下来，抑制着"大发现"的惊喜感，舒着长气。

惊喜稍定，转入静默，眼望着地下，似乎就真可以找见雪芹的"脚印"似的。

"前不见古人，后不见来者"——这也还是并不恰当，但心中的滋味，莫可名状，只能勉强拿这两句陈诗来做一种感叹。

沉思良久，猛一抬头，见靠南边偏西一点儿，就是那奇美无比的角楼——"九梁十八柱"，非此不足以形容，不折不扣的中华建筑奇观。

斜阳正从角楼的后面反照过来。

"夕阳衔堞，水影涵楼"，再一次诵念这名句佳文，方知这是了不起的，是画所难到的传神之笔——虽然那八个字只剩下了上半犹见实景，下半已经没有"十顷"的水涵倒影了，然而也就满可以想象而得之，真实不虚。

"雪芹一定有好诗写过。"我们互相拟议。

我见角楼太美了，走去到它跟前。见久无人到，荒芜冷落的景象，内有些杂物垃圾堆积，尚不严重。无人管理，缺少维护，那却是一目了然的。心里担忧，这种无价之国宝，长此下去，会不会遭到毁坏？坏了是再难重有的。

但当时尚觉"放心"，因为区域虽不甚大，已然建为公园，想来不致大不幸吧。

"令过者留连不能去"（过，到也。去，离也）。我们留连到很晚了，必须回家了。念叨也没想法儿带个相机来，留点宝贵的影像，"下次再来吧"。我们自慰——有点儿自疑，后来证明这是自欺。

等到1974、1975年之间，因增订拙著《红楼梦新证》时，约着编辑、摄影师，重访"太平湖公园"取影为插图增色，到达之后，我傻眼了。

壮伟的城墙，奇美的角楼，一概无有。高柳幽池，已变为一片荒土，形如沙漠。满处堆垛着现代的新红砖和现搭盖的难看的"工房"，此外一无所有。

"拍个老城墙的残基夯土吧。"拿相机的同行者说。

谁也无法解说"发展""改建"必须连这么一个小景观也不放过。

这地方，我永远也不会再来看它一眼，因为心里难过，也觉自己有罪：当时未能留影，后来也不知应当做一些呼吁保护古迹的尝试——即使无用，也算尽了心，对得起雪芹。

字比巴斗大

　　女作家张爱玲辞别了人世——这人世是她写作了一生的"对象"。她在时，自然名气不能说不大，但终究有点儿不以为奇，好像也不过"著名"就是了，"著名"的多的是，真如陆机说的，"若中原之有菽"。她一死，这才纷纷悼念追怀，把她的一切都另眼看待起来了，理解了，珍贵了，遗憾了，后悔了……人就是这么样的，这就叫"规律"。

　　我没有任何资格来写悼她的诔文，因为她虽只小我两岁，真是同世同代之人，却因我素未读过她的小说、散文或剧本，对她的家世生平更是一无所知。不想日前有友人将她的《红楼梦魇》的自序，复印寄来，这才使我大吃一惊！我读了此序，感到悲喜交集，更觉十分惭愧，对不起她——1987年春，在美国时从大学图书馆里借过这本书，那是台湾版的小开本，可是我竟置而未读！你说这会让人相信吗？

　　为何借在手边而不予理会？现时想来，大约原因有三：一、那时因工作紧凑，所借之书以外文（过去难见）者为主，中文著述只得后推。二、那时兴趣集中在"《红楼》与中国文化"的新课题，见她此书却是版本考证——这是个最麻烦而缠人的主题，我怕一读它，会把我的"精神境界"一下子打乱了，影响我抓紧时间工作的计划。三、说老实话，我一见她用的这"红楼梦魇"四个字作书名，就打心里不喜欢，觉得"气味"不投，更怕纠缠一大阵之后并无真正收获——我目力已严重损坏，读书艰困之甚，实在禁不起滥用目睛的浪费了。

这样，我翻了翻各章的大标题，就推在一旁，直到要还书归馆，也未及重顾。

以上就是我与这位女文星的"联系"了，请想，我又有何资格来写纪念她的文章？

谁想，复印的序文来了，我一口气读罢，这才又惊又喜，又悔又愧！

悔愧与惊喜，只是一桩事情的两面，倘无惊喜，悔恨何来？所以先说说我的惊喜。

我自己弄了半个世纪的"红学"，所遇之人不少，却根本不知道张爱玲才是一位该当崇敬的"红学家"。世上自以为是"著名红学家"的人到处皆是，其实其中有的既不"学"也不"红"，人家张爱玲从来不以"红学家"自居自认，却实在比那些自居自认者高明一百倍。这就使我吃惊不小，使我心喜无量。

她说话很老实——因而也很直率真切，一点也没有"文学家"的扭捏，更无"红学家"的咋呼。她的自序中，你先听这几句——

（看了脂本《红楼》，才知道）近人的考据都是站着看——来不及坐下。

这就把"著名红学家"都兜了根揭了底，学术的事，她用不着客套周旋。然后说她自己——

至于自己做，我唯一的资格实在是熟读《红楼梦》，不同的本子不用留神看，稍微眼生点的字自会蹦出来。

这已经是好极了！会这么感受，会这么表达的，我愧孤陋，还是第一次（先师顾随先生也说过，他读诗词，好句子不是去寻的，是它自己往我眼里跳！可谓无独有偶，但那不是讲《红楼》，也不是说版本）。

我很惊喜，"红学家"们如过江之鲫了，哪几位敢说这句话。你把异文摆在他眼前，他也辨不清是非高下，正误原篡（雪芹原笔与另手篡改）。

然后她又说——

我大概是中了古文的毒，培肯①的散文最记得这一句："简短是隽语的灵魂"，不过认为不限隽语。所以一个字看得有巴斗大，能省一个也是好的。

_____

① 培肯：又译培根，即英国哲学家 Bacon。

这简直妙极，使我拍案叫绝！

这妙这绝何在？第一，说话坦率爽快，不让人气闷。第二，比喻精彩——你可知道什么叫"巴斗"？它有多大？这"名词"对哪些人才"感情"亲切？第三，最妙是不同的字会"自己蹦出来"！这种话堪称奇语，也才够个赏文的资格。

这就是诗人、艺术家的高级审美的能力（敏感性）和表达才华了。

这儿真正的重要的大道理至少有二——

一是她对《红楼》一书可谓精熟至极——大约是指坊间流行的程、高伪篡本，及至一旦展开脂本，她被雪芹的原著原貌（至少是接近原来）原文原句给惊呆了！那个"不同"和"巴斗大"才会往她眼里跳，她的艺术天才秉赋和修养给了她这种"高敏感"和"深痛切"的惊讶与领悟。

她接着说：她怕啰嗦，"能省一个字也是好的"。这话似乎可以包含着她自己行文写作的信条和对雪芹原文与篡文的体察感受两方面——当然这"两"其实也是一回事。

在这儿，却有一个特大的文学语言问题由她的短短的几句话透露得十二分明白，这需要代她"点破"，或者说是为她译成"连贯的死板文字"——

她为什么那么样看语文？原由她自己早已说出来了："受了古文的毒"！

这古文，就是指我们历代文星们用汉字写的为人熟诵深赏、可以琅琅上口的词意音节皆臻十分优美的"文言文"。

你可以恍然晓悟了，原来在张爱玲的艺术感受上，古人作文是绝不会啰嗦，是把一个字当"巴斗大"来考虑抉择，推敲铸炼的，他们决不会忘记"省一个字也是好的"！

原来，"古文"的"毒"，毒在这里。

这简直使我精神震撼。

那种体会感受的话，不是出自一个老古板、老顽固或"逊清遗老"，而是出自一位生在上海、久居美国、"英文比中文好"（其家属亲人的话）的女子！能想到和相信吗？

所以，光是骂古文，恐怕只知其一，只执一端，识见还不如张女士全面、深刻。

汉字语文的极大特点特色不必要了，要的是与洋文"看齐"的"白话文"了，"古文"应当一概打倒。这个后果，就是字再不像"巴斗大"了，每日看的读的，彻宇宙、遍世界都是些张爱玲最怕的"啰嗦"，她体会的"省一个字也是好的"那种智慧的领悟语，使我们脸红——因为恰恰是大多数文章令人感觉的倒是"多一个字也是好的"了——那"白话文学"可真叫"白"得够人受，满篇是废字废句，浮文涨墨，拉扯扭捏，以便凑足了篇幅。

有些外国评论说曹雪芹太"啰嗦"，而脂砚斋则强调雪芹是"惜墨如金"。

你说咱们该听谁的"意见"？

如果曹雪芹啰嗦，最怕啰嗦的张爱玲，能会单单对这部"啰嗦代表作"精熟到可以背诵？道理大约是说不通了吧。

有人以为程、高本比脂本"好"。连胡适先生也特赏"程乙本"（两次篡改，文字最坏）。其理由是"更白话化了，描写更细腻了"。

然而，张爱玲的看法不是如此。

张爱玲女士在这篇序文里留下了沉痛的心声，她深刻理解了曹雪芹与他那真《红楼》这部书自身的悲剧性。

她体会到雪芹的处境与心情，他的书在各种历史文化原因与条件下的遭遇与命运。

> 曹雪芹在这苦闷的环境里就靠自己家里的二三知己打气，他似乎是个温暖而感情丰富的人，歌星芭芭拉·史翠珊唱红了的那支歌中所谓"人——需要人的人"，在心理上倚赖脂砚畸笏，也情有可原……
>
> 他完全孤立。
>
> （他当时海内海外，都无可参考）中国长篇小说这样"起了个大早，赶了个晚集"，是刚巧发展到顶巅的时候[①]，一受挫，就给拦了回去。潮流往往如此。
>
> 清末民初的骂世小说还是继承《红楼梦》之前的《儒林外史》。《红楼梦》未完还不要紧，坏在狗尾续貂成了附骨之疽——请原谅我这混杂的比喻。

她分析并综括了那种历史"特征"之后，说出了一句鲸吼钟鸣的话——

> 《红楼梦》被庸俗化了！

张爱玲以一位"脂粉英雄"（雪芹的语言），发出了这个警醒

---

① 指出现了《红楼梦》。

举世懵懵总不知悟的响亮的声音。

这是一个女性作家的声音，应该不同于一般读者的理解，她是精通古今中外文化、有深厚文化教养的时代人物，大约也不会是因为"偏激"而形成的忤俗的"过言"。

她淡淡地说了这么一句，不知是以为此亦世事之常而不足怪异，还是有意以呼声来掩去她的痛切的情感。

是谁？是什么？才导致这个堪悲的庸俗化的呢？

答案由她摆出来的——附骨之疽！

我以为这种比喻并不"混杂"。她说得透：雪芹的书，未完倒还不致成为最严重后果的真原由，糟就糟在那个狗尾像疽一般附着在一个宝物上，竟难割除根治。

这比喻透露，那个庸俗化并不是件"轻淡"的小事一段。

她举了实例。在海外，她所知之美国大学生，男的"关心"的是宝玉的"女性性格"和"同性恋"，女的则困惑不解，充其量不过认为是旧式大家庭表兄妹的"恋爱"，和西方差不多。她所见的中国青年学生研究生的论文一概把程本就当原著——这也反映了教授的态度。我知道她是说这就是最大的庸俗化。

以上是就雪芹著书的宗旨精义的被庸俗化。至于文笔，她没直接讲，却举出《金瓶梅》的第五十三回至五十七回，起初她忽觉不对味了，后来方知那是另手夹配进去的，不是原著——她一读过这一大截子，一到五十八回眼前一亮，就像出了黑隧道一样！

这才是中国文评上说的"具眼"之人，对文艺的真妄高下，其感受之敏锐如水火冰炭之悬殊迥异——但庸常之人则漠然以为"都好"或"浑然一体"，并且对区分原貌与续尾的人反加以讥讽以至骂街。

张爱玲的行文也是艺术的和惜墨的，她只说到"如出隧道"即止。我这个人总想不开，总要画蛇添足：她读《金瓶》是毕竟还有出隧道的庆幸喜慰感，而她读《红楼》的流行程本百廿回，大约就是如同后尾入了隧道，一直黑昏到底，再也没了"出来"的豁然开朗之福了。

我说这话，自信无差，因为她又说了这么一段话——

> 这两部书①在我是一切的泉源，尤其《红楼梦》。《红楼梦》遗稿有"五六稿"被借阅者迷失，我一直恨不得坐时间机器飞了去，到那家人家去找出来抢回来。现在心平了些，因为多少满足了一部分的好奇心。

这段妙语，充分表明了她是如何地渴望能睹雪芹原书的全貌。

她所说的满足部分"好奇"，殆指她研究了雪芹遗稿的部分真相的梗概。当然，"好奇心"是个有意布置的"低调"俗语，研索原著的整体，已经建立了一门"探佚学"而且作出了成绩。这是十分重大的文化问题，不是"好奇"所能标名的。

张爱玲本是个作家，但她为此却全心贯注地做了"考证派"，受了"十年辛苦不寻常"，写出了一部《红楼梦魇》。

只有张爱玲，才堪称雪芹知己。在我看来，这比她写了很多作品还重要得多。

我还有一桩遗憾：她没有用英文译介《红楼梦》。我确信：

---

① 指《红楼梦》和《金瓶梅》。

她才是最有资格英译芹书的人。——她没有做这件大事，不知因为何故？这是又一极大的遗憾！

[附记]

张爱玲曾英译了《海上花列传》，她认为《海上花》三分神似芹笔。此意此语与我全合，我在初版《红楼梦新证》中正是这么说的，从未有第三人见及于此。

金陵红楼女

北京外城有条文化街，名叫琉璃厂，名闻海宇；而内城也有一条文化街，叫作隆福寺街。隆福寺明代古刹，老北京人称之为东庙，庙市集盛况冠于京师，百货中尤以古玩文物书籍更有特色。《红楼梦》古钞"庚辰本"就是从这里出现的。这条街由东四牌楼以北直通寺门，古香古色，还有别处没有的民俗艺品，花鸟小店。不过现时都改成了百货店服装店，连我所见的古迹遗痕也荡然无一丝毫了。五十年代初，街上还有一家老字号古书店叫作"修绠堂"，熟人可以进其"内库"自己检寻。我有时去拣点儿小零册。

有一天，见有一本《南华词》，似是民初的本子，白绵纸，大铅字，十分醒目。随手翻阅，忽见一题，与《红楼》有关涉，于是就花两毛钱买回来了。坐在灯下仔细寻诵，不禁引起了很大的遐想，十分有味。

这本小词册是温州王鸿年的幼少年之作，其卷二中一首

《江神子》，题下有小序，极富情趣，也可说是具有魅力。他说，在客居金陵时，偶然在房东的乱书堆中拣得了几幅残笺，"粉墨狼藉，蠹蚀过半"，已很难辨认，但可看出是一位女子的词稿，因为字迹娟秀，词意凄怨。因而询问房主人，是何人之遗物，主人说这屋子尘封年久，谁也说不上来了。笺上不署姓名，只在四周遍书"红楼夜月"四字。于是王鸿年遂为之题名曰《红楼夜月词》。他还和韵二首，一为《蝶恋花》，另一为《忆秦娥》。他又将可以辨认的一首原作附印于后："好事人间难遂愿。孤馆青灯，谁为知心伴？追忆前情肠欲断。而今对月空长叹。"下半阕云："遥望蓝桥仙路远，镇日无聊，粉黛啼多漫。憔悴形容天不管。书成泪渍封函满。"词无雕饰，只是真情自然流溢。

南华词人王君为此纪事的《江神子》，可以帮助我了解一些当时的情景，他写道："画楼柳外月初迟。驻鞭丝，拾残词。谁把离愁，和泪写胭脂？一样天涯沦落客，如有意，寄相思。"下半阕云："长亭空唱折南枝。语成痴，梦难驰。依约当年，辜负画眉时。为问芳尘何处去？金锁静，只春知。"

这位多情的词客王君，风流倜傥，气度不凡，笔致也高爽。他所和的《蝶恋花》中又有"心共云飞天际远"，"何处重听吹玉管？酝酿旧径苔痕满。"《忆秦娥》又说："浮槎又过团圆节，多情总是无情别……"这点点滴滴，令我联想到《红楼梦》中的一些词句与情景。王君此集截至光绪二十五年（1899），自称为"幼年"之作，那么他所见的那种残蚀过半的粉笺脂迹，起码又有一二百年之久了，由此可见这位女词人不会晚于乾隆年代。

这位女词人是在金陵题句，内容是离情深恨，而且自署偏偏又是"红楼夜月"——这太启人之遐想了——莫非她是《红楼梦》中人物？

她是谁呢？不知今世还有能解此谜者否？

翰墨缘

今秋来美，重访威斯康辛大学。此间著名红学家就有周策纵和赵冈两位教授，因此颇有会谈之乐。由红学话题，引起我与周先生唱和。每人作了好几首诗，那正是中秋佳节的时候。这几首诗，听说他已寄往香港去发表，故不多及。稍后，在周、赵两府上，又都有饭后"谈红"的群贤商会。在赵冈兄席上，话题转到了大观园与恭王府。我因此提起，1982年上海陈兼与老先生刊布了刘大绅的四首七律诗，中心是题咏恭王府，记下了道光皇帝的后代亲口告诉他，刘家当时住的是《红楼》中的宁国府之地，西边恭府就是荣国府，居民仍然称呼"老西府"。这种宝贵的文献资料，当然引起了宾主的兴趣，包括两位台湾来的女学士在内。赵冈兄要我用文字写一写，我应命写了一篇小文，而他竟然赐撰了一篇长跋，可谓开红学讨论之新体例。听说他也要在港地发表。

这且不谈。单说刘大绅，又是何许人呢？后来得知，原来就是《老残游记》的作者刘铁云的第四公子，罗振玉的高足和快婿，曾留学日本，攻哲学、精于《易》理。他的诗，自然也是家学渊源。而为此主题，竟然一口气题了四首很好的七律，可见其重视为何如了。他的诗，当作于1938年。刘先生彼时所在"宁府"（当时居民都叫作"东府"或"小府"）的地址名称是"南官房口①20号"。

1941年冬，珍珠港事变起，我正在燕京大学西语系读书。日军包围、封锁、解散燕大那一天，我正听系主任谢迪克（Shadic，谢涵如）教授讲莎翁的《罗密欧与朱丽叶》，非常精彩入神——而当此际，变生不测了！此事我永难忘记。离校以后，实有"亡国""亡学"之痛，与老师顾随先生通信，赖讨论书法、唱和诗词以排遣忧怀。顾先生住的，正就是南官房口！可惜我和顾先生那时不曾讲论"红学"，不遑及此。若干年后，我单独摸索，考证恭王府实为大观园所在之遗址地方，顾先生一闻此言，深信不疑，来了一封长长的书札，说："我多年住在荣国府大观园的邻舍，竟不知道！"又惊喜又怅惘的感叹之情溢于言表！

至于谢迪克教授，我一直想念他，当时燕大西语系教师多是美国人，只有他和Ridge先生二人是英国人，我极喜英国纯正的英语（不太喜欢美国英语），谢先生的英语给我的影响最大。但多年无从联系了，时一念及，耿耿于怀。

不想，来美之后，很快得知他仍健在，已八十六岁之高龄，现在康奈尔大学。当初他被日军禁在集中营里，还从事他《老残游记》的翻译事业，现早已出版。他今秋应邀重访燕园，短期讲

---

① 南官房口：原来称南关防口。

学——听说他已拿定主意：到燕园的第一讲，就是要重续四十年前被日军打断的关于莎翁《罗与朱》剧！

我得知这则消息后，真是感慨万千，真不知如何表达我如潮的心绪——无限的往事前情，涌上心来。我多么想重新坐在"头一排"听谢先生重讲莎剧啊！可是，偏偏我又来到了美国。

当然，谢先生恐已不能记忆我（当年初到燕大时，因英语优异，Ridge 先生特予免读"大一"英文，要我找谢先生另选一课，谢先生让我去找 Speare 小姐，选修了十九世纪英国文学）。转眼我亦七旬，满头白发，他怎么会认得我呢！

然而，我到现在才知道他是《老残游记》的英译者！

他如果知道我还写了文章，讨论刘铁云的四公子题咏"荣国府"的诗句，一定会很高兴——他一定读过了英国学者《红楼梦》译家霍克斯教授（Hauks）的令婿闵费德（Minford）所写的《恭王府游记》吧？文学的因缘，确实超越了时间与空间的睽隔。

我愿这篇小文，能寄到谢迪克先生的书案上。

至于刘铁云，是我非常喜欢和佩服的小说家，我用元剧体写过老残游大明湖的杂剧，顾先生看了还很加奖饰。刘铁云是第一个指出，雪芹的"千红一窟""万艳同杯"就是"千红一哭""万艳同悲"。可见他对《红楼梦》的理解是极其深刻。他大约没有想到，他的子孙又和《红》书在荣国府遗址问题上结下过一段翰墨因缘。我想把此事告诉谢先生。

什刹海边忆故交

——记张伯驹先生轶事

张伯驹先生，号丛碧词人。原住西郊海淀展春园。我于
1951年应成都华西大学之聘，离京入蜀，行前承他特邀一社
（即"庚寅词社"）的社集笔会，为我饯行。定题选调，记得是
《惜余春慢》。数十位老词人都有佳作——那是我在展春的最末一
次聚首。1954年我回到北京，未过多久，张先生就移家来到了
什刹海后街的南岸。从此，除了他到我的寓所来访以外，我也曾
多次到他的新居拜访，重续翰墨弦歌之襟契。

这处湖畔新居，地方不大。进门以后，一路通往东边别院，
我以前从未步入过，通常我走的是往南、再往东进入一个窄窄的
小院子的另一条路。循南院墙，是一道小巧的游廊，廊东端就是
翠竹、牡丹、紫藤、海棠，还有一大理石细雕石座。面对游廊的
这一排房屋，就是客厅、居室了。这与展春园比起来，那是太狭
小了，不过还是有北京雅居的风味——这么一点点仅存的风味，
"文革"之后我再去时，已是荡然无复痕迹了，那么小的一个院

子，竟然也成了"大"杂院。张先生被"挤"到尽东头的一二间屋里，原有的好一些的家具（书案、琴桌、书架……）也一无所有了，不禁令人黯然伤怀。

我奉中央特调回京后，工作要坐班，路又远，是难得到丛碧新居的。但今日能记忆清楚的，也不止一次，然而大抵都是张先生特意要我必去的。

有一次是成立书法研究会。我与张先生的交契，有几个方面：词曲、书法、京剧、红学。那次书法会，我还做了论文。在燕京大学时，他对我的一篇书法史论文，曾给以"最高评价"；对这次的文章他说了些什么，却已全不记得了。

又有一次，却是我与家兄祜昌同往的。那是1963年，有关部门正筹备纪念曹雪芹逝世二百周年的盛会，规模宏大。张先生想把一班还能演奏"十番乐"的中华古乐合奏的人聚起来，把众多的吹、弹、拉、敲……的民族器乐的旧曲恢复起来，以贡献于纪芹大会——因为《红楼梦》里也写到了十番乐，后人已很难听到，几乎是濒于绝响了。那次天色已略晚，我与家兄一进客厅，就见满厅都是客人，满地都是钟鼓丝竹乐器。张先生一见是我们来了，面现喜色，立刻对那些座客说："红学大师来了！请你们特奏一曲，让他评赏。"于是，大家各自拿起擅长的诸般乐器，众音齐奏，又有错综变化。"此曲只应天上有，人间能得几回闻?!"如今追想起来，真是一种"天上"仙乐的境界。张先生让我向筹备会介绍推荐此一"乐班"，并愿为大会义务表演，但该会未予重视，张先生的这一愿望不曾实现。我想那些十番音乐家，大概现也都凋零殆尽了吧？

还有一次，说起来更令我永难忘却：我六十周岁那年的生日，却蒙几位忘年交老友记忆清清楚楚，到了那日，定要在鼓楼前的湖南饭庄为我祝寿。这次聚会，年纪最高的是张先生、朱家溍、徐邦达三位专家名流。席间，张先生展示了特为我写作的新词的墨幅，对我坚持研《红》，不畏艰难，倍加奖赞。徐先生画了一幅翠横卷——他的画非常名贵，向来是不肯轻为人作的。朱老也有绝句见赠。

席后，回到丛碧小院聚谈——进烟袋斜街，过银锭桥，循湖岸，拂丝竹，缓步谈笑而行……此情此景，如在目前，而那早已是十五年前之事，张先生已然谢世十年之久了。念及此，曷胜感切。

也还有两次是吴则虞先生特邀一齐到鼓楼前便餐，借以快谈，也是饭后同到丛碧小院去。吴先生对红学也非常关心，从在重庆初会时他就与我谈《红楼》珍本的掌故秘闻——那时他是西南师院的哲学教授，后来调到北京社科院哲学研究所，著述正富。到京后，与张先生交好。因此我们又是"同类"的人。这次，同到丛碧处，吴先生热情地攥住我的手，拉我进了里间屋，并肩而坐——好像就有话立时要讲给我。可是不知因何"打岔"，话又止了。后来，有人说吴先生曾亲口告诉他："我藏有一部珍贵《石头记》钞本！"不幸，吴先生也作古了，其家人或由于对此不详，或有他故，否认藏有此书之说。这段疑案，也与"什刹海边忆故交"有着异乎寻常的密切关系，我想，如不记之于笔墨，后人将何由知晓此种前辈流风遗韵？不揣冒昧，今牵连而书之于拙文陋字之间，当非多事之妄言，好奇之耸听。盖什刹海之环周，处处与我中华文化有深厚的历史渊源。

黄裳·我·红楼梦·水西庄

刚才接到黄裳兄寄来的一本新著，不免又想起我们两个的"关系"，似乎不妨一叙。我比他大一点儿，通信时是称他为"裳弟"的，但到"文章"里却不宜，那是我们的私交（也是深交）的称呼法，一撰文，就得"权变"了，乃以兄称之——多年来"体例"如此。

我们是名实相符的真同窗，因为是南开高中时期的同班兼同屋，真是日夕盘桓不离形影。我们两个的体质、性格等等，都很不一样，可是"共同语言"却很多：爱书，爱文学，爱京戏……他个性很强，在一般的同学眼中他是并非"交游"甚广的，谈得来的也是有限数的。他脾气执拗，好说真理，爱"抬杠"——因而绰号"小牛儿"。那时同"斋"（宿舍）住的，有黄宗江，他因演话剧男扮女装，得绰号曰"小妹"。一位观众席上的家长老太太爱上了"她"，说这闺女真"俊"，意思想讨了做儿媳妇。我与宗江还又有燕京大学校友之谊，又同在京城文艺界，但难得晤会，而黄裳兄远在沪上，却与他交往甚深。宗江在抗战时的著作《卖艺人家》，还是黄裳题的封面——毛笔字也自有风格。宗江当了演员，黄裳做了"报人"。如今他们都成名了，宗江不必再"介绍"，黄裳则是一流散文家，剧评家，全国作协理事，还是高级的藏书家。

我们是被"九一八"的炮火冲散的，他们到了"大后方"，我却在家乡受沦陷之苦。那时候，望祖国如在天上，如在梦间，渴盼一丝消息也无计可得。我父亲望之尤切，让我订了一份《华北明星》报（天津英文版），是想从"外国人"那里获得一点儿真实信息。谁知那报早被侵略者"劫收"了，登的都是"倒霉社"（"读卖"Domei）的报道。父亲埋怨我："看了报，一句也不给人讲讲听听！"我甘受责怪，不忍说破——怕使他老人家更感伤心难过。后来烦人偷偷安装了一副能收广播的"耳机子无线电"，冒着很大危险，每等到夜深了，秘密收听。当我第一次听到那万里之遥的微弱但又清楚的声音——广播开始是岳飞的《满江红》，我哭了。那低沉、严肃、悲痛而又雄壮的乐声与唱声，我至今如在耳边！——必须叙明这一层，读者方能理会：当我在旧书摊上偶然买到了一本宗江作、黄裳题的《卖艺人家》，见那故人的手迹，见那国难期中四川土纸印制的书册时，我那是一种什么样的心情！激动？感慨？向往？羡慕？怅惘？……真是无以名之，万言难表。

就这样，我们彼此失散不相闻问，也不知过了多少年。1950年，我的红学论文在《燕京学报》第十期上发表了（发学生的文章，是大学学报的创例），不知黄裳兄由何而读到了，于是忽然来了信，并在《文汇报》摘载了论文的一部分。我们这才又有了联系。

我们失散以前，每日晚饭后，二人必定散步到墙子河，一路上尽是谈论《红楼》的事，有时还带着"论争"，热烈无比。后来他为拙著《献芹集》作序，就回忆了这种情景。多年来，他在资料和精神上给我以支持和关切，非专文是叙不尽的。六十年代我考证大观园遗址，文章是经他手编发的头版头条。因此，惹怒了"四凶"之一的姚老爷。运动一兴起，黄裳兄和其他同仁吃了大苦头，甚至出了一条人命悲剧。"四凶"灭后，他写了一篇《夜访大观园》，非常精彩，也是红学历史文献。那是他来京时与宗江聚会，宗江住处离恭王府很近，便建议裳兄入府一游。那文章实在好，我已收在拙著《恭王府与红楼梦》里。

今年，他又为《石头记会真》作了序，发表在《新民晚报》上。

裳兄作为大藏书家的事情，就更难叙写了，因为题目太大，性质很专，非本文所能容纳，只好留待日后另篇再叙。如今只说一点。开头我说的接到他的新著，就是他藏书的精品之一瞥、一脔、一斑——已令人惊叹不止了。此书题名《清代版刻一隅》，专讲清朝木雕书板的工艺之美。他自己序跋，作于1984年。如今摘引跋中的一段，以飨津门读者——

> 宛平查为仁的《蔗塘未定稿》的开花纸印本，也是可以作为乾隆中精写刻本的代表的。真是纸洁如玉，墨凝如漆，笔法刀工，风神绝世。过去不知是出于何人之手。后来又见汪沆的《津门杂事诗》，风貌全同，知同出一人手写。最后得到陈皋（对鸥）的手稿《沽上醉里

谣》，才知道几部书都是他手书上板的。这稿本前半部简直就是上板前的底本，后半才有随时录入的手稿，还有许多改定，变成了行草。陈皋与厉鹗、万光泰、汪沆、符曾、吴陈琰等都是水西庄中的上客，是查为仁殷勤招接的好朋友。查氏的园亭一时聚集了众多的杭州名士，成为文艺沙龙那样的地方，这是研究天津文化历史不能遗忘的。水西庄早已湮灭了，只剩下几部精刻书还是当时活动的见证。

他那时说的这一切，真是先获我心目光如炬。如今水西庄学会成立了，我忙碌得还没写信告诉他。他如得知此讯，一定也很高兴，也会支持。

黄裳兄原是八旗家世，祖上隶镶蓝旗，可能是"驻防旗"而落户于京畿的。他本姓容，黄裳只是后来一个笔名，但如今知其真姓名的不多了。他在少年时就个头儿不高，体质壮实，方面，大眼，长睫，闪闪有神，又有慧秀之气。自少时爱书如性命，同屋时他就买《四印斋所刻词》那种精美无匹的刊本。但彼时没想到他竟会成为国内大藏书家，其入藏者皆系罕见难逢的孤本、稿本、精本。"文革"中"抄"走了几大汽车书有人垂涎。后来听说发还了，不知是否完璧归赵，抑或也有失落？他于每部书必有小题记，笔致风雅。少年时健谈、风趣，年老了再见面，变得不那么豪迈而显得深沉稳重了。当今高士也。

"真"亦可"畏"

——吴宓先生史片

杜少陵曾有云:"畏人嫌我真。"

诗圣的这一句,只五个字,却有几层转折。第一层,主眼是个"真"字。第二层,是个"嫌"字。真原是人所追求的最为宝贵的质与德(真善美,真是首位与根本),可是真的来了却又被人嫌弃。第三层,我之真竟为世所嫌,此种处境,实实可怕!——此"畏"字之所以可悲也。

即此可见,"真"者最难取悦于人,也最难坚持不易其操。

这事势,连大诗人少陵老杜都是被一嫌一畏折磨得发出慨叹。但是,世上可也有不畏人嫌我之真的吗?

就我所知,这样的不畏者确实有之——就是吴宓先生。

"余生也晚",竟也有幸还赶上了与好多位高人贤士硕彦鸿儒同时同世;更幸者又还得有与之交游唱和的奇缘,如吴先生,即此诸位中的一位独特之例。

我与吴先生只有一聚之缘,是在1954年的上元佳节间,地点是重庆北碚西南师范学院。

我能与吴先生相会，全是由于亡友凌道新兄的厚意。道新是天津耀华中学毕业而考入燕京大学的，我们是天津同乡、燕大同班，但不熟识。1952年夏，我到成都华西大学外文系当讲师，他立刻"发现"了我，"追踪"到我寓处，一叙起来，便成了"他乡故知"，格外亲切起来。道新实乃难得之俊才，可惜屈居于"下位"，"文革"毁了他，我应另文纪念亡友，此刻实难兼叙详情，如今只得单表一层。1952年我到华大后不久，即雷厉风行展开了"思想改造"运动，紧跟着是高等院校大调整。我是华大唯一一个留在成都的外文教师，归入四川大学，而道新却调到北碚师院去了。他因在彼校，遂与吴先生过从渐密。道新的七律诗作得极好，而且英文造诣也高，这无疑是吴先生在彼难得遇到的有"共通语言"的英年才彦。

我与道新别后，彼此相念，书札唱和；至秋冬之际，来札叙及拙著《红楼梦新证》问世不久，彼校师友，亦皆宣传，并已得吴宓先生寓目与评价，希望能谋一晤，面叙"红"情。因只有寒假方能得空，于是邀我于上元佳节到渝一游，藉慰离怀，兼会诸位谬赏之知音。

那时成渝铁路已通，我果于约期前往，道新特自北碚赴重庆车站相迎。我一出站，见他伫立栏外，丰采依然，心中无限欣喜……

我与吴先生会面了，没有什么寒暄俗礼套言。我对他并不陌生，因为读过他的带有"中西合璧"特色的诗集。至于"视"我为"何如人"，倒不曾想象过——好像是"早就谈过的"，今日只是"续前"的一般。

初见吴先生,印象如何?可是不易"描写"。他生得貌不出众,平常又平常,身上并不带着诗人气质或什么才华风韵。语言也不出奇。我方知他之无奇,一切显得那么平常,才是他的奇处——奇在罕见的一种率真的人格。

文人,"知识分子",往往是怀才自负,也不甘寂寞,需要"知音",因而在众中总会寻机会显露一点自家的抱负才能,与众不同之"奇"处。吴先生是与此相反。

然而,出人意想的却是他的无意违众倒成了他的最大的"逆俗"。

比如,我们相会之目的是为了"红学"(在胡适之先生的《考证》之后沉寂了二十五年而忽有拙著《新证》出现是大家聚谈的主题),他却并不"成本大套"地"论红宣讲",只是像一般不治红学的那几位教授老师们一样地"闲谈漫话"。有位老师给我写了某一僻书中关于雪芹的材料的名称,这时吴先生也补充几句他所知道的,但当别人说了他所不同意的见解时,他却话语多起来,十分直爽地表示"不然""不对""不是那样"!

他如此直爽坦率,有时使对方不好答言,他也一点儿不怕对方"不好意思",或引起不快。在谈红学见解上,他并不"照顾"别人的"情面"——因为他心中并无世俗的"人情世故",只是一片说真心话而了无他意(更谈不上"恶"意)。

那个夜晚,道新兄还特意替我向大家"展示"了我自题《新证》的两首七律,诸位先生都答应和韵——果然我得了好几首佳作,而吴先生却说:我不和诗,另给你题一首"曲子"。

次日,道新单请吴先生与我,三人同到小馆子吃便餐,吴先生把所题之册页(我自成都带去的)还给了我,接过来敬展一看时，吃惊不小！

原来他是用墨笔恭楷——像印版字一样的方整字体，写下了一首《世难容》。

《世难容》者，谁也不会忘记那是雪芹为妙玉女僧所设下的一首"曲文"，其中有句云："却不道好高人愈妒，过洁世同嫌！"是全书中最极感慨沉痛之音！——而吴先生却照此曲律仿作了一首，关键词语还特用朱笔书写，夹在墨字中间格外鲜艳夺目。

这使我深深体会到：这位老人，自己很明白自己是如妙玉那样与世难谐的"畸人"。这其中的意味是异常深刻的，带着巨大的悲剧性。

那时吴先生的处境如何？

历史教授职级带给他一份高工资（这当然指那时标准）。他自己简朴至极，把钱都花在别人身上。所谓别人，据悉那是各式各样的贫困待助者。我在四川大学时，外文班中一位学生就是受他资助的。还有一位贫病无依的女士，生活一切全由他一力供给。除了经常性的，还有很多临时的或断续的受助者。

一力供养一个女的！——这事就引出来一些很难听的流言蜚语。

在教育岗位上，把他弄到历史系，所"用"全非所长，也不受人尊重。我到川大后，见那里并无外国文学专家，建议把吴先生调来，以展其平生学养抱负，培养后学——此意同学们十分赞同，便向上面反映。结果有关部门派来一位干部，在我的课堂上训话："……他是什么人?! 他搞的一套是什么？他搞《红楼梦》!"

我一听这话茬儿，就明白了许多以前不懂的"道理"。吴先生当然不会调来了。《红楼梦》还被看作是"毒草"。

吴先生始终被人看成是一个罕见的"怪物"。例如在吃饭时，在临散席时，他见别人碗中有未吃净的米粒菜叶……一定要拿起来替那人吃"完"。连道新兄也劝过他，说不可如此，太忤俗，也太"过分"了。吴先生答：我只是行我所应行之事，既非对人，也无用意，没有什么可计较议论的。

与他老作别后，敬赠过他一首七律，现今只记一句是："巍巍鲁殿总堪伤！"也通过几次信函。

当年夏初，我回北京后，他曾特嘱其原配陈夫人代为寄赠来一部当时已然难觅的《吴宓诗集》。可惜这部书与许多珍贵"文物"（当时以为"无奇"的尺牍、诗词手迹，皆是名家所惠，一片深情）都随"浩劫"而不可再见了。

吴先生是第一位指出《红楼梦》是以诗人的心眼与价值观来看社会人生的伟大著作，无与伦比。他自己正似近于"曹雪芹型"，不为世俗理解，不为社会宽容，至今仍为某些人歪曲笑骂诽谤——他自己并无意标榜一个"真"字，但他已体会出"世难容"三个字的滋味多么不易承受。

这一点，我看已然分明。我所能追忆于吴先生的，其实也只有这么一句话而已：他并不畏人嫌我真。

中华文化八千年

　　我与唐兰先生、胡风先生是"隔行"，俗话说："隔行如隔山"，所以见面机会不多——我所说的"见面"，并非一般意义的见面，比如在一个"场合"呀等等，但谁也没机会理谁，那不算；我指的是真正的面对面交谈的意思。我与唐、胡两先生，在这个意义上的见面，实在只有一次，而且是不能再有的一次。每一念及，辄深追慕。

　　记得那是1978年，我第一次参加全国政协大会，住处是西郊的友谊宾馆，地点是南工字楼。一日上午开会之前，一位客人敲门，迎入看时，却是唐兰先生，他兴致勃勃，满面春风，说："特来看你。"我见他来，非常高兴，就快谈起来。谈次，我十分强调地对他说："一般论调都说我们中华是'五千年文明古国'，以为已经了不起。可是我特别赞同您的七千年文明的论断。"他笑得十分开心。我并且补充说："我以为，七千年是最起码的估量，实际还要早得多。"他对我这一看法很表同意。

我们谈得很相投。他告辞后，我心有所感，立刻吟成七律一首，让我的孩子送到他屋里。我说"立刻"，是真实语，连作带录出，不出十分钟。我平生作七律都是如此，当面看见我提笔而成的，例如黄苗子兄，是相信的——他诗才也很快，我们在小组会上唱和（传递诗笺），不移时数巡往复，见者惊讶。

但是我赠唐兰先生的这首诗，并未留稿。当时写在一个纸条上。唐先生是否将此"纸条"保存，也很难说。恐怕这首在学术史上不无意味的七律已然"化为云烟"了。

为什么我忽然记起这件事来呢？事情都不是无缘无故的。近两日来，连着看到两则消息：一是河南省舞阳县出土的龟甲契刻和骨笛，考古者测定是八千年以前的遗物。二是内蒙古发现兴隆洼龙纹古陶，专家认为距今也有七八千年的时间了。这说明了什么呢？说明了一种与众有异的学术见解，在先总是极个别、极少数人在那里"古调独弹"，而一般俗学指点并笑之，——直到后来出了硬证据，人们便"不作声"，或者装作"我们早知道"的神气，加入"先进行列"，却不肯提一下这最初的创见，是由谁卓然首议的。所以我见了这两条消息，就追怀唐兰先生以及我们那一段"古调独弹"的情景。

我和胡风先生同任中国艺术研究院顾问，这实在惭愧已甚，因为我没有资格与他同列。虽然同列了，也难得会着面。有一次，好像是作协代表大会结束后，我们坐一辆小车回家，这种机会是难得的，紧挨坐着，便于谈话。在车里，我们谈的是什么呢？说来有趣，谈的是《红楼梦》！

我问胡风先生："我一见您的《石头记交响曲·序》，立刻作了一首七律，抒写我的感叹与赞赏，登在《团结报》上，后来另一刊物转载了，我嘱那刊物编辑务必给您送一份去。您收到了吗？"他答言："根本没送来。"我才知道那位同志应允得好听，可是骗了我们！

这事情极遗憾，因为胡风先生要看的这首诗，因此之故他竟未能入目，竟不知我写下的是什么。

前年，我于秋日到达北美，恰好胡风先生的少君张晓山，随后也到了同一地点，他得知我在那里，便费事打听到我的地址，专诚来访，送给我已经出版的《石头记交响曲》。我真是异常地高兴。晓山告诉我说："那次我父亲遇到您，在车中谈《红》，他一回到家就和家人讲起了，我们都知道。"

胡风先生不研"红学"，在狱中索到一部普通本《红楼梦》，任何材料也无有，却得出了极高超的见解与论析，使我万分惊奇钦服！这真是一种奇迹，一位奇人。我作的那首诗，已被收入《中国当代诗词选》（江苏文艺出版杜），成了我对他的纪念之作。

我这篇文字，记的是两首七律，两次"唯一的会面"，同时也是"最后的谈心"，同是高人的独违众议，是我难以忘怀的。去夏在纽约讲"《红楼梦》与中华文化"时，我谁都没有称引，单单只引了唐兰先生的中华文化"七千年"和胡风先生的《红楼》见地——他强调指出高鹗伪续的"居心叵测"，力加痛斥，并且提出了《石头记》的中心要义是"唯人主义"。我说我完全同意这两种见解。但当时我并未点明唐、胡两家的姓名，借此机会，小作补充——因为想来事情有趣：我偏偏又把他们两位"风马牛"的名字拉在了一起，而当时实是无意的巧合。

我们对自己的文化史一度总是低估，"三千年""五千年"是例，对古史一概全"疑"，也是例。新中国成立后考古发掘特富，还没出土任何文物证明古史皆"伪"，倒是相反，证明了古史堪称信史。对自己的祖宗，那么不信任，认为都是大骗子造谣者，这个民族到底还有点儿"自信心"没有？我自惭下愚，总是想不太好的。

比如，安阳等地出土的甲骨文字，那分明是十分进步发达的文字了（要从整个文化史看），可是偏有名家说那是"原始文字"。又有名家说大禹"是条虫子"，如此等等。"炎黄"自然也曾在怀疑之列。可怜"炎黄子孙"们，到哪里去寻祖宗呢？

话扯远了。我现在后悔没有把赠唐兰先生的诗留一"副本"。其实，我的习惯就是只有一份，写出来马上寄走了，再不记忆。这种诗词，数量极大。也有一二关心友好，想为我搜集，编一本诗词集——单是和《红楼梦》有关的各式各样的韵语，就无计其数，这在别人的集子里是不会有的"特色"。可是"文革"之兴，亡失泰半，散在各方面的，也无从着手。题胡风《石头记交响曲·序》的，那算是幸运的，保存下来了。牵连书此，以志吾感。

世间曾有这么一个人

——悼亡兄祜昌

我写下这个题目，已是心酸目润。我原不忍也不能撰述此文，因为感情上文笔上都不容许我落墨于纸上，词不逮意，更对不住逝者。但故乡政协诸位热情人士，要为祜兄编印纪念文册，使我感激不已，如我不能贡一言，又何以对沽中父老亲厚？是以再三延搁，今始下笔，其不足以副题，更无待多陈了。

我们兄弟五人，祜兄行四，我居最幼。长兄为震昌，字伯安，深造于德文，为外籍师友盛赞，不幸早亡。二兄祚昌，字福民，三兄泽昌，字雨仁，二人皆在津市"学生意"，一为钱庄行，一为木行。此两兄亦俊材，其珠算之精，无不叹服，而浮沉于旧社会，一无建树，识者惜之。二兄寿至九旬，无疾而终。三兄遭"文革"之难，其卒也至为惨痛，余不忍言。先父鉴于祚、泽学徒之无成，采纳至亲的劝说，于是祜昌兄与我，皆得升学（天津市内中学），以求深造。我与祜兄年最接近（相差六龄），故自幼形影不离，心迹最密。——这种不离与最密，不只幼年，而是直贯于后来的数十年寒暑炎凉，曾无少改。

除长兄早逝外，活下来的四兄弟，感情融洽，相亲相敬，大不同于有时常见的同室操戈、反目争吵，是以乡里之间，多有称羡之语。一次，我随雨仁三兄晚间散步于河畔上围墙上，田家坟小学校役名周海福者，过而见之，自叹曰："看人家兄弟，从没见（他们之间）红过脸（红过脸，谓怒恼争执也）。"可是，一般乡亲却很难想见我与四兄祜昌的这种非同寻常的手足之情，棠棣之切，更不知道我们在学术上的密契。

从三十年代后期起，熬到抗战胜利，我挣扎回到了燕京大学，一段时间内，经济十分困难，是祜昌按月寄钱给我。更重要者，也是他将我引入了研究《红楼梦》这一巨大无比的中华文化课题上来的。

从那以后，我二人来往书信，数量之大，内容之富，大约世上兄弟之间是罕有的！每封信都以研究红学、曹学为主要内容。我把新收获及时告知他，他欢喜无量，除了给我鼓励，也有启迪建议。这种特殊的通讯直到他永辞人世，期间从未中断过（不幸，这种重要文史资料，动乱中毁失殆尽）。

拙著《红楼梦新证》的出版，四十万言的巨著，稿如山积，是祜兄一笔一画工楷抄清的；对于这个事业，我也一度心灰意懒过，想不再作这吃苦而挨批的傻事了，祜兄则不以为然，一力劝我坚持努力，探求真理。1974年受命重整《新证》，也仍然是他到京，做我的左右臂助。功绩辛劳，片言难尽。

1954年，我奉中央特调由四川大学回京，从此，我二人又得每年一度相聚。因他后来做业余中学教师，故暑期假日，一定来共研红业。联床夜语，剪灯清话，总到深宵不知疲倦，不愿就寝。我们同访西山雪芹足迹，同寻敦敏槐园残痕，同入石虎胡同右翼宗学，同绕什刹海恭王旧府，左右四邻……凡古城内外与雪芹相关之地，必有我二人的踪影，而祜兄的痴心笃志，远过于我，往日见我工作忙不得抽身，他便独自出游，重到那些地方，徘徊瞻眺，依依不舍。我们写稿，我们作诗，我们论字……晚上散步，我们在古城墙拆后基址大石土块上共坐，互相讨论，许多好的见解，都因他的启发而愈谈愈获深切。我们走过的胡同里，有老太太看到我们形影，就说："你们是弟兄吧？哪儿去找这么老哥儿俩！"言语间流露出赞羡之情。

就是这样，他每次来，都"住恋"了，不愿离开。回沽后来信说："在京像在家里，回了家倒像是在客居中……"我读了他这话，十分难过。

而每当他走后，我一个人顿时如离群之雁，踽踽凉凉，倍感寂寞，总要赋诗寄给他，满纸的怀念之音。他三五日必有信来，从无间断。有一年，时入寒冬，祜兄来信中提到，近患重感冒咳嗽甚剧。我遥念不释，作诗相慰开头说："每读子由诗，恻然肝肺动"（苏子由与其兄东坡感情最笃），"只身念老兄，寒嗽畏风冻"。中言家室之难，力作之苦，幅末勉以梅馨暗动，春光不远。他看了深为感动，回信说："余阅之，老泪纵横矣！"

我们弟兄，就是这样度过数十年的炎凉寒暑。我想追写过去的种种经历，悲欢离合，患难忧思，那是写一部书也写不尽的。

我们都酷爱文学艺术，书画、戏曲、音乐、民俗工艺……祜昌在兄弟五人中，聪敏颖慧稍逊于雁行昆仲，但他的审美鉴赏能力极为高明，远远超越同侪流辈。他做小职员时，薪水微薄，可是他节衣缩食，攒下钱头的都是些与艺术相联的物事——红楼宫灯，年节悬上，红烛生辉；弦子鼓板，摹拟鼓书、弹唱；法鼓铙钹，过庙过会的用品……祜兄以此为无上至乐，以为艺术生命比物质生活重要得多。

祜昌的为人，也是罕见的，其忠厚老实，世上大约难得同样的，口讷讷不能言，言则时时憨直，惹人误会、不快。他表里如一，心显于面，赤诚待人，不知人间什么叫坏叫恶。以致有些人把善良软弱过分的祜昌视为傻瓜、窝囊、废物。

我们弟兄命途都不怎么太好。但祜兄一生尤为坎坷，他由于主客观的多种原由，所陷入的困境，是外人难以想象的，他承受了极大的考验，没有垮倒。他忍辱含垢，耳闻不忍闻之言辞，身受非常人所能堪的对待，他一股脑儿吞咽在肚里……

这是一位最让人倍觉可悯、可疼而更可敬的少与伦比的好人。

他为寻求真理，几乎耗尽了所有的力量，他的后半生，可说就是为了《石头记会真》一书而奋斗到底的。这是一部颇为求真的巨大工程，其艰苦实难以我拙笔表述。只说一手抄写之工，已愈千万字，这是一个常人万难荷担的沉重担子，而他竟以那达八旬之弱躯，一力完成了这项崇伟的巨业！

现在他的这部《会真》正在我面前，只剩下付梓前稍为加工最后一道工序，而我与女儿由此所感觉到的这点儿加工的艰巨，才更深地体会祜兄一人在清贫孤室中，完成这项巨业是如何地艰难。

祜兄耗尽了他一生的心血和精力。他溘然长逝了。我至今不大能相信：这个与我不能分离的人，怎么就没有了？他分明在沽中活着——我上次还看见他……

但是，祜昌的信札，再也来不到我的书案了。我还在盼着……

　　他对我这弟弟的深情厚望，那更非笔墨能宣，他把所有的理想、愿望、慰藉、欢喜，都寄托在我身上。

　　愿我们二人，如有来生，仍为兄弟。

黄氏三姊妹[①]

可能是受了"红迷"的天性驱使，我一向留意寻觅一种踪迹，即具有诗文学养造诣的女子的踪迹——世之所谓才女者，就是她们的雅称了。这种踪迹，须分两类：一是古，二是今。古的，那太多了，没法"更仆数"了。且不用说班姑蔡女，咏絮的谢家姑娘、王家儿妇，直到唐宋元明，就是我国第一流大学者陈寅恪先生为之作了八十万言《别传》的柳如是，二十岁刚过，其才华风度，令人惊诧难以置信。我因"考红"，也颇引过一些"女红迷"的诗文翰墨，心中着实佩服。另一面，不知受了什么书的坏影响，那作者说是古今才女，大抵父兄师友为之"捉刀""润色"，所以那"才"是要打折扣的。这下子，又常使我以小人之心度君子（即才女君子）之腹，不免疑神见鬼起来。我这疑心

---

① 在《序》中提到此文误将黄氏二姐、三妹芳讳写错位，实际二姐名筱荃，三妹名少荃。

病，直到五十年代初，到了成都两个大学去教外文的那年头儿，才得释然。

这话怎么讲呢？这就必须容我这"英雄"论一点"当年勇"，才便于把事情说清。那是1953年秋，我到成都刚刚一载有余，适逢拙著《新证》出版，此书之出，那反响百分之九十九来自"才男"，故不在本文话题下。我想写一写的，是那百分之九十九以外的黄氏三姊妹。

她们的名字排次是：稚荃，少荃，筱荃。

我认识的第一位是二姐少荃。她是四川大学校医处的中医医师。那年冬天，我因不适应川中气候，患了小恙类乎伤风，缠缠绵绵不即告痊，因我从来信中医，就问明校医中医室所在，叩门求诊。进屋后，见方桌旁坐有一位女士，约在中年，儒雅清秀，正在观书。我进来了，她不得不将书放下——不是合上平放，是原样反着扣在左肘旁，右手给我诊脉。看病，当然得写病历单子，姓名、性别、年龄……一概俱全。她见我的姓名是这三个字，就先不说病，把扣着的书又拿起来给我看。我看时，原来就是拙著。

我记得她开了方，嘱我"不要吃灰面"。我当时还不懂"灰面"就是四川人称"面粉"的用语，颇为纳闷了些时候才明白的。病、药，说得不很多，她就说起《红楼梦》与拙著的话题来了，听她的话，有见解与不一般的理解之言，其中当然也对我谬奖。从此，相识了，而且渐渐有所交往。

现在记得清楚的，是到她家吃成都的特艺蒸食。她只一人，为请客而忙碌，使我不安。那次还看了她收藏的字画。另一次是我从"梅园"陋居搬迁到"华西村"的好房子以后，一天晚上，她忽然惠临，袖出一张诗笺，上面写有簪花秀体的小字，是因读《新证》而见赠的四首七言绝句。当时灯下读红论句的情景，应该说是一种诗境——可惜我这拙笔，已难追写。我凡有赠诗，总是要和韵答谢的，第二天也把诗送与了她。

转年不久，我就奉调回北京了，记不清与她是否话别过。

现在转笔再叙一叙黄家三妹筱荃。她是历史系教授。当然因二姐的关系，后来也与我认识了，但其另一原由是由于历史系的缪钺、梁仲华两位老教授对我这个青年（尔时三十岁刚过些）真是特加青目，不免时常提起我来，所以筱荃也早有了耳闻。缪先生赠我佳句不止一篇，这里也难备述。单说筱荃，到我来京之后，也寄来了一幅彩笺，也是赠我的佳句。记得后来1964年拙著《曹雪芹》出后，寄她一本，她来信致谢，也是谬赏，至云："您的每一个小考证（按指那些小注所涉及的诸般史事）都非常有味，引人入胜。"我看了，当然又惭又感。但使我惘然的则是她告诉我说：二姐少荃病重，无人照料，每日除去公私诸务外，还得全力照顾病姊……

我读了她的信，真是满怀的凄怆，因为心知这大约即是我所能得到的少荃女士的最后的消息了。

缪先生于"文革"后第一次由成都航抵北京，朋友中首先想约我重晤，我应召拜访，承他老告知我，筱荃命途多舛，夫亡后重嫁，家庭矛盾极端激烈，"文革"既起，事态发展，走投无路，投环自尽了。

至于大姐稚荃，在三姊妹中，论其才貌实在都居首位，诗、字，都不同凡响。我认识她最晚，是因亡友凌道新兄引我到重庆某郊区去见到她的。即席给我题了册页，也允诺赠我以诗。但因我回京后无法联系，这赠诗之约就未能实现。我还有她木刻本诗集。

成都黄氏，古有黄四娘，见于老杜佳咏；今有黄氏三姊妹，而我却没有好诗题咏她们，这不但是诗道之衰的一个侧面反映，也是像我这样的俗人不足与诗人伍的可叹之现象。因此想一想诸多事相，又不免暗自慨然。但有一点，自从亲见黄氏三人，方信古之才女，是实有的，她们能诗擅赋，才情过人，也写一笔好字——我所不及而知的，肯定还不止这一二端。那些多疑的人（诸如"捉刀""润色"之说），未免失言了。人总不宜以一己之见、俗常之情，去揣度天下的一切，出类拔萃，超群轶伦，那都不是虚假的。

我平生到的地方，参加的聚会，虽不能说多，也不算太少，我想"屈指而数"，看看一共发现了多少个"三荃"样的女才人，却又不免有些失望。看来，够资格、有条件去充当"时装表演明星"的才女现今实在是人才济济，一个胜似一个。至于对中华文化能有些基本修养和造诣的呢？那一定也有，不过我是孤陋太甚罢了。

海外红友小记

红友者，治红学之同行是也。海内的太多，海外的我在《天津日报》的《域外红情》一组小文中略有叙及，如今再就相交相知者补记一些鳞爪片段，似也不无意趣。

先叙叙赵冈先生。他与周策纵先生同在威斯康辛大学，但他却是经济系教授，不知怎么对红学却发生了兴趣，而且早有专著问世，"红学资历"倒比周先生要"老"些。

赵先生本人是满族人，高身材，仪容俊伟，面型很像早期的爱新觉罗皇族那样的方面，而有端秀之气象，用旧词说，真可谓"一表人才"。谈吐气度都很有修养，因实系北京长大读书的，故一口京语，很纯正。夫人陈钟毅女士，却是河北丰润人，丰润有四大望族：曹、陈、谷、鲁，是人所久闻的，所以也是名门闺秀了。他们夫妇合著的，就是《红楼梦新探》。此书先后推出港版、台版等多种版本。

中美建交后，赵先生是最早回来的一批美籍侨胞中的学者。

他曾到我旧寓东城无量大人胡同来看我，还拍了"全家福"照片和我们的合影。他再度来京，我也到华侨大厦去看他，他见我去了，十分高兴，立刻跑出去——回屋则买来一条名牌进口香烟送我表示心意。

这一次，他已问我，是否健康、还能适应长途旅行否？——这大约是1978年吧，因为彼时他已在协助周先生准备要召开一次创例的国际红学大会了。

到1980年6月，我到了旧金山，转机抵芝加哥，由芝城再换机方达威州首府"陌地生"市，这个地名是周先生译Madison而铸的新词，曲折表达他寓居海外的复杂心情。在机场出口，果然周、赵两位东道主齐来迎接了。

那是一次热闹非凡的盛会，事难尽叙，单说请吃晚饭的就好几位教授。如今只说赵先生。

我们到陌地，"寸步难行"，因不识路，而他们住的地点很远，故行动就需有人开车接送——美国地广人稀，他们的住处都分散得很，不像我们"挤"在一"疙瘩"。赵先生夫妇听见车到，早已迎了出来。我见那门外两株垂柳很好，站住观赏，主人说："这是我来此亲手种的，如今长这么大了。"我说："送你一个雅号吧，就叫双柳居。"

可是等到1986年再访赵府，门前秃秃的了，我问双柳何往，答云因生虫子，给伐掉了。

他们的住房并不是"鸽子窝式高层洋楼"，倒都是一座座的小平房，当然没有"院子"，而周围总是花木深幽。地皮不很贵，房子盖的都是宽敞大间，布局家家各异，绝无雷同。大抵木结构，木家具，美国的大木料简直令人生欣羡之心，都非常粗壮结实，没有细琐轻巧脆薄的东西。

但赵先生客厅、餐厅等处，却摆着台湾的硬木大桌凳，花梨紫檀，还带黄杨细雕的中国戏文故事人物的桌面。书架、钢琴上摆的也是台湾特产工艺——木雕人物。他的书斋在地下室，四壁多是"红学"书刊。入口处还挂着我写给他的条幅。

赵先生人很热心，好客，喜邀客人去吃晚饭。1986年的除夕夜，就是在他府上度过的。

美国的食品最丰富，又不上税，价格比别的便宜，所以他们待客总是非常丰盛。

赵先生对我的健康与视力最关心了，几次三番开车陪我到大学医院去检查、诊目，有时是在大雪纷飞中开车到很远的这所校医院——大学是座"无墙学府"，不是在一个圈圈里，比如图书馆又在另一地点。所以你若没车不好办，而车不像在国内必雇个司机，在那儿赵先生夫妇二人皆能开车。

过八月节了，他会想着送月饼来——芝加哥的产品，送稿纸来……想得十分周到。

后来他到北京，我请他在家吃"家常饭"，比如锅贴、青韭炒黄菜，他都爱吃，总想北京的传统小吃，如"驴打滚""灌肠"……

后来方知，他们夫妇就是在无量大人胡同斜对过一带度过青少年时期的。他是名校清华大学出身。

以后他又陪同台湾女作家、红学家康来新教授来访我，敦促我向台刊供稿，由他代转，可惜我太忙，只写过一篇。再后来，允许去台湾时，他又是推荐我首批前往者（因带助手问题未果成行）。

我们又曾"联篇"发不同观点讨论的红学论文，在香港《明报月刊》登载——可说是学友切磋的良好范例——也是创例。当然，一旦回国，这就无有那样方便了，又忙又懒，就中断了这崭新的学术合作。

再后来，他的《红楼梦新探》要出大陆版了，他专函来求一序言，而不是找别人。我很感动，就欣然答应了——其实呢，在最早由于历史原因二人隔离在地球两面，互不了解时，还打过笔仗；及至为他作序，想一想往事前情，真是世事如白云变化，煞是有趣的了。

这些，实在也只能粗叙，不过是个"框子"，细致地写，就无此时力了。比如，后来她（他）夫人嘱我给她写一幅《葬花吟》——我平生也不写这么长的诗文，结果整整三大张横纸连接，这才写完，真是一件"大活"。她收到后很高兴，来信道谢；再到赵府，她又特将裱好的这个"大横幅"展给我看，说："哪儿也没有这么大的墙可以挂得开，只好卷起收藏呢！"

美国普林斯顿大学的比较文学系，有位名教授，名叫浦安迪，浦（Plaks）是他的姓，而安迪是他名字Andrew的昵称Andy的译音。他是专门研究小说叙事美学的学者，通晓多种语言，包括中文汉语在内——不但能读能讲，而且能写很有风格造诣的华语论文。他已有数种专著（英文版）问世，其中《明代四大奇书》一书，已有中文译本在大陆出版。

我这人是个名副其实的书呆子，平生最不喜欢那种奔竞名利之人，尤其是把"红学"当作禄位阶梯的毫无实学的假"专家"，而专门交往老老实实、勤勤奋奋真做学问的人。因此落落寡合，而浦教授却是我有限学友中之重要一位。我佩服他有两点：一是勤奋下苦功，精进不息；二是学识广博，而能有自己独到的见解。所以是一位堪任沟通中西文化之大业的真人才、真学者，我对这样的人，才会"发生兴趣"。

我已记不清是哪年了，他首次联系，要到我之京寓见访，因此相识了。那回他的兴趣集中在搜集研究清代"评红"诸家的资料，问我有无新的线索。恰好彼时我有一篇论及这个主题的文章，就提供给了他。他离京返国时，在机场还不忘记发出一份告辞和致谢的邮件。

以后虽无直接晤谈之机会，但1980年我出席国际红会由美抵港，在中文大学讲演时，宋淇先生赠我外文书中，就有浦教授的红学专著。再后来，一次到北京大学去讲《红》，学生中有一位美国的Scott女士要求来访，她也送我浦教授的一本著作——原来她是他的学生。

1986年夏，黑龙江的师范大学举办了第二次国际红会，我们便在哈尔滨又得晤会。但我见他来去匆匆，好像另有别的事要去办。后来方知，他对开这种历时多日而收获无多的会，并不深感兴趣，他是要充分利用宝贵时光，去做他关切的实事，而无意于"虚文""热闹"。

当年的秋天，我就又到了北美。那是被邀去一年的"鲁斯学者"，我与浦教授先是因为研究"自传性小说"而通讯，然后次年春天，他邀我到普林斯顿大学去讲红学。

到这座名校讲学，我是很感兴趣的，就应约而往。飞机可以直达纽约，他派人到纽约机场去接我。那位美国学子的车开得飞快，因为距离不算很远，顺利到达了普大。

普林斯顿的英文名字是"王子（皇子，太子）屯"（Princeton），是一个很幽静的城市，一点儿也没有"人烟闹市"气，与繁华尘嚣是无涉的，我倒觉它十分可喜。

刚刚进入客房，还没坐定，高友工教授就来了，热情亲切——如同故交重会一般，他表示神交已久的心愿。后来得知，他向来不肯轻易会见陌生人。

高教授不住校里，每日由纽约往返。他也研究红楼，英文写得漂亮极了——比美国人的英文还有味道，见解也高明。他是台湾同胞，著名学者。

我的讲演定在4月1日。这天是"愚人节"，西方人在此日可以扯谎造谣开小玩笑。我却没遭到"愚人"的待遇。

那天值得纪念，正值农历三月初四，是我七十岁的生日。早晨到餐室进晨餐，桌上摆着绚丽的鲜花，令人心悦。同时进餐的还有日本访问学者夫妇二人。

那天下午讲《红》了——进了讲室，已经座无隙地。抬头一看，见讲台上方高悬一匾，写着"壮思堂"三个大字。我心中着实有所感动——在美国的学府中，却挂着中文汉字的匾额，反而倒不像中国人自己，专门效颦一些"洋味"，以为不如此不"高贵"，而不去想一想：我们中华文化在海外是如何地受重视而显辉煌。

讲演是很受欢迎的，但本文目的不在于此，要叙的是浦教授。但这次讲的主题是《红楼》结构学，却是他点的，因为他对此特感兴趣。

因为他是邀请和主持人，也因为特别照顾和礼遇像我这样的人——年高、耳目不便，处处需要安排妥善方便，他为我此行而花费的时力是超常的，几乎整个儿得陪着我，而在外国没有这样的"规矩"与可能，他们每个人的时间都是十分紧凑而宝贵的。

那天讲后，又举行了座谈会，由对红学特感兴趣的人参加，以中国（包括港台）留学的女士们为主，也有一位美国男士。她们提问，由我回答。都完了，浦教授还得带着我和女儿助手一齐下"中国馆子"请吃晚饭——而他是伊斯兰教人，不吃中国汉民式的饭菜，只坐在一旁作陪。

临别了，他还又得到火车站送我，看着我们上了赴纽约的车，才挥手作别。总之，你看他这所有的陪伴招待，都不是一般的情谊。

在普大讲学间隙，我到他的办公室坐坐，和他与高友工教授合了影。这间大屋子很朴素，除了四壁满架的书并无什么显眼的陈设。但墙上却挂着一幅大观园图！从这一点来看，如若说他也是一位"红迷"，大概不会不对吧？

还有，他又把这幅园图的照片送给我，照片背面题了字，竟写着"致以最大的敬意"（my greatest respect）。而另外他又曾称我为"红学院长"（Dean of Redology），这话的意思是：红学的学位首领，因为在学府里来讲，校长主要是个行政之长，而各个学系的院长才是学术品位的领头人。

我并无资格和"运气"在某校获一个"名誉博士"的荣誉，但我却觉得：有浦教授这么一称我，代表了他对我的看法，这实在比"名誉博士"的头衔更为荣幸。

浦安迪教授后来陪夫人也到我家作客，但因他不能吃"汉民"的饭，只以西瓜招待而已。后来他每到北京，必来相访。又曾寄我论文，论及"四大奇书"的结构学，说是受了我的影响与启迪（指在校讲演与彼时写成的《红楼梦与中华文化》一书）。这确是中西红学交流史上的很有意义的一页。

渊渊鼓音

时当农历腊月，耳边响起鼓音。

为什么腊月与鼓有了联系？原来腊是古代的一种祭祀之礼，每逢腊月，村人便敲起细腰鼓来，并且扮作金刚力士，举行驱疫的活动。这是古荆楚之风俗，其余地方，虽然有所异同，但总有相当的相类的习尚。古书又记载谚语，说是："腊鼓鸣，春草生。"只此六字，便觉眼前耳际，无限的诗情、无限的生机、无限的良辰美景接连而至。

因此，虽然我不曾见过听过记载上的真腊鼓，可是，只见"腊鼓"这词语字面便十分欢喜，这也许很可笑。对我来说，两者不一定构成什么矛盾冲突。溯其始因，从很小时候，爱读"尺牍"——什么又是尺牍呀？就是古代的书札信简，成为一种文体，也属于今天所说的文学作品。我读小学时，还设有"尺牍"专课，很重视呢。且说我从小爱读尺牍，古人书札里，"季节性"总是十分鲜明，比如临年近了，那么写信时就有"梅魂有讯"

"腊鼓频催"这样的话。这种词语，加上"流年急景""岁暮怀人"，或其他思乡念旧的词句，会唤起对童心的惆怅的感情，然而又得到了浓郁的审美享受。我虽不知腊鼓何等样式，但耳边像是响起了渊渊的鼓音。

这季节，这词句，这鼓音，对我有强烈的感情作用，转眼数十年过去了，至今依然如昔。

像每一个小孩子一样，我幼年时没有玩的了，总喜欢翻找家存的旧物——那些"老家底"。有一回，我发现了一个新鲜有趣的东西：那是细铁棍折弯而做成的：上面是一个微呈横方、但又形成八角的框子，下面是一个手执的长柄，柄的下端，套着好几个铁环。一摇动时，琅琅作响。对小孩子的感觉来说，这东西拿在手里，是够大，也够沉的。

我一见它，非常兴奋，就跑去问母亲：这是什么？母亲说：这是太平鼓的"骨架儿"，上边的八角原是要鞔上鼓面的。我又问：太平鼓做什么用呢？母亲的兴致被我引起了，她回忆着解说，好像回到了她的青年时代。她告诉我："太平鼓是过年敲的。虽说正月才是正经日子，可是从腊月，就有练的了。敲的人小孩子居多，大人也不少。和别的不一样，这种鼓，女的倒是真正的好手，敲起来不单是鼓点儿好听，身段步法也好看。"我这才明白，这是一种舞鼓，是连舞带敲。母亲又说："鼓面是布鞔的，鞔鼓的手艺得很高才行。鞔好了，上面还画上彩绘，都是吉祥的花样，很是好看。闺女们如果三五成群敲起来，那鼓可真是好听又好看。鼓音有轻有重，有急有缓，还得会'花点儿'。配上铁环的节奏，喜琅花玲的，那才叫好呢！"这话中的"节奏"二字，是我此时杜撰的"现代语言"，母亲原话不是这样子的，可我已经不会学说了。

我被母亲的话迷住了。掉句文，就是"为之神往"。没有福气看看听听姑娘们敲太平鼓，小孩子心里很觉怅惘难名。我专（于）是问母亲会敲不会，能不能把那鼓架儿鞔起来？这当然是"不现实的"奢望。母亲笑了，说："我不大能敲。老太太会，敲得好。"老太太是称呼我的祖母，她老人家晚年半身不遂，卧炕难起。敲太平鼓的人，我始终无处去寻了。

后来我心想，这太平鼓既然进了腊月就响动起来了，纵然并非真正的古腊鼓，也就足以相当了吧。于是，我写信时，若逢年近岁逼，就总爱用上一句"腊鼓频催"，自觉这是有情有味之至，而绝不把它当作陈言套语看待。

我又想，原来那种年代的妇女，也是有她们的"文娱活动"的，那形式也很美好。我也想不出它有什么封建性，或者腐败的副作用，不知何因，竟尔也被时髦的风习"代替"而归于无有了。那渊渊有金石声的鼓音，里面富有民族的审美创造，是一种最动人的声响，那种击鼓的舞姿与神态，以及所有这些加工在一起所造成的欢乐的节日气氛，总还是值得追记一下的吧！

我上文说的"代替"，新陈代谢，古今递变，理之当然。但是，除旧必须代之以新，而且新的比旧的更美才是。太平鼓不一定非"恢复"不可，可是这　美好的民族风俗革掉了，代替它的又是什么呢？

中国的鼓的节拍是高级的音乐创作。中华民族应该有自己的鼓音，并且逢年过节，有民间的击鼓娱乐的适当形式，应该是太平盛世气象中的一种非常美好的表现。

腊鼓的诗情，华夏的民俗，确实是令人神往的。

前面因腊月而谈腊鼓，因腊鼓而谈太平鼓，虽然太平鼓曾见咏于雪芹令祖曹寅的词曲中，毕竟实物早不可睹，"实音"自不可闻。天大之幸，还有实物实音存在的，另有一种鼓，——就是津沽特有的民间绝艺：法鼓。

要谈法鼓，实非容易。何则？一是这种音乐之事，凭"纸上谈兵"很难，比"兵"难得多。二是不知到哪儿去寻"参考资料"，来充实自己的"大作"，前一阵子，看见一小段文字，谈贾家沽的"武法鼓"，已有"稀如星凤"之感。要找学术论文，那恐怕是得洽购一双铁鞋，准备踏破了。因此，本文之囿于个人管见，自然无待烦言。

天津已经排印了《梓里联珠集》，蒙点校者张仲同志见惠而得观。家乡肯印制这种书，真是大惬鄙怀，堪称功德无量。其中有极丰富的关于民俗民艺的宝贵题咏记载。可是，你要想寻找一首专咏法鼓的诗句，也会"废然掩卷"而罢。

我倒是非常欣赏这篇七言绝句：逐队幢幡百戏催，笙箫钹鼓响春雷。盈街填巷人如堵，万盏明灯看驾来！

我读了，十分之得意，可谓心胸大畅。这首诗的主题是《皇会》，解题之文曰："天后宫赛社，俗称皇会。"此诗见《津门百咏》，作者是庆云诗人崔旭（晓林），他与津沽关系最为深切。

这首诗写得好，诗体既属"竹枝词"性质，所以通俗易晓，但仍饶诗韵，境味俱佳，笔酣墨饱。在我说来，则最高兴的是终于寻着了法鼓的诗痕画迹。这一双铁鞋，总算大有妙用。

诗人的笔触，勾勒出了我们天津出会时那种万人空巷，倾城出观的高度欢腾的景象与气氛。那种境界，自愧笔难描叙。想来，常说"盛况"之言，天津的会，那才真当得起这二字形容而非复虚词套语。

崔晓林又用了"赛社"二字，大有讲究。赛即"迎神赛会"的赛，诗人写的"百戏催"，亦即赛义。社者何？即是古语"社火"，后来叫"出会"，也叫"过会"，《红楼梦》也于开卷不久即写那"过会的热闹"。

社，本古时祭奉后土（大地）之礼，凡有人群聚居之所，必先设一社祠，百姓逢年过节，或行礼，或议事，或娱乐，皆以社祠为聚集点。火，非灯火之火，乃是"伙"字之本义，即聚会是也。出会过会，也叫作"社火"，这个话语，也见于《红楼梦》中。其实，现代人说的"社会"，此词原来与"社火"互用无别。出会，有各种不同的"伙"，高跷，龙灯，中幡，小车会，跑旱船……一伙挨一伙，列队而过，竞相献艺，这就是"百戏催"的含义——那么，高潮顶峰在哪里呢？就在"万盏明灯看驾来！"百戏虽然很是热闹可观，但万人如堵（人海筑成的"墙"），坚守不动，期待渴盼的却是遥遥望见一个端庄而又飘逸的轿顶，款款而来，于是人潮鼎沸——又抑制着各人心中的兴奋热烈，泛起肃敬的心波，不禁争相告语："驾来了！"

这驾，指的是天后娘娘的神座，被迎出宫外，簇拥巡回，供万人瞻仰，与万民同乐。娘娘的塑像，面如满月，慈祥悦慰，纯粹东方的一种高级的美，与别的女性美（特别是现代的、西方的）迥然不同，令人起敬爱之心，亲切之感。天津崇奉天后，是因为天津的发展史与航运紧紧相连，天后宫是"天津卫"的最古、最美、最重要的历史文化标志。天津的赛社，自以娘娘为中心，一切都是民间的艺术创造，自发自办，要寻"津味"，此中有焉。

娘娘驾来，其前例有一项别具风规的社火——即是法鼓。

海大道·柳劫·皇会

我此刻执笔，正值农历四月，雅称清和之月，是北国的一大节令之期。每到此时，我便不禁想起很多诗情画意。有一连好几年，我从京郊燕京大学，分坐几次不同的车，总要赶回津沽，去享受一下故乡的四月之美。沿途的麦田，刚刚铺翠含风，一色如剪，比什么"景观"都令我欢喜。

我坐车的末后一"换"，是从下瓦房坐骡车，东南行，直沿海大道回里。这海大道，就是从津卫直沽，直通海口大沽的路，在海河未经"截弯取直"以前，它更是循傍着这条佳水而达海门，故"海大道"之得名，良有以也。这条康庄之路，全长百余里，我的诞生之敝沽，正居此道之中心。此地虽不敢说是"四通八达"，却恰恰是个交通枢纽点。敝沽的三里长的街，其实就是这条海大道的一段。我就生长在这海大道的紧边上。我对此道怀有感情，想来是"可以理解"的。

我早年翻阅过桑邦史料，知道这条路本是修得很好的"叠道"。什么叫叠道呀？这不是"引进"的新名词，它是咱们的古语，意思是"凸道"，即路面中央隆起，两侧逐渐缓坡低下，亦即路面横断面是曲线形。这老古时候是很考究的路，因为京师的大街，也就是这样子的呢。那时没有"柏油马路""水泥铺砖"等等之类，这样的叠道，下了雨不积水，不泥泞，自然是高级的路。——若像北京的"辇道""御路"，那才能有石铺，浩大工程，津沽无石，叠道所以最善。

古叠道早已无踪，我年轻时却见过有一次重修叠道，规模宏大，质量不低，当时真是人人看了高兴。村镇内，路两侧有小小泻水沟的意度；一出郊，两旁则遍栽了柳树，整齐无比，一望无际。我那年轻的心，充满了"几年以后海大道变成柳荫大道"的美景之"预影"——因为那时我正是诗词迷，最渴望这种诗境！

谁想，"诗人之梦"总是可怜可笑的吧，就在刚栽柳的那阵子，一大队日本侵华军，从大沽那方向西来，直奔天津。他们路经敝沽，看样子已步行得疲惫不堪，只要一坐卧，立时睡如死猪一般，连步枪也不把在手里了。这且不提，偏偏赶上的是一场特大的雨。他们继续上路时，新修的"叠道"正好被这一大批兵群踩得稀烂。他们个个滚得浑身泥浆，其状甚为狼狈！——这也不说，最可恼的是他们一个个都把树栽子拔下来，当了泥途中的拐棍子！此军一过，荡然不复再见树影，叠道成了泥坑水洼。此后呢？自然谁也不会再来讲什么叠道与柳荫。我的"诗梦"从此破灭。此事我印象最深，总难忘掉，也总想记一记，因为这也是津沽史上的一页侧影，今日未必有人能知肯记了。

海大道从何时修的叠道？我想总不会晚于康熙年间。因为，康熙大帝到大沽祭海神（那儿有海神庙）走过这条海大道。到乾隆，大约也去过——他是事事要学他爷爷的。这两次大典，就是海大道规格升级的原由。

乾隆"巡幸"天津，清诗家留下过佳篇名句。天津特有的"皇会"，也正是由此而得名而传世的。别地方绝对无此名目。

津沽的会——出会，过会，除小型耍乐会，端推大会，极有特色，盛况堪惊！近年，葛沽的"宝辇"会，方始渐为人所知所重，以至进了北京，名望升高了。这全是由于葛沽人士对此怀有异乎寻常的热情与毅力，加上自豪感，令人至为钦佩。敝沽的四月下旬的药王大会，其声势气派，本来有过之而无不及，然而后继无人，听说到如今一切文物、人才、史料、口碑……什么都没了。那样盛大的民俗文化，零落到如此地步，相形之下，有愧于葛沽乡亲多矣！事在人为，岂不然欤？

敝沽的大会与葛沽分别何在？请听一讲。

葛沽的会，所赛之神是娘娘。敝沽的会，则是药王与娘娘双驾。葛沽用宝辇，敝沽用绿围八抬神轿。葛沽的"会道"，主要是"九轿十八庙"，不出本乡，路线颇为曲折。敝沽因地形并不复杂，会道只是东西一条三里长街，但盛况的高潮顶点是大会与沿河一带众村的会，又分又合，一齐向津东南（沽西南）的峰窝庙（亦称峰山庙）进香。诸村的会，以"吹会"为多，即笙管乐吹奏会，也有文武法鼓，他们坐船而来，上岸上妆，列队而走过敝沽长街，许多茶棚，陈设装点，摆上点心茶茗，接待客会，礼数隆重，其时满街彩旗幡盖，络绎如林，鼓乐震天。沽中则接亲招友，万人空巷！女眷们夏妆倩饰，列坐棚内，并无隙地。本来农历四月二十八为正日，但自二十三开庙门，到二十六实是最盛的一天，大会出动，百余辆车马，声势浩大。车队无数人员，到辛庄下车上妆，这才列队正式走上进香之路。辛庄妇女，为看大会，饭都顾不上做！那日各村诸会早到了，齐集庙前，不能单独入庙乱行，必须等得敝沽大会一到，由它率领，依次进庙礼敬。大会的两行护队人，皆执杏黄小手旗，维护秩序。旗上绣字。为何敝沽之大会其位如此之尊？势派如此之大？据父老讲，只因它在乾隆年间得到皇家赏赞，认为此会的气度风采出众，才给了它特殊地位。不过为避城里的名目，不肯再称"皇会"就是了。

敝沽大会仪仗卤簿文物，价值甚高，皆是良工精制。本沽诸会中有一伙由小童扮为女乐的《渔家乐》，轻歌曼舞，丝竹悠扬，最受欢迎，全镇人尤其妇女，都学唱那些美妙动听的民间雅曲。比如《四大景》，歌唱四季良辰美景，文词优雅可喜，后来我在《霓裳续谱》里发现了它，完全一致。这起码是乾隆旧曲——实际更早得多。这些，都成了可以引人叹惜的"广陵散"。不知还能出现有心的人为之搜集、整理、记录否？

峰窝庙会极盛，也是津西数百里的季节性"农贸"集市，庙前席棚无数，百货备陈。我只记得正殿供的是三位尊神：伏羲居中，神农、黄帝陪座左右。伏羲手持八卦图，神农手执金麦穗，黄帝拿的是什么，已说不上来了。望之俨然生敬。

如今回想，滋味转浓，因为年轻时还不大懂事，看"热闹"而已。如今想时则不同了，觉得咱们天津地方竟有这么一座古庙，供的竟是中华文化的三位伟大创始人！这是何等地可思可念，天津人能盖这座庙，其热爱中华文化的意识与心情是何等地可贵！天津人不简单——无愧是炎黄的子孙。

四月"大庙"之期（称大庙，因为四月十六是"小庙"），大会，古庙，文化，民俗，仪仗，鼓乐，茶棚，粉香汗气的女观众，初夏的风光，荐新的菜果，万众腾欢的气氛……构成一幅比诗画都美的天津南郊民俗画卷。这画卷，是值得画一画的，因为它涵蕴和展显了天津人的文化境界与生活情趣，是不应该让它全部化为乌有的。

曹寅题画与天津鉴藏家

故乡的报纸为我所喜闻。不久前，曾读到一篇关于曹寅题画的文章，颇觉眼明心喜。其文末幅，提到这件马湘兰的名绘，复经曹子清加之题记，乃艺苑珍异之品，却不知何时落在津门，有探究无从之慨。这使我想起天津的一位了不起的书画鉴藏家黄子林来，并且以为马绘曹题之珍所以落在津门，很可能与他的鉴藏有关。

黄子林，名浚源，一生酷爱书画，收藏甚富，而且入藏者皆非凡品。他的眼力极高，传世古书画名迹，一入其目，立判真伪，百无一失。其鉴定力的高明，收藏品的精粹，堪称冠冕群流。他的藏品，早年上海有正书局印制的《中国名画集》屡见选辑——那还是珂罗版刚刚传入中国印刷界的年代。这也可见黄氏的身份年辈之崇。

黄子林是天津银钱业的巨擘，名气很大。昔年天津宫南北，钱庄银号林立，是一大观。黄氏即在宫北开设慎昌银号。宫南宫北，同业者不下数十家，他的慎昌字号是最响亮的。银钱业鼎盛时期，他身任银钱业公会主席。大约在1919年顷，因受"安福系"之影响而停业失败。今其后人情况何似，则愧未知。

我以为，天津如编纂各种地方史志，无论是从银钱业兴衰的历史角度，还是从书画文物的保存功绩的意义来说，给黄氏这样的人物以应有的地位，都很有必要。

前面提到的那篇文章很好，只有一句话我想应当澄清一下：当提到曹寅的题画原文时，作者说看来曹氏也是"情场中风流人物"。这话易滋误会，让今天的读者发生错觉，甚至以为曹寅也是一位"冶游子"，是"花街柳巷"的"内行里手"。其实不是这么回事。曹氏门风，爱才好士，尤其注重有才华的女流，马湘兰正是这样的才女，不幸沦落风尘。曹寅久住金陵，多与前代遗老交往，所以熟知明末的遗闻轶事，"合子会"等等，也不过其中之一目罢了，并非他的"躬亲阅历"。到后来，他的文孙雪芹写作《石头记》，第二回中就特别提出"奇优名倡"这类人物之足重，那思想与其令祖正是一脉相通的。不明此义，则《石头记》也就容易与流俗的写妓女的小说等量齐观了。

提起这，还该想到，那位为《石头记》作批注的脂砚斋，我曾论证过，实是一个隐姓埋名的女子，她所收藏的那块小"脂砚"，原来是明代万历年间的名妓薛素素的遗物。薛素素也是一位名气极大的才女，她书、画、琴、棋、骑、剑、弹、诗文无不精诣，有"十绝"的称誉。她留下了一块小砚，也为这位女性批书人所珍藏，并即以"脂砚"为其斋名和别署，把这一切联系起来，才更理解曹寅的题画记，当然，也才更理解雪芹的《石头记》。

　　过去有人对雪芹小说理解得很低，说是"情场忏悔"之作。我恐怕"情场"一词的涵义可以出入很大，容易引起误解，特别是对历史文化知识较少的青年一代更是如此，故稍稍申说以为文苑艺坛参考之资，或者也可为吾邑文物考鉴界提供一点线索。倘能如此，则不胜幸甚。

　　黄子林先生本人草书亦佳，师法右军《十七帖》。他当初家住龙亭西箭道（今华北戏院为其遗址）。他除银号之外，又在毛贾伙巷开设当铺，字号是"裕昌当"，其铺面对过，有小山东馆"四合楼"。

　　我是1918年生人，自然没赶上过黄先生的年代，只因家兄福民自幼在宫北"学生意"，深知黄氏一切，我才得闻梗概。草为小记，亦有味存焉。

王维·年画·美容院

 唐代第一流诗人，李、杜之外，只有一位王维（摩诘）堪与鼎足。王之名句很多，"大漠孤烟直，长河落日圆"，连黛玉、香菱都品论不已。那叫五律。还有七绝，"渭城朝雨浥轻尘，客舍青青柳色新"，"独在异乡为异客，每逢佳节倍思亲"，"新丰美酒斗十千……系马高楼垂柳边……"都脍炙人口。但还有一首，人们未必记得，那便是"广武城边逢暮春"，寒食节所作也，其末二句云："落花寂寂啼山鸟，杨柳青青渡水人。"这就看得出，王摩诘对杨柳是怀有一种特殊的感情，屡见吟咏。

 我自己常常想："杨柳青青渡水人"，这多么美啊！太好了，自自然然的七个普通字，把人引入了一个最可向往的境界。他写的原是广武城边之景物，但我总觉得这是天津。

 这想法当然有点儿怪。可是怪之中还有"理据"呢："天津城西杨柳青"，那个美好的村名，说不定就与摩诘诗句有关联吧？

 我从小就听母亲学那唱的："天津城西杨柳青，有一个美人柏俊英。妙手丹青能画画——这佳人，十九冬……"后来还遇上了津门老石印的小字俗曲"唱本"，开卷第一篇就是这段子，我高兴极了，就念起来，还给母亲也看也念也唱……一句话，印象很深，至今难忘。小时候就开始"领会"：杨柳青，那地方一定很美，人也一定很美，那画的画，也一定与男人（须眉浊物）的手笔不同，我什么时候才得去看看？

后来，我真到了杨柳青。

那是在南开高中时，冬假中与一群同学想要到南京去"请愿"，——这词语，今日之人怕不懂了，就是呼请政府积极行动，抵抗日军的侵略。我们这群小青年儿太天真，火车不让上，于是决心"步行"南下金陵城！走了一整夜，大清早才走到了杨柳青！

大家寻了一处小学校，歇脚，"打尖"。我休息了一下，就到校门口外去看看——果然即是一湾流水，岸边丝柳斜垂，尽管那是冬天，竟也不掩其水乡风韵。我当时又暗自想起了小时候念的唱本。

再后来，我们这群陌生的中学生惊动了村中，渐渐就有人前来看"新闻"。记得那学校好像是一处大宅院改成的，大门内侧竟有垂花门的形制。几个村民已在垂花门下向院里探看。内中有一位是小姑娘。

我一见了，心中便想道：这别就是柏俊英家的人吧？她一定是会画的。

我对杨柳青并无再多的缘分，也无暇再作什么考察了解，便匆匆地离开了。心里怅然，依依不舍。

我幼少时，真正的木版套色传统杨柳青年画已经不多了，但还是颇有遗绪，可以买到几张。一入腊月下浣，街上卖年画的，打地摊，不停地舒卷着，任人挑取。有新兴的叫作"洋画"，即彩色油墨所印，虽也有时髦式的，那远远没法和现今"三点泳装"大美人相比，都还很"保守落后"，为数也不是"压倒优势"，更多的是中国味的，京戏的呀，逗笑的呀，过年包饺子的呀，虽然印制技术变了，但那新油墨味扑面打鼻，色彩鲜艳，年味很浓——我不觉这种"洋画"讨厌，因为它没有多少洋气，还规规矩矩，文文气气，不专门以显露那"裸资本"为手段，为招徕。但我"本性难移"，酷爱的仍然是原版杨柳青年画！

什么理由？自己未必都能说得清，留与专家去"研究"为是。我只觉这种年画与别处的不同——一打开，满纸的灵秀之气袭来！这是怎么回事？怎么产生的？请讲讲以开茅塞。这大约也是物华天宝，人杰地灵。这堪称津门一宝，绝非溢美，实乃当之无愧。

那地方，人生得秀气，所以才有柏俊英——她可以说是位代表，实际还有不少位缔造出那种年画风格的柏俊英。她们笔下，无一丝一毫浊俗粗野之气味，灵秀满纸——这和单纯的工整、细致、精美等等，并不等同，是两回事。

它更不同于"文人画"。文人画有真好的，更多是"假大样"——大笔一挥，大抹几下，就是"名作"，值千值万的。柏俊英们并不依靠那个吃饭。所以，我这外行始终酷爱津门这种"宝"——民间艺术上品，其中包含有杨柳青妇女才智精灵的表现，很难找到第二份。

是津宝，也是国宝。国宝不可失，要考虑如何延续它的命脉——这不能只是靠"先进技术"，只求"影印""复制"。根本大计是培育新柏俊英。她们应该不想到美容院去改造"欧型眼"，而愿意多学点儿中华的文化艺术的教养，提高内外的素质。心地丑恶的人绝画不出那么灵秀夺人的中国年画。

家兄祐昌在新港工作时，有一同事戴先生，是杨柳青人。熟了以后，方知他是名画店"戴莲青"的世裔。他自言：老家几间屋子还存满了"顶房盖"的年画木版，但已不晓其命运如何了。

我当时和现刻，总忘不了这几间屋的老木版——那版版是宝呀！凝聚了多少柏俊英和刻工的心血？祝愿它们没有当劈柴生了炉子。

据悉，有关部门召开了年画国际研讨会，太好了。也希望不以开会为止境，还要研究如何勿致我们般般样样的华夏文化艺术的命脉，一个一个地湮没、断绝，或者是变成了美容院里手术成功的"欧型眼"。

《岁华纪丽》与"热爱生活"

有一部书，名曰《岁华纪丽》，我很思念它。不知为什么，似乎很少人提起此书，好像也没有哪个出版社想起影印或排印它。

这确实是一部奇书：它按一年三百六十五日，分列出每一日的典故、轶事、诗词、佳话……比如你想知道三月初三这天的故事古话，不难；可是你若想知道三月初四这天又有哪些有趣的事可讲，有味的诗可诵……那可就太难了！依此类推，你随便指一个日子，考一考自己和别人的"学问"，那肯定会悔恨自己知识太贫乏了，一点儿也答不上来。但若此书在手，则"按日索骥"，立时可得，使你兴味盎然，乐不可支。这还不是奇书，什么才是呢？

我得知此书，是少年时偶到一个堂兄的大女儿家去，这位侄女年龄比我大多了，夫亡无子女，本人又不识字，柜子里有几部残书，要我拣一拣有用的，就送给我。我拣得了它，如获至宝！这书刊刻得小字工致精美，可爱得很，堪称清代刊本上品。我拿回家，翻阅至夜不倦。

1951年，受华西大学之电聘，去教外文，挈妇将雏，盘秦岭入蜀到锦城华西坝——老家的东西带不了，只好"仨瓜俩枣"地变卖了，此书亦在其内，当时真是忍痛割爱，不忍释手。

1954年奉特调回京，我每入东安市场旧书肆，必要重觅此书的踪影。可是久久不遇，近于绝迹之想了。不意忽一日发现了一部，与早先那部一模一样，分毫不差。大喜！

可是一看标价：一函，四元。

要知道，那年头儿的四块钱，可是一大笔"款项"呢！摸摸口袋，"阮囊羞涩"。我虽"涎垂三百厘米"，终于无计奈何，眼看着它"不知去向"了。

以后，直到今时，我再也没见到过它。

编刊这部奇书的人，可称是少有的奇士。他应该誉为我们早先最最"热爱生活"的人。

我想，除了个别例外，生活是人人热爱的，这该不成为问题。成问题的恐怕是：热爱的究竟是什么样的生活？

生活是各种各类、各式各样的；我以为其中有那么一种，即：中华文化民俗生活。

我想的不知对头不对头——假使中国人、炎黄子孙，都已不再懂得热爱咱们自己的中华文化民俗生活，则此国此族此民者，定然已是失掉了自己的文化了——这个失掉的同时，就又必然意味着已经被别的文化取代了。

若果如此，谁还要看《岁华纪丽》？

若到如此之时，即使想看，也看它不懂了。

噫，岂不可忧可惧、可一憬然悚然乎？

中华文化，并不总是"体现"在孔子、孟子、老子、庄子、荀子……的书里；它真正体现之"书"就是民俗生活，这"年份"比孔、孟、老、庄古得多，大约应与女娲同龄才对。

风调雨顺，是以农业立国的古老中华的"命脉"（用它来"考验"皇帝的政治良否），所以旱了就得祈求龙王——科学发达到今日也还没做到"随意必效人工造雨"，怎怪得向龙王"递红包"？最奇的是祈雨的"骨干分子"却是乡农儿童！他们自己用泥巴捏塑一条龙，用木板抬着，孩子们列队，有秩有序，认真严肃地，每个可爱的孩童都用绿柳条儿编成一个"发圈儿"戴着，大家一齐口里念着自编的歌词，巡游四处，而后把龙送到供奉之地……

这个是民俗。

旱了，龙王有责。涝了呢？找谁？老百姓也有规矩：用纸剪一位老奶奶双手执棒，支天而立，贴在南墙上——叫支天娘娘，她能止雨！

她是谁？老百姓为她起了个雅名，叫"扫晴娘"。

其实，这老奶奶不是别人，正是娲皇氏，是她炼石补天，止住了漏雨洪灾——她创造了中华人，又给他们治理了"生活环境"。老百姓纪念的，还是这位中华民族的伟大母亲！

用纸剪女娲以止雨，比孩童抬上龙祈雨，哪个更"科学"些？请你回答。

这是民俗啊，民俗是生活艺术的宝库。《岁华纪丽》之值得重印，道理也在于"热爱生活"。我还能记得在这部书里第一次读到正月二十日，百姓妇道人家都要做煎饼，名之曰"补天饼"。我恍然大悟了：原来这也是娲皇氏的遗风古俗，真是有趣得很！

这样看来，似乎我们的先民怕水比怕旱要厉害，就连成语中的"洪水猛兽"这句喻词，也可以说明"补天"是个最大的问题，女娲补天止住淫雨，治好了洪水，用芦灰垫干了大地，还断鳌足以立四极——这是给漂浮的陆地"板块"定位的伟大工程呀。

民俗，包括衣、食、住、行，整个中华文化。吃馄饨正是"摹拟"开天辟地以前的混沌状态，这是一部宇宙进化史！

"大旱不过五月十三"，据说不拘多么严旱，最迟到这一天也会降雨，旱情告终。而这天降的雨，叫作"（关）老爷磨刀雨"。这是何涵义？我就说不上来了。也许，关夫子一磨青"龙"偃月刀，龙王就害了怕，就赶忙兴云作雨了吧？总之，关公不光是过五关斩六将，也管国计民生的大事。

"七月七，天上牛郎会织女"，这天晚上叫"七夕"，是女儿节——百家少女聚会，醵钱作会，穿针乞巧。古老中华的妇女的双手做出的世上最精美的"针线活儿"来，叫作"女红（gōng）"，那时没有缝纫机、服装厂，凭她们在一灯如豆的照明下做女红做到三更深夜！"织女"，代表"男耕女织"的古老"分工"生产制度。她们是天上的星——不是舞台上的"歌星""明星"。七夕之前下雨了，名叫"洗车雨"——为牛、女一年一度相会作"准备"；而七夕之后下雨，则是二人分别的伤心泪雨。

民俗，是想象丰富的艺术活动，寄托着人们的心灵与智慧的情思意愿。

读者赐阅拙文至此，诚不免生疑：人家都在现代化了，你怎么尽说这些陈言旧语？岂不闻"识时务者为俊杰"乎？敝答曰：岂敢望俊杰的百分之一，但君不见许多当代作家已经使用电脑

"写"文了，可他们听说哪儿来了一批石佳价合的砚台，却都纷纷往购，选得了一方对意的回家"抱"着，或为"镇斋之宝"，则又何也？砚台不是为研墨供毛笔蘸了用的吗？钢笔对砚台都配不上"副儿"了，怎么又配电脑？若用"直线单层"的"脑构造"来思维这样的"跨时代"的怪现象，是只能诧异而且"生气"的。难道那些买砚台的现代电脑作家们都生了"文化病"不成？

在中国，砚台也有一位神，她叫"淬妃"。你看可巧了：连女娲带东岳碧霞元君，从织女到"歌星"，连成了一片"女性世界"。须眉浊物来谈民俗，本身就有点儿煞风景。不过，中华的女性并不都是挂历上的裸美人，请她们来谈谈对中华民俗的感想，定然比我们讲得好听得多，也会使我们多领教益。会做煎饼的大娘和爱买砚台的女士，不知今日各居何种比例数？有几位爱读《岁华纪丽》的？更愿一闻。我总不相信"欧风东渐"把我们中华女儿都"渐"得洋气过了火，只怨自己没生一双"欧型眼"。

需要民俗，需要"国化"！

图书馆·齐如山·《红楼》秘本

美国的大学图书馆，还有香港的，我都进去过。我回国前夕，所住那大学图书馆里正在用轻巧的"推车"往里运书，大批大批地。我看时，是台印《四库全书》，馆里特辟一处地方，立上了很多大书架，来接待这部大书。台湾的书商、出版社，在向美国大学做宣传工作上，不惜费心花钱，我在中文部主任办公室里所见的各式各样的书目，不计其数，不但内容丰富，而且编排考究，中英文总是都让它并行不缺，还有就是除了台币价目，同时一定有美元价目。我看了心中暗暗吃惊。我想找一本大陆出版界的同类书目宣传广告品，却一种也没有发现，我心中着实有所感触。

台湾印的书，质量很高，价钱也可观。美国大学对购买图书是很舍得钱的，所以台湾书店每年单是赚这一笔钱，也不是小数目。台湾印书，如大套的丛书，不惜成本，应有尽有，取用真是方便之极。例如我在大陆要想翻阅一下《康熙御制文集》，那可费大事了！但在那里，举手可得。在那儿做点学问，可以免除多大的时间精力的浪费？这样的一笔文化账，不知可有人算过否？

在那里，我有"特权"出入图书馆内库，自己检书。那都是开架的，伸手即取。极大的厅，无数的桌椅，可以做工作。那书架上满是台湾、香港等地的书，大陆的也有，但极少，立在"书队"里，不免"黯然失色"。来自大陆的我，心头另是一番滋味。

台湾的书，往往大套大套的多卷本。我头一次入库巡礼，就看见《齐如山全集》，十余巨册，煌煌然夺人眼目。我当时就深觉自己太孤陋寡闻了。心中暗语：怎么？齐竟然有这么多著作！一点儿也不知道呀！

四十年代我在燕京大学时，和齐如山先生通过一次信，讨论"吹腔"《贩马记·奇双会》。齐先生的一切，我并不深晓，只知他是国剧学会的创始人，佐助梅兰芳编撰剧本，是位博学之士。事隔数十年，方知他在海外享名甚高，著述极富了。

可是我没有时间也没目力去看他的全集，心里一直抱有遗憾。近日，忽然收到了寄自北京大学的一本书，打开看时，竟是《齐如山回忆录》，卷端题有惠赠于我的上款，下款却是一颗楷字印，印文是"如山先生子女敬赠"八个字——我一下子"回到"了北美的图书馆，重温了我上文所记的那些情景。

原来这是齐先生全集的第十册，北京宝文堂重排的单行本。看序言，方知齐先生到台以后，到八旬祝寿时已有二百万字的著述。这本回忆录，是他的自传，一下子也就有约三十万字。从他的家世、幼年生活一直叙到他写这部书。

齐先生是河北省高阳人氏。高阳是个了不起的地方，北方的戏剧鼓书诸般艺术，高阳都居重要地位。别的不及细说，单是那个老"昆弋班"，我二三十岁在天津还赶上了它的最后的一段"黄金时代"，那几位特立独出的绝艺奇才，如郝振基（老生、武生）、侯益隆（净）、侯永奎（武生）、韩世昌（旦）、白云生（小生）的表演，简直是"此曲只应天上有"，说与今日的青年人，那是怎么也想象不出的！这地方出人才，使我起敬。我对河北省的人才，抱有特别的"大同乡"的感情。自然，也许有人嫌它"土"。但齐先生也名扬海外，不知可为高阳带来一点"洋"气否也。

巧得很，不久前南开中学老同窗黄裳老弟特意来信，说是他在此书中发现一则《红楼》秘本的掌故，亟为录示于我。因此之故，我对这部书也就不同于一般的留意了。

齐先生记下的这段往事，文字不长，引来如下："光绪十几年间，先君掌易州棠荫书院。有涞水县白麻村张君，送过一部《红楼梦》，其收场便是贾宝玉与史湘云成为夫妇，但都讨了饭。此书后来被人拿去，已六十年矣，始终未再找到。恒以为可惜。"这段话，我看了真是感慨万端。《红楼梦》的这种异本，仅我个人收集的文字史料，现已有十几条之多了，未想齐先生早见过此一异本。尽管仍然有人对此本之存在表示存疑，但从清代到民国不同时期的十几家记载，异口同声，这就很难说他们是"联合造谣派"了吧？但我不曾料到河北易州涞水一带也有过此种本子出现，实在大可注意。（一个传闻，说曹雪芹在蔚县教过书。）看来，流落人间幸逃百劫的《红楼》珍本，还是可以抱有被发现的希望的。

近年来，四川、湖北等地，都传出了消息，有人确实目见

《红楼》异本，连书名子都不与传世的一样。收藏者分明健在，但因种种之缘故，人家都"封了口"，就是一不承认有书，二不肯取以示人。弄得有些想"挖宝"的人束手无策，那条线索一直悬在空中，似断非断，书呢，自然也是"可望而不可及"。这大约也许是由于那些求书的人工作不力，作风不妥所致？思之令人慨叹。

后来，我忽然由于一个偶然的机缘，听说咱们天津郊县某地现藏《红楼》珍本一部，规格异乎世所习见，全部精钞，且有朱批。此本从一大户人家抄出，未毁，"文革"期间该地工作干部同志中目击者与保管者都健在无恙，人证确凿。

我闻悉之下，真是说不出地满怀喜幸，因为什么？因为咱们若发现此一钞本，经鉴定后确有价值，那么结论就是：自从1961年北京图书馆入藏了一部"蒙古王府本"（黄绫装面，专用的朱丝阑"石头记"中缝钞书纸），至今已历三十年整，再未在任何省县市又出现过半页古本《红楼梦》。如果我们天津境内首先找到上述之本，以献国家人民，则实为我全天津人的莫大功绩与光荣！全世界都将瞩目而艳羡称颂。

听说已有不少同志在为此事努力工作，我作为天津人，衷心祝祷他们工作顺利，查找成功，早日使此珍本归于中华文化宝库之中，焕发光辉——那么我说句不怕人见笑的书生呆话：咱天津就是为这部专盖一座"藏红小阁"，也是不为过分的。在此阁中，庋藏这部"天津本"，并且记载下所有为此事贡献出力量的同志。

哈门鸦儿的

　　高阳齐如山先生的《回忆录》里，提到一件至为琐细之事，我却深觉有趣：大约是前清光绪年间，他在天津，有一次听唱小曲（小曲即俗曲，明清两代特为盛行，天津卫的"杂耍园子"的"杂"，除了戏法、空竹、耍坛、耍叉、踢毽等技艺以外，主要就是集各种曲调于一台，我想这就是由唱小曲演化而来的）。齐先生回忆听曲，别的不记（真是可惜之至），却单单记下了曲里的一句"唱词儿"："哈门鸦儿的变了天。"那上句想必是说风晴日朗，天气甚佳，这也许有点儿像《风雨归舟》单弦岔曲里唱的：正然山崖前琴酒赏憩，"忽然风雨骤，遍野起云烟"那样的情景吧。闲话休提，且说齐先生正与朋友听唱，友人说：什么是"哈门鸦儿的"？齐先生见他不懂这话，笑了，说在河北省他故乡一带，没有不懂这句俗语的人。

　　我读他的回忆录，读到此处，兴味盎然，不禁想起很多的"事情"来。

先说这句俗话。我自己从小时候就听人这么说，自个儿也这么说，确实无人不懂。我想，这样的话如今一定还活在天津人的嘴里。说这话时，也有说成"哈门哈鸦儿的"，多一个音节。这到底是什么意思呢？

原来，这四个字应当是"好眉好眼"的，而它引起的语势，必然是"却一下子变了脸"！只不过人们说快了，说"熟"了，字音就会小变，变而生出那种神妙莫测的"哈门鸦儿"来。

好眉好眼地，意谓无端地，没来由地，平白无故地，意料不到地，而且是突然地——生了变化。这种俗话，传神造境，其妙非常。寻其本源，却是我们中华民族懂得"眼"是一种灵魂的晶体，是"精神的窗口""情感的荧屏"，你看先民造我们的汉字，极突出这个眼睛，如果你留神，会注意古铜器玉器，上面也常有巨大的眼睛。简体"监""临"等字，那"リ"本来是个"臣"，而这臣又与君臣之臣风马牛，而是一个大眼睛的形象的讹变，本来表示人在观看、视察、审辨……到了语言里，要形容一个人的模样，先就是看他（她）是"粗眉大眼"，还是"细眉小眼"。你要形容一个好人，会说他是"慈眉善目"。要是对于歹徒小偷之流，那你的"描写辞典"里会出现"贼眉鼠眼"。你写一个桀骜不驯者或别扭人，说他"拧眉弩目"。可你说到一个性格或态度不怎么强硬的，又会说他"低眉顺眼"。贾宝玉因惹了不少祸，遭父毒打之后，怕林黛玉不安，偷遣晴雯送一块旧帕与她，晴雯不理解，就曾说：这么"白眉赤眼"的，算什么呢？意即总得有个原由或说辞呀！你看，这眉眼的关系与用处可是大着呢。当然，若轮到必须用"眉来眼去""眉开眼笑"……那情景自然又另是一番境界，就不必细述了。

《北京晚报》上常见一栏专文，叫作"京字儿"，都是考释北京方言俗语的，有时非常有趣，有时也引我生疑。比如，"头上末下"这话，解释是"首次""第一回"云云，我就有疑——不是说解错了，而是说这样解是太不够了。因为，你若想表达"是哥白尼第一次发现的行星绕日"，如果就说成"哥白尼头上末下地发现与提出了太阳中心说"，那就成了笑谈，哥白尼若听见这话，定然要和你打官司，说你有心奚落他，态度轻薄。所以，莫以为俗语易辨，莫以为研究俗语不是一门大学问，也莫轻易乱用俗语来形容人家。

俗语还有一个地区性的问题。我曾在《天津晚报》上说过，天津过去是南客北来坐船必经之路，所以天津话里也有吴语（包括吴音），例子不少。最近《南京日报》发表一篇文章，考论《红楼梦》里的"淘气""韶刀"二词都是南京话，我看了很感兴趣。作者指出高鹗不懂，便把曹雪芹口中笔下的南京俗语改成"怄气""唠叨"了。这说得很有意味。"淘气"在此不是顽皮义，是"逗气""惹气"等义，《红》书中两见，十分明确。但"韶刀"一语，天津也说，有时还说"韶韶刀刀"，这话常听得见。那么它是否南京专有方言？就有点儿问题，我查了《红楼梦辞典》，说"韶刀"是北京一带方言。这辞典是中国社会科学院语言研究所的专家编撰的，可见事情还不那么简单易断。

我记起曾在报上发表小文，专解"天津怪话"中"嘎子"和"堆儿"——戒指和糖朵儿。这话一点儿也不怪，稍明古语与音理，就恍然"小"悟了。可惜没人多多注意这些学问，而以"闲文""细故"视之。

如此一想，齐先生能记下"哈门鸦儿的"，方显得他是留心学问而又有风趣的人。非常想知道咱们天津还有这样的妙人没有，多记点儿乡谈吧！

老掌柜的

　　早年还能看电影。看电影中，有一度是单位安排、大家必看的"批判对象"或即"反面教材"。记得有一部片子叫作《林家铺子》，这片子演的是一个很小的小杂货铺里的悲欢离合，世态炎凉，铺子"成员"只有掌柜的和学徒的两个，二人相依为命，在生意上、世路上共同为生存而苦干。

　　那时看它，是为了批判那片子调和阶级矛盾，迷惑观众。

　　不知怎的，我看了之后，却想起了幼少年时亲见亲闻的自己家里的一个小铺子的情景。更不知怎的我却对那老掌柜的深有好感——这是不敢对人明言的，因为有一个阶级立场的大问题。而更奇怪的是我家的铺子与那林家的小店完全不同，我的"审美联想"不知从何而建立起来的，煞是有趣有味。

　　我家的铺子，正名题曰"同立木号"，俗呼则叫"木匠铺"。"木号"则攀一攀高就会够上"木行""木庄"的势派，可是实际上它只是个以做木器的手艺店铺，比如门窗户带，桌凳板盖，乃至水车、棺椁，样样能制作精良。

别小看了这个木匠铺，鼎鼎大名的胡适先生与我通信时，他就在信封上写过好几次"同立木号"呢——旧信封幸存，可以作证。所以，这"木号"将来在"红学史"上也会有其"地位"吧？

我家为何开的是个木匠铺？

原来，寒门本是天津海河湾里的一个养船户，大海船专跑"关东山"，航运的货品就是东北的粮食和木头。因此，自家就经营米粮店、油酱店、酒店（烧锅，即酿酒者，后面是甑房，前边是铺面）以及木号。这些店，都以"同"字领头，如"同达""同源""同和""同立"，是一连串的命名法。只是到我幼时，家门已过最盛之时，只剩下了这个"同立"。

小时候，我最爱站在临街的木号里，一面观赏街市行人，男男女女，一面"体察"铺里的师傅、学徒们的锯、砍、刨、凿……各色的"木匠活儿"。那时满地的木屑与刨花儿，一年烧用不尽（那时做饭要烧柴），而那木头都有一种特殊的气味，师傅们身上衣上总带着这种气味，因为木头好，也会发出一种香气。

我是在这种"木香"中长大的。

铺子里有掌柜的（铺主）和管账的（会计），是两位老头儿了。如今单说老掌柜的。

老掌柜的名唤韩兆安，表字竹轩，取"竹报平安"之古义也。他原本是个木匠师傅，哪有雅字如此？这显然是我家先人替他拟的一个好"号"，我二哥（祚昌，字福民）与他感情最好，称之曰"老竹"，于是我们弟兄也就都采用了这个亲切的雅称。

他是天津南乡八里台附近大韩庄人（八里台不是南开大学之所在地的市区同名地，是远郊的，那真是一处方方正正的高台，高台之上建起的聚落民居，房子很整齐坚固，胡同行道都极窄，是古代海滨浅水洼地中的小块高地，俗称此类地方曰"台"），自幼在我家学手艺，心灵手巧，很讨我祖父的喜欢，以后慢慢地成了一铺之主。

祖父名讳是周铜，表字印章，一生酷爱各种各样的艺术形式，并热心扶持倡导，镇上的秦腔、高跷等等票友与社火（俗谓之"会"，即迎神赛会的"社火"）都是他主持开展的，一伙老"同乐高跷老会"，技艺高超精彩异常，驰名于海河一带。

祖父又酷爱工艺文玩之类，于是韩兆安师傅就成了助他布置制作的好副手（做各样木匣、木联匾、木座、木架……在书斋陈设中起了异样喜人的作用），这是韩师傅升为掌柜的主要原因。

我九岁时祖父就去世了，没赶上祖父的好时代，但从小看到的享受的，都离不开祖父留下的斑斑遗迹，而那些总带着韩师傅（我们始终如此称他）的美术创造。

可是，后来的年轻小师傅与学徒们，却不时对我说他的坏话。这坏话，其实又毫无具体内容，不过是管理铺子有点儿严、老规矩不许错、嘴碎、爱絮叨几句训徒弟的话而已。

到后来，有亲戚也说他的坏话，说他不善经营，一年结账，假报"红单"，实无利获，而且很值钱的棺木，一年让人赊欠抬走的，无计其数，赊账永远讨不回来，实际舆论早称"同立家是舍材厂"。又说别的木铺都兴旺赚钱，养家丰盛；只同立这么"白干"，东家（指我家）家境为难了，它一点儿也帮不上……

这些话，逐步地浸入了我的心间，对韩"老竹"的好感情，也慢慢发生了变化。

终于老掌柜不在了，换了别人来主持了——我在这件事上还起了作用，以为换了新人，会有作为，改变原先的局面。

可是，不但没有改变和改进，反不如先了。

老掌柜在时，柜房里外两间，清清沽沽，规规矩矩，板板生生（乡语，意为整齐），进入令人生喜悦之感。辞了他，没过几日，那多年保持老体统的柜房，一切变了样儿和味儿，东西挪了——没了，乱了，处处罩着一层尘土。铺子已带上了"霉"气与"晦"气，令人感到不是味儿了。这又该怨谁呢？

到这时，我方才晓悟老掌柜的优长，真不可及；说他坏话的人接办了之后，却连人家的百分之一的长处也跟不及！

到这境地，我才体会到"老竹"的不可及处，我才加倍地想念他——也深悔少时的无知，轻信了一些人的谮言妄语。

"老竹"早已没了，我时时想起他，而他的长处是怀念他时才更多发现的。

黄叶村·小蒸食·蒲包

　　小时候还赶上一点儿津门老字号的气味，那些如在目前的情景现时说与人听，竟像讲"古迹"一般了。因想无数的琐事，好似不值一记，也无人肯费纸笔，于是一切化为云烟，也实在可惜。我所知的，真如沧海之一粟，九牛之一毛，谈起来也有人"未曾前闻"了。古语云："不贤识小。"虽然落个不贤之讥，毕竟他还是将那"小"事"识"（即志、记）下来了。倘若连"小"也不"识"，那岂不比"不贤""更坏"吗？于是，今日不妨信笔识一识记忆中的"诸小"。

　　我有怪脾气，怕赴大宴席，去过的几处大酒楼饭庄，觉得他们的东西摆样的多，中吃得少。于是尽想当年的一些市井小食，其中也真有绝品。我试举一二，聊作豹斑。

　　第一要举黄叶村的烧饼。

　　黄叶村？在哪儿？只西沽旧有黄叶村之别名，但这是两回事。老天津卫，没改建的老南市，风貌独特。有一处，迎面看见一座灰砖小楼，是个圆拐角，上面悬着长春堂"八卦丹"的广告牌（长须道人手捧八卦。此堂还有避瘟散，皆极流行之常备药）；由这圆拐角左右分为两路：往左，较冷清，往右走，则是商店聚集的热闹去处——华楼街。街上没有洋房大厦，一色传统门脸儿。有一个小烧饼铺，牌匾三字：黄叶村。那店铺名字，初见使我暗自称奇，心说天津还真有高人，一个烧饼铺，竟然取出这么清雅的"诗意字号"来。

这小铺面也与别的烧饼店不同，十分干净，一点儿"油脂麻花"气也无有。看那烧饼，一色娇黄——而不是焦黄，面是雪点儿白，穰层儿细，入口爽香。不禁叹为"尝止"。

黄叶村的烧饼计分两种：一即上述的"普通型"的，另一种是酥而不脆的"淡甜型"，比点心还好吃。提起这，还有一段故事：一次，给父亲买了这后一种，给他老人家当点心，某日他的"菊友"李锦堂（裕丰和布铺的掌柜的，养菊花极有奇观）来串门儿，就款待了他一枚。他吃了，一声不响。告辞回去后，"撒开人马"搜寻此种"绝饼"，把一个天津搜遍了，也没买着。失望和无奈之下，来问：那烧饼是从哪儿买的？如此这般……我们才知道他已"经历"渴慕而秘求，终告失败的教训，才来"泄底"。这事在我们家传为谈资与"佳话"。

且说这黄叶村的"产品"如此迷人，倒是怎么被我们发现的呢？说来话长。那时我上南开高中，因母亲特喜戏曲，尤爱刘宝全、白云鹏诸大师的鼓书，二家兄祚昌字福民者，在宫北敦昌银号供职，就接母亲来市里，住在南市福安旅馆，它离"燕乐"等"杂耍园子"极近便，连白云老带着女弟子方红霞姊妹，也就住这儿。夜场散了，有时竟是与白老等同时步行回到旅馆宿处（二层木小楼）。白天还可以看见将要上台的抖空竹、踢毽子的小姑娘王桂英等在院里练艺，真是有趣得很。

为了省钱，不能一日三餐去"下馆子"，于是自出妙招：用煤油炉炼得稠香的小米粥，买烧饼，不远还卖熟野鸭，只七角钱一个，很大，浑身是喷香的瘦肉——这三样当饭，真比什么山珍海味都吃得快活舒服……这样，在烧饼上，二哥"发现"了黄叶村！以后每提起来，他总是得意极了。

二哥这种"偶然发现"不止一端，给我印象深的还有一处"小蒸食"，亦堪称绝品。记得它似在北门里，并无门市，只两三个人在"内部"鼓鼓捣捣制成。据说都是熟人老主顾才知道，每日做的供不应求，本不外卖。那面不知什么法儿弄得异样清香，小细模子扣成各式花样形状，面分几色：水红、淡黄、嫩绿……看着就新鲜可爱。每色都是不同的馅儿，那枣泥、山楂……胜过当时名点"一品香"十倍！那才叫好吃。因为也说不上个牌匾字号儿来，无以名之，我们只叫它"小蒸食"。

蒸食是一种有专门学问的技艺，好的比点心好吃，与一般家常面食不同味。北京的蒸食有专铺，门面细雕砖花围成，高层石台阶，里面一色红漆特型装修陈设，极富特色。但可惜凡略带特色的店铺传统，如今一个个地都被消灭，变成了十分乏味的一般"现代"装饰的服装店什么的等等之类了。

那时候，当然也不会有塑料袋、绳；凡干果鲜货，包装送礼，都是"蒲包儿"，即蒲草编的软篓儿。装好了（如东门里"老郑记"的糖炒栗子），上铺红绿纸长方形店签，然后用"麻茎子"捆扎，以便提携（津语"提搂着"）。麻茎子又是什么？是麻的纤维丝缕做的绳儿，都是要染成了红色的。如今年轻人听了一定"目瞪口呆"吧？

点心呢？用盒装，但早先，都是木盒子，木板不是极薄，因为盖子要能插进四壁板上的"沟槽"里去。以后才有马口铁皮盒子。到用纸盒，那真是"每况愈下"了。

老天津的点心、蒸食、烧饼馃子，都质高味美。还有津式糕干，戏园茶楼托着卖。至于南糖的用料、制作、品类，其质之高，说与今时人，总难"体会"，也许还会认为讲这话的是"怀古""夸张"吧？

腊鼓催年　人天同庆

　　日月推迁，光阴流转，不觉又到冬尽春来、迎新除旧的大节日。今时，似乎人们称这节日为"春节"了，因为把"年"的字面和概念送给了"公历"（原来我们少小时只叫它西历或阳历），所以要区别一下；其实大家的真正观念中、口语中，还是把这个大节日当作"过年"，买"过年"的东西叫作"办年货"，墙上贴的五彩缤纷的画叫作"年画"，除夕一家团坐的晚餐叫作"年饭"——从来还没听说过有什么"春货""春画""春饭"的怪话。

　　我们有句古语：腊鼓催年。似乎也还没有谁出来反对，说这不对了，该改"催春"了……同样，"压岁钱"的岁，还是个年的变换之语义义，恐怕也难说成"压春钱"吧？

　　一提"腊鼓催年"这四个字，我就立时耳边响起了那种欢乐的渊渊鼓音——那是村里又为过年过节（这节特指元宵灯节）预先练习"出会""社火"的鼓艺了。儿童们已在兴高采烈地奔走招呼，一同去听去看了。这个"大年下"的独特的气氛，就由这鼓音中敲了出来，传了开去。这是一种强烈的感觉、感受、感染，而绝不是语言文字所能"描写"的，——没办法，还是得用"心领神会"这句老词儿最觉合适。

可惜，一直生长、居住在大都市里的人，只怕早已不大明白什么叫腊鼓催年了。大都市里，早就不"兴"这个，而流行别的时髦玩意儿了。

在我看来想来，中华人，炎黄子孙，他们的过年是民族民俗的大演习、大聚结、大竞赛、大施展——最大的一次民族文化艺术大温习大创造。百姓人民的真正的快意、乐趣、享受……都在这一次，而且每一年只有这么一次！

为什么？学究们一定又摆出"天文历法"的大学问来了。不错，诚然没有月亮的十二个月份，地球绕太阳的一周，哪儿来的年？没有"地轴"（看不见的）倾斜度，哪儿来的腊尽春回？等等，等等。咱们今儿不是讲"科普"，是讲中华文化，炎黄民俗。若一定要从天文上讲，我看除了什么月绕地、地绕日之类，更重要的恐怕还是宇宙这个"活物"的生命的脉搏，宇宙音乐（其音波振率是人耳听不到的，但实际极为宏伟美妙，由亿万星系的大运行而发生的谐和乐音）的节奏，人天合一的感情的潮汐起伏。人们在这个伟大的旋律中自然造就的生活节奏点，"板眼"的筋节处。

人们——中华的人们，造就了这个美好而重大的"点"和"眼"，把自己创造的百般的技艺都运用来装扮渲染这个"大年下"。

百般技艺，是民俗的最强音最鲜色。鼓音是百般之一般而已，可谓之最强音。那么，最鲜色又是什么呢？

答曰：大红年对，春联！

我从少小时有个怪脾气，喜好胡思乱想：每到腊月三十这天，最迟是傍晚，必须已是把各处的门对、横披、大小福字、四个字的"迎照"（如影壁等处的竖幅）都贴妥当了——我是"监贴官"，严格"把关"：上下联不能错了左右，福字不能歪斜一丝毫，横披迎照不许上下高低差一点儿……

不但管自家，还要"巡察"我那家乡全村镇的千门万户的年时春联的贴法、字法、句法……一一品评。这是我小时候过年的一大乐事！

除夕黄昏了，我总要站在院里，仰头看那阵阵的从东归来的群鸦，它们有秩序地、匆忙地飞奔向西而去。我心总要默想：它们回家了，天都快黑了，不知它们可也晓得今晚是"大年三十儿"了？巢里有无"年货"？它们老远开外归来，从天上往下看时，该也发现大地上忽然出了新事——千门万户都贴了大红对子，那景象是如何地宏伟壮丽？

我的这种构想，向谁去寻找"印证"呢？

说来有趣，倒不是乌鸦，是一个人，对我说了一席话：他因访察民俗工艺，跑到了大西北一带，过年不回家，专为赶这大节日亲眼看看那一方的年味儿是怎么一个景象。我问他：年对还贴吗？他答说，贴！那回正赶下了大雪，千里银粉铺遍，在这个大"银毯"上，一旦之间出现了奇迹：站到高处往四下里一望，只见这幅银毯上点缀出了一万个红对子！那绚彩夺目，真难形容！那真是人们自己创造的人间仙境！

大地上有这般境界？别的地区国度，怎么"想象"？相信不相信？

鼓音、联彩之外，还有一个同样重要的灯辉！

这灯辉，不是西方式的电灯，刺目的强亮光；是中华的绛蜡红灯！它不伤眼，不是浅薄的"亮"，而是含有意味的、微微晃动的光明，尤其是罩在灯笼内的烛光，从深处透出的那种把人引入一种新奇境界的烛光，令人心醉，令人神往！

寒夜的除夕，各式各样的灯火点燃起了，高悬的，成排的，照门映路的……民间的大年夜，讲究每处有灯照亮，平时最偏僻冷落的空屋、放杂物的、马棚猪圈……处处亮了，孩子们像新开辟了无数的新天地，在"探幽寻胜"。

孩子们也打着小灯笼，不怕冷，几个人"列队"的小小"灯会"在寒宵的院里"游行"，远远望上去，似美妙的星在流动……这是画也画不出来的。

人们不拘男女老少，在这饯岁迎年的日子里，都换上了一件新衣裳，不管多么"寒伧""土气"，却是新的。这个新，包括人、物、事、境。过年的真意味，就在这个新上：举凡一年之间看不见的市面、货品、食物、工艺……都在这一时纷纷重现了，又是一年一度，可又是年年觉新。真是有点儿说不出的奇！

人们变得"喜相"了，也更"和气"了。比方平时不甚亲睦的，这时也互相行礼致贺，一片喜乐祥和之气。半时不走动的亲朋，本族的骨肉，到这个节日，也是人到礼到，弥补着人生各自奔忙的缺欠和疏远。

这是一种重新建立更和谐的人际关系的巨大规模的"运动"。

但是，最最重要的，还有一项：迎神敬神。

哎呀，这不是迷信吗？早该破除并且已经破除了，怎么还提这个？

诸位少安毋躁。迷信，并不是没有，但不一定全在除夕迎神。我小时候对这个风俗和仪式，最有兴趣了，没有什么迷信感，只觉得它创造了一个无与伦比的美妙境界，包孕着一片最巨大的和谐之气、吉祥之气。人们的善良圣洁的心灵中，有这么一个想法：在此最美最大的时刻，需要的不是"自我"欢乐幸福——也并不止于是人际的互相欢乐幸福，而是人天同庆！

我记得很清楚，所供的神纸叫"全份""全神"或"全圣"，我替人写的字是"天地三界十方万灵真宰"。

我深深悟到：我们中华民族的哲思，最伟大的境界就是"天人合一"的认识，这是宇宙真理，人类最高智慧的发现。人们欢欢乐乐兴兴致致地过年了，不独自乐，却要把宇宙也请来，团聚在一起，共庆同欢！

这就是中华民族所创所行的最博大的思维仪式。中华人的最崇高伟大的民族哲理精义与心灵境界，就由这种民俗活动而曲折地表达、扮演出来。把这一切看成都只是迷信，就失却了这个民族文化的灵魂。

久居大城市，我能看到的过年的民俗工艺，靠它来装点新春、表现欢庆的节令特产，越来越少了，以至于连买一点守岁的红烛也难得如愿。心里总有一种无名的惆怅。如果这些几千年的美好的创造积累，都被别的什么东西取代了，那么我们丢失抛弃的将不会只是那些风俗形式，而是还有更宝贵的精神内蕴。

因粽叶想到"人大"提案

　　农历的四月，特有佳味。旧时称之为"清和月"。也有考证家论述六朝诗人说的原是"首夏犹清和"，可见"清和"二字本属三月，不过到四月还有清和之气尚存，所以才用个"犹"字。道理大是，可我仍然觉得只有四月才真正当得起清和之称，三月是不行的，还不对景——这也许因为是北方人的缘故。宋代名贤司马光不是就写过"四月清和两乍晴，南山当户转分明"吗？北方的四月，不但"南山"，一切都格外"分明"，清新明爽，佳日和风，与那"乍暖还寒"的北国三春，是大不相同了。

　　但是我更觉得，京津燕赵一带，四月又不只是换来了"孟夏园林草木长"的自然风物，其季节性之浓郁炽烈，更在于例有全年最盛大的庙会：这就是名传遐迩的药王庙的特大盛会。而且，在我诞生的那津郊之地，这药王赛会又常是与天后出巡合并举行，称为"大庙"。从中旬到月底，那真是说不尽的风光，写不出的境界。城乡村镇的妇女，换上了一色的初夏新装，倩然明丽，争先进香朝圣，祈福保安。而恰是这时节，首夏的风味特足的果、菜、农产、小食，也纷纷乘时荐新。总之，这一切一切，缔造出一片"大庙"新节新令的气氛，令人精神为之澄明畅悦。

在那种种的荐新之品中，就有了抢早登市的端阳粽子，——因为五月佳节便在眼前了。

一提粽子，我就先闻见了芦叶香。

今年，我家里早早地就自己包起粽子来，原由是在"个体户"手里买着了"大批"的"粽子叶子"——芦叶，刚打下来的，青翠柔软，观之可喜。

我心里想：居然还有芦叶子可打，实在是意外之幸事。

我不禁又想起我的故乡，我的童年，我的深刻的感受。

我生在离市中心五十里的南郊，海河之滨的一个镇里。此镇一度曾是天津县治之所在。那地方的"结构学"很简单：由西往东，随着河湾儿，是一条长达三里的街，两旁店铺鳞次栉比，人烟繁盛。但出街往南往北，便都是一片翠绿，有大树，有茂草，有菜圃，有稻畦，还有与本文的主题之所关的芦叶。因为到处有水，大河以外，还有数不清溪流港汊，穿插映带其间，而凡有水处，即有丛芦密苇，生于两岸。那芦苇长得极是茂盛壮健，其高过人，一进了芦地苇塘，往往迷向失路，绕半天绕不出来，在小孩子感觉上，着实富有"探险"于迷宫的情趣。

端午快到了，人们就到"河堤下"去自打芦叶，准备包粽子。那芦叶，又厚又宽又绿，拿今年在北京买到的这个，——那没法比！

津沽素有"小江南"之称誉，回忆儿时情景，乃悟毫无虚夸。记得有亡友邹兄，他是江南句容人，在纸厂作技师。一日，初夏傍晚，我邀他散步游赏当地风光。他在我带领下，穿桥渡水，越陌循阡，看那眼前民家景色，使他大吃一惊，——对我说："我在此地住了快十年，只会走大街，原来另有这么美的风光！"

他的话，我总难忘记，这话出自一位在江南长大的人士，决不是没有任何意味的吧？

在我的"意境"中，故乡从来就是那样的，也永远会是那样的，因为在我的简单的头脑里，这是天经地义，绝不会"成问题"。

谁想，去年秋天，我得友人之助，驱车供便，使我在离乡三十七年之后，重履旧地，我特意到"河堤下"，想去看看那怀念殊甚的老柳、大树、茂草、丰芦……我奔到了之后，不禁大吃一惊！

我的这惊，与亡友邹兄的惊，可正成"辉映"。他惊的是小江南之美，我惊的是跟前一片荒芜，满地瓦砾。我不知我所站脚之处究竟是何方何县的异地？

那可爱的河，浅得快干了，那可爱的绿，一无所有了。这是荒漠吗？可又乱挤着一处处横七竖八、毫无章法的新盖起来的房子。地上全是碎瓦，几乎难以觅路而行……

三十七年的变化啊，这是真的吗？我怅惘得不知怎样才好。

我见家人包粽子，不知怎的，忽然又像到了那处我已经不再认识的故乡。

近日阅家乡报纸，见津市人大代表提出了议案，要求恢复小站稻这种举世闻名的津沽特产。我早听说，原来的稻田，一概皆无了……随着，那无限的风光与物品——还有可喜可爱的人民生活方式与风俗情趣，也一概皆无了……

沧海桑田，也许是"自然规律"吧。但在新中国人民创造世界的时代，不是移山倒海都不算稀奇吗？怎么能说那种变化是人力所无可左右？怎么说原有的极为富饶的自然地理条件和有利的特点特色不知利用，不知发展发扬，反而使它"沙漠化"起来了呢？何以为之辞？

人大代表的提案，极是，极好！我远在京甸，心系乡沽。我愿除了那些"面貌一新"的房子建筑以外，还是要考虑考虑别的：怎样才是一个地方的真美，真价值，真利益？这是可以商量的。

粽子快煮好了，芦叶香格外地触动我的乡情离绪。

"对对子"的感触

　　三十年代之初，我才十多岁，小学尚未毕业，那年四哥读完了天津南开中学，上京投考清华大学，不幸因倾盆大雨误了场，使他一生抱憾。他当时回家就告诉我们：国文试题有对对子，出的是"孙行者"。一晃六十多年过去了，这事我却忘不掉。今年的《北京大学学报》上，我国一流大学者季羡林先生撰文论及我们的几部文学史的不足，应该重写，并连带说到学校语文课须教给学生对对子，学作中国传统的诗——这样才能亲切体会赏鉴古代文学杰作名篇的好处何在，才能有深切公允的评价（以上是大意，是我凭记忆的一种"转述"）。我读了本报讨论对对子的文章与季老的建议，心中着实有所感触。

　　羡林先生和寅恪先生是两位文史宗师，后先辉映。他们之所见略同，大约其中必有道理，我们不应漠然置之而无所思考。寅恪先生已把对对子的意义揭示于人了，我非常赞同他的见解。因为对对子这种传统教学方式，并非只是科举的要求，文人的习气。它产生于中华汉字语文的极大特点，而绝不是人为的无聊的文字游戏（有人把它当作游戏，那是另当别论的事）。我们的语文"天生"具有"对仗性"而且人人运用，天天实践，只是自己不意识自己是在对对子罢了。比如，你说俗话、谚语就离不开对对子。许多成语，其本身都是对子，若列举是举之不尽的。"半斤八两""大呼小叫""桃红柳绿""鸟语花香""黑灯瞎火""和风丽日"……你能举得完吗？只要你一想，便恍然大悟——原来自己每天说的读的听的记的，处处是对子！

"有理的五八，无理的四十""八月中秋云遮月，正月十五雪打灯""人是铁，饭是钢""脸上一团火，心里三把刀"……这些也是谁也举不完的。这都是群众百姓的创造，他们怎么了？难道能说他们患了"语文病"？再不然是受了文人墨客的"毒害"？

都不是的。这种喜欢对对子的现象，根本原因就是我们汉字的极大特点特色：它单音，但又有声调的变化，现代已将当时复杂的声调简化为"四声"，而对对子的又把四声归纳为平仄（阴、阳、平是平声，上、去、入是仄声）。如此简而又简了，可还有人嫌"麻烦"，认为什么都可以不懂也不讲，胡来乱来也是"语文"。那恐怕是不大对头了。

汉字的对仗，是"天生"的，不是人生扭硬造的。"天对地，雨对风，大野对长空。"这种"歌诀"式的"对子示范"，不但显示得清楚，相应的两个字不但义对，音也对，而且你念诵起来，其音调节奏非常之美！除了我们中华汉字语文，未必还有如此优美奇妙的"思想符号"了吧？

对此，岂能一不自知，二不自惜呢？

爱国首先要爱自己的民族文化，而爱文化首先要爱自己的民族语文，爱语文则首先要明白它的优点美处何在。

教学是一门艺术

办教育、出人才，要紧的是须有好教师。任凭体制、设备，一切条件都好，没有好的师资"班底"，会造就出人才来吗？只怕不行。那么，好教师的"定义"又是什么呢？恕我不是词典家，不知怎样给这一"词条"写出精恰的科学定义来。凭当学生和当教师的双重体会来说几句"普通话"，方是本文的本怀和本色。

有人说，好教师应该是有"学问"的人。这话自然不能算错。然而"饱学"之士，今天叫作"精通业务"的，却不一定"照例"成为好教师。

若问：依你之见如何呢？答之曰：若依拙见，做老师光是饱学那是不够的，他还得"会"教人，这才算数。很明显，饱学者，不同于腹内空空是也；但既属"腹内"，肯定是他自家之事，于别人又有何干？当教师，那任务是去教人，而不是"闷在肚里"去酝酿大业。这道理该是不待智者而自明的。

此理既明，则必然要问："教人"这事情、这行业，载在哪本专著里？如何去了解，去学习，去练习，去研究和实践？因为若不去问这些问题，"教人"就会被当作人人能做、人人可为的事了，那结果又焉有是否"好教师"之区别可言？倘无分别可言，岂不仍然是"大锅"煮出的饭菜，都是一个味道的那种办教育的思想了？

可惜的是，要想寻找一本上述的那样的专著，只怕很难。这件事，有识之士应当感到非同小可，绝不是细故小节。我们的报刊，"报告文学"，似乎也很难得见专文介绍好教师的如何教人的具体事例。纵有一些，恐怕也是"循循善诱"老生之常谈一类。因之，我以为这表明一般人是还没有把"会不会教人"当成一个问题、一门学问、一种艺术（绝不只是"一种职业"！）来看待。这还不是令人憬然而思的文化、教育、社会等领域的一个共同大问题吗？

从学生的角度说，徒然饱学而不会教人的先生（教师）是很"可怕"的人物，上他的课堂，简直是"苦度时光"——他讲得实在令学生昏昏欲睡，可又不敢真睡，岂非莫大的苦事！想睡——而这是自己深感兴趣的一门课啊！慢慢地，连那兴趣也被这样的老师给"教没了"，这种例子，学生口虽未必肯言忍言，我相信抱有此感的，吃尽"睡觉课"的苦头的青年学子们，应不在少数。

与此相反的，有一些老师的课堂真是让人想去听，那不是"被灌输"什么，简直是一种享受！他讲得那么引人入胜，意趣益然，一步步地将你引到了高深的境界。你绝不是只获得了什么"知识性知识"，你得到的远比那多得多，丰富得多。原来兴趣不浓的课程，竟能因老师讲得好而发生了兴趣，结下了因缘。

这些老师都饱学，可教学效果却如此地不同。道理安在？难道不需要探讨一下？难道办教育可以不必关心这样的一个问题吗？

我常对朋友们说：会教人的老师，不啻是一名好演员——名艺人。

我这话，需要解说，不然会引起误会。就是老师们听了也未必高兴："我们是教师。上课能成了唱戏表演吗？真是的，什么话呢！"

这是把我的本意弄错了。听了我的话有点儿忿忿然的老师，要想一想：一个名艺人，往往在舞台上就只他一个，能把台下成千的观众听众吸引住，能使他们屏息凝神，一动不动，欣然色然，神观飞越。这是什么道理？只是"故事""情节"吗——那坐在家里看"唱本选""小说集"，不就行了吗？为何还要跑到戏台下面去？假使台上的人是台下的一种"代读人"或催眠师，名角的价值又从何而发生的呢？

想想这个道理，或者就不再疑我是信口开河了。

一位名角，只一亮相，就能把他的"艺术精神力量"笼罩全场——将所有台下人的"注意力"集中起来。说"注意力"，其实也还是太简单化了，名角所唤起的精神活动绝对不是一个注意力的问题，那是复杂丰富得多的！我把老师、会教人的老师，比做名艺人，所指的他们之间的"共通点"就在这里。一个教师，走上课堂讲台，而没有一种"精气神"笼罩全场，不能唤起满堂学生的全神贯注，这就等于失败了一半！

讲课开始了——这也真是一种艺术。学生们向我诉过苦的：

"某某先生讲课，眼总是看天花板"，"某某先生讲课，干巴巴像背书"，这怎么不让他们睡觉呢？他们的话里包含着多少艺术道理啊！

登台演说这门艺术，首先需要台上台下的情感交流，你看天花板，不看学生的眼光，岂不是从根本上错了？传道授业，绝不能弄成了"照本宣读"——那是录音机的事。有"本"可"照"，自然是课本、讲义、参考、补充……已多得很，又要教师何用？教师的功用职责，显然不是把一些"工具书"上可以查到的"知识性知识"去照读一番。假使这样，学校的一切都成了最大的浪费和虚掷。

有的老师说：我的本领不大，除了"宣读"和略加"讲解"，我再不会别的了。那怎么办呢？

第一，要训练自己的说话能力。口齿不清，哩哩啰啰，头绪混乱，自然不行。这点不待多赘。我指的是要研究"表达方式"。俗语云："一样子话，百样子说。"真是如此。会说的，最平淡的内容到大家嘴里也格外受听、动听；同样一个意思，人家说出来就津津有味、意趣横生。这是"口才"，带点儿天赋才能。但是应该承认也须有意识地主动训练自己"学说话"。让人爱听一些，就不致令人入睡了。

第二，怎样才能够破除那个"照本宣读"呢？最重要的事是得明白这毛病的病源何在。照本宣读是一种形而上学的讲课法，它的"特色"是不理会听众（同学们）的希望和要求，不分析他们的共性和个性，不预计"这"一班学生的大多数具体困难将落在哪些点、面上……总之一句话，误以为教学是机械方式可以进行的，一边是讲授机器，一边是接受机器，忘了具体的对象应具体地分析，具体地对待，具体地变通——就成了照本宣科式。我在华大、川大教中英文翻译，用我自创的教学法，获得了很大的成功，得到了全体同学的热烈拥护，我的办法是反对旧办法：老师把自己的译文视为"定本""最佳式"，上了堂就往黑板上抄，也让学生照抄这个"定本"。至于同学们的译文的得失利病，百千佳例，都不理睬。我坚决反对，那是错的非科学的方法，要不得。我将一些有关的材料（原文、可以找到的各种译本等）发给同学，先将预计的几大困难点加以提引、启牖然后再请他们用上心，字斟句酌地细译。卷子收回后，将成功例失败例，分成多少不同类别和等次，汇集比较分析，又由此归结出若干新（预计以外）的重点问题。最后，再次上堂，将所有结果讲与大家，并且深入讲明：哪些例是最好的，哪些是次佳的，哪些是基本可以但有小疵的，哪些是出了毛病错误的，哪些为意是而文非的（语义未过关）……这么做不是以主观爱憎定等级，处处凭道理，讲清楚。表扬好的，鼓励差的。讲时要有一些"杂学"，用丰富的知识事例来做比喻。讲得要活泼有味。这么一来，大家高兴万分，认为从未见过这样教书的，获益太大了。那时真是"盛况空前"，个个学生乐意来听来作。

往黑板上抄老师自己的"定本"（实在又未必好呢！）非"照本宣读"而何哉！至少也是孪生兄弟。

说到这里，才能讲到第三点，这就是：要把学生的主动性、能动性，真正地调动起来。这也与"名艺人"能相互喻比吗？能的。名艺人的艺术力量，不仅仅是"我"的工夫技艺如何高超，还要会把"你"观众的艺术上的欣赏、理解、想象、创造等诸多能力，都一齐调动起来。事实上，大艺术家的本领就是会使群众与他本人"共事""合作",这才真的"完成"了一项艺术活动。艺术从来不是单方面的事。那么,我要说,教课恰恰也是如此。如果有哪位老师认为教学是"我"一面的事,只是"我"的职务而已,那就从根本上弄错了。那样势必只会"灌输"——死教死背。索然无生气可言的课堂,会造就出人才来吗?!

第四点,教师登堂讲课,也正像名艺人上场一样,虽然要"演"的内容是固定了的,但是他(她)在此"固定程式"中仍然是"活"的,而不是一种机器——"演"一千遍都一模一样,丝毫无异。事实上,好教师与名艺人,每次"演"同一内容都有新的东西和"即兴"的发挥创造。不懂得这个艺术道理,就必然要求教师写什么死"教案",一切"小组讨论通过"等等一套非科学的规定,那结果只能是"照本宣读"的睡觉课。目前,科学名家也提出需要"灵感"的问题来了,于是报刊才敢照提,不然会被批判成"唯心主义的谬论"的。科学发明创造也有"灵感"的一份因素,何况教学?教师一上堂,精气神来得好,在讲授中处处触发他的"灵感",他才能将平素积累的学识所长,发挥到"恰好""精彩"的境界,这难道不也是一门艺术的证明吗?

这问题,值得办教育事业的都来想想才好。

我国古来,最讲究"登堂说法",大众为之动容。没有一门艺术在内,只像照着"打印本"念"报告",是不会使大众为之感动(接受)的。竺道生是一位高僧,一个新学派创立宣讲者,受同行歧视排挤,以致连讲坛都没处可找,于是来到虎丘山下,给一大群石头来说法,讲得是那么动人,以致这群石头都为之点首!"顽石点头"的典故,只要不当陈言滥调看,不是大大值得人思索吗?

岂止"胜读十年书"

——读唐君毅先生论中西文艺精神之不同而有感

《文艺报》1996. 6. 21第8版，刊出唐君毅《泛论中国文艺精神与西方之不同》一文，拜读之后，真有万感丛杂于胸次，似悲似喜，良不可言。此文虽发表于副刊版，却实乃一篇重要无比的学术论文。文章的观点主张迥异乎一般俗见陋识，文内举例（论据见解）之丰富与警辟，令人折服——此文是用"文言"撰写的，多年难见此体了，令我联想起鲁迅先生的《摩罗诗力说》那样的久久绝迹于文苑学林的中华气韵神采，耳目为之一新，心胸为之大快。

《文艺报》刊登此体此论之文，可以表明报纸的独特胆识，其办报的宗旨品格，就也是高出于流辈了，我也非常敬佩。

我少年时是学"西文"的，身为美国人创办的燕京大学的"西语系"学生，不能不算一种"科班出身"的资格吧？也许自己资质愚下，读了几年洋书典籍和当年盛行的小说等等，也不是不认真用心，可是学了一大阵子之后，总觉得并不怎么"得味"，也未曾有过像读中国传统文学名作（无论诗文还是小说曲剧……）那样真的倾倒或"陶醉"，总觉得有个"东西"在隔膜着，在自己的心神与西方文艺之间"打墙"，而那是一道什么样的"东西"？愧不能知、解。思之思之，终究说不清，道不明。这一课题，一直萦绕于自家心头，活了七十八岁了，实际自己的"工作目标"就是想解决这个巨大困惑。

比如，我与"红学"结下了一段因缘，为什么？其实那心里深层埋藏的目标，也还是：我读曹雪芹笔下的"小说"（指传世真本，不指程本伪续）为何有如此这般的享受？而这种享受在读西方文学书时却总未有过？此种感觉是否自己犯了什么"病"？"思想不对头吧？"有"盲目排外"的嫌疑吗？我常常这么自审自问的，犯嘀咕。

但心里又明知有个缘故，并非自己的"小心眼儿"的"毛病"所能解说这个数十年的巨大疑问。

终于，我在唐先生的这篇"泛论"里得到了教示，如拨云而见日，觉六合而俱明；所谓洞开心臆之至乐至幸，今竟获之！

文艺问题离开文化根源问题，是永远解说不了的，唐先生用最通俗的方式为我们指出：中西文化之不同，关键在于一方是上帝、英雄豪杰的精神文化，一方是圣贤、仙佛的精神文化。前者使人自外于崇拜偶像之高不可攀（个人渺小），而后者则亲切平等，人人可做圣贤，人人具有佛性——每个人都不被摒于"外"的，任何人可以成为那圣贤仙佛的大行列的一部分！

这就是中华文化思想的"天人合一"论的认知与其精神之表述表现——表述是论著，表现是文艺，其致一也。

我弄了几十年"红学"，就是想说解：为何雪芹之书如此特富

"神采""韵味"？为何主人公宝玉把自己看得"平常"，见了星星月亮就长吁短叹，见了鱼和燕子，就和它们"说话"？这些，离开了中华文化精神，只讲什么外国的"文艺理论"，什么流派主义与什么思潮，又如何能鞭辟入里地作出学理哲思的解答？

唐先生是香港新亚书院的创建者，一位"新儒学"大师，而遍读西方文学哲学经典著作这才得出他的明鉴卓论的，绝不同于盲目的"抱残守缺"者；他生于1910年，长我八岁，他大约读了（至少）七十年书了。因此，若将"胜读十年书"来比喻向唐先生聆教，那是相差（缩小）了七倍呢！

我这自幼不知力学之人，对此真是感慨万端。

唐先生此文，于"红学"根本一字无涉，只是我把两者"拉"在一起而动思的。但事有凑巧，那一版上与唐文紧邻的，是《叶君健访谈录》，叶先生却正有一段"谈红"的话，他说："《红楼梦》是我们中国最有名的古典文学作品，具有一般文化水平的大都看得懂。这是它俗的一面。但作者的文化修养、文学修养、人生的修养很高，他在书中所表达的人生、社会、历史、政治见解，一般读者就不一定能够理解和欣赏了。"

这段话也是精辟极了，叶先生不是什么"红学家"，可是他的这番体会领悟，有些自封"家"的人却达不到也说不出。我以为，唐、叶两家之文（或见访谈记录）貌似了不相涉，而只因他们都是在中华文化高层次上内心有得的学者，所以方能说出那样的真知灼见，至理名言。

中国的贾宝玉，本人不是什么西方式英雄豪杰，他的"追求""理想""崇拜"对象也不是上帝真主，他自愧的事情很多，但对"情痴情种"却并不愧悔，一切为了人而不知为己，他本人绝非庸劣纨绔，更不同于"花花公子"，但连素日不怎么喜欢他的严父，也明白承认他的"神采飘逸，秀色夺人"——东方的人品境界神韵。一部《石头记》原著，也正是唐先生所指出的那种中华文艺精神的境界、神韵的质素之体现。

或许还是有一时难明吾意者，让我引来唐先生的几句原话，以供寻味。唐先生认为，西方文艺精神多英雄、豪杰式之伟大，此种伟大唯使人生膜拜而自卑之感，故尚非充实圆满之真伟大，——

> 而（东方）圣贤式、仙佛式之伟大，乃可使人敬之而亲之，乃可涵育于其春风化雨、慈悲为怀之德性之下，使吾人自身之精神得生长而成就。夫然，故圣贤仙佛之伟大，不特其自身伟大，且若以其伟大赐与他人。他人日趋伟大，反若未尝见圣贤仙佛之伟大。……（先评西方哲学美学诸说之未尽真谛）真正物我绝对之境界，必我与物俱往，而游心于物之中。心物两泯，而唯见气韵与丰神。……

这些极精至粹的心得展示，实乃一位数十年探研博通了万卷中西典册而后浓缩而成的不刊之论。倘吾人于此而不能理会以至不能"接受"，则欲言中华文化之事，将会买椟而还珠，宝山而空入。而在我个人看来，即欲真正读通小说《石头记》，也是不会如愿的。读唐先生文，益信此义不虚。

以上自己的想法，散见于历年拙文拙著中，但终未能说得精切；这次是得到唐先生教益，并向他寻求印证与印可。

　　我此次最受教益的就是唐先生的"大分类"论点，即西方的"英雄豪杰式"（或型）与东方的"圣贤仙佛式"（或型）。这样分，看似简单——太容易太普通了，实则没有数十年的探研领会，是不能如此也不敢这样下结语的。我从此方更晓悟：贾宝玉式的东方型精神灵慧，直接与圣贤仙佛相通而无隔，他并非追寻什么"天国""乐园""乌托邦"（海外有人讲大观园时，就是如此"解"的）。他的为人情性，一般人不解、误会、歪曲、嘲谤……而其本质却正是可以做得圣贤、成其仙佛的心田行径。而浅识俗论却以为他是"叛逆者"——他叛逆世俗陋习谬识，但他绝非叛逆中华文化文艺的精神高层次高境界。做圣贤成仙佛，其实也论心不论迹，正如文艺之亦为遗貌而取神。

　　当然，明眼人不难看出，我这里是借重一位哲学文化大师的意见来帮助解说曹雪芹的小说的"灵魂"或精神境界的高度。至于唐先生的哲思义理学说体系，我并无任何资格评议，只知《南开大学学报》1995. 3期又有文章评论唐先生文化思想及其局限。但我又联想到王阳明，正好最近《海南大学学报》也有文论述王阳明是中国早期的启蒙思想家，对明代的"文艺复兴"很有关系。王也是哲学大师，受到的批评批判也很峻烈，但学者指出他对文艺史却有贡献，这则是耐人寻味而深思的。因附说于此。

翻译的慷慨和"乱来"

　　我们中华大国，事事都有大国之风。在翻译外文上也不例外。你如不信，请读拙文——

　　怎么叫作慷慨呢？就是在语文词字之间，对外人也表现出一种大度和盛情，绝不吝惜。比如拿国名来说，在译音时，原有无数同音汉字可用，但是咱们大国之人则尽把最好的字眼挑选出来送给他们。"英吉利"，又英雄、英秀、英俊……还又吉利，你看如何？又一个"美利坚"，你看又如何？这回虽然不"英俊"了，但来了"美丽"了！不但此也，后边还跟着一个"利"字，又不但此也，下面还加上一个"坚"。你看天下的美好字眼，还往哪里去找更好的去呢？数下去，"德意志""意大利""法兰西"，岂不各占一美之名？

　　人名也差不多，慷慨精神是一致的。比如"雪莱"，你看多么诗味！假如译成"血泪"，大约会有人害怕，甚至抗议的。"歌德"，虽然不一定联想到"歌功颂德"，起码比"各得"看着雅致。

说到女性身上去，那就慷慨加热情了，"玛丽"，绝不译成"马痢"；"素珊"，断不肯翻作"俗三"。至于到了"明星"们那里，那就什么"黛"呀，"丝"呀，"莎"呀，"娃"呀，"莉"呀，真是缤纷馥郁，睹名思人，何其美也！

如此，我开头所说的，大国的慷慨之度量襟怀，在翻译上不是也表现得十二分之突出鲜亮吗？

当然，万事都有例外。如有人搜寻"反例"，前来驳斥拙说，我思总也不是难事。丑字眼，且慢举例，单说虽不丑而无所取义的（既不"英俊"也不"美丽"的），也颇有一些。"拿破仑"，是什么话？无怪乎早年刚兴起"西风"的时代有人出作文题"拿破仑论"，学生就写了一篇论文，说：用手拿一个车轮子，其事已难，更何况去拿一个破车轮乎？！此事据说传为笑柄谈资。大文学家"但丁"，又是如何选取字的呢？"莎士比亚"，这是什么不伦不类的四个大字呀？译者为什么不选译为"谁可厮匹啊"？

翻译家的另一毛病是毫无规律，乱来。"牛津""剑桥"，只二名中，已自乱其例——牛津Oxford意译甚恰，可是，"剑桥"呢，却又"剑"是音译，"桥"是意译了！再如"新西兰"，用"新"译New，可是New York呢？又用"纽"译New。非乱来而何哉？！

美国刚独立时的首都不是华盛顿，是普林斯顿Princeton。我问居美数十年的名学者，此名何不译为"皇子屯"，岂不更恰当？他也答不上来。

"乱来"的例子，大抵是早期的痕迹，其音译时多用闽粤方言土音以取汉字，今天的标准音读者，绝不能知其奥妙。因为麻烦，本文不拟"举例以明之"了，如剑桥的"剑"cam——即是其一。至于稍后期的译家们，看起来情形就不大　致了。"托尔斯泰"，似仍有义可寻，"泰戈尔"就不尽然，至于"巴尔扎克""孟德斯鸠""大仲马""巴甫洛夫""高尔基"……我看就不再有什么"英俊""美丽"之可窥了。是否慷慨的大度有所变化了呢？恕我浅陋，一时竟然语塞。这个问题且留待专家予以论述，其间必有另一番道理在。

深刻的不幸

　　一种深刻的不幸感，在我心头萦绕着。也许是我这个人自己的不幸吧？——但愿如此，我常劝我自己，设法让自己相信，这只是"我"的事，因为假若如此，关系实在不大，个人太渺小了，有啥要紧？可是我这个人毛病是总爱多想，万一假如这种"不正常"的感觉不仅仅是个人的"变态心理"，那就更使我的不幸感添加上重量。

　　不幸的是哪些事物或现象呢？是眼见某些人的文化素质的低下，是眼见的中华民族的文化艺术的处境可悲——它正被异文化的崇拜者施以愚昧的歪曲和破坏。

　　这个题目忒大。我说得清吗？或者有资格来试图说清吗？若是我有自知之明，当然也未必来写这个题目了。如今忍不住斗胆妄言，圣人还采"刍荛"呢。今夜想拿京戏做个话头，借申愚意。

　　举京戏，因为它有代表性。京戏特点多而且大，它与洋话剧洋歌剧都很不同，当然与西方文化的产物——电影电视故事"剧"不同。然而，京戏到今天这一代人已不爱看了，尽管想尽办法来"振兴"，也总令人怀有振而不兴之叹。"不爱看！""没意思！"——其实是已经（可怜哪）看不懂了！没有了看得懂的文化基础了。

中华的京戏的一切，都与洋戏不同。但如今这个"不同"正在被"处置"，处置的意向与结果是将它拉得"靠近"洋戏，消灭那个"不同"——根本特点。

中国某些人很特别，从来未见有力量将洋文化拉得向咱们自己的文化"靠近"些（遑论"看齐""归化"）。例如穿衣服，中国人没力量让洋人都穿中服，却大有"力量"服从"西装"，如今不但女士了，男士也西化了。所以依此类推，虽然口里也响应弘扬中华文化，实际做的仍然热衷于以洋文化来"化"自己。话题仍回到咱们京戏下，你今天看到的还是真正京戏的，已经只限"传统节目"；至于新编新排的，名目还叫京戏，但实质上已经不是了，已经成了另一种东西——这种东西我想不出好名字来，不得已，只好还是借用曾有人用过的"话剧加唱段"来代表"新京戏"。

话剧加唱段，已然不伦不类，可现在再"搬上荧屏"，则变本加厉，干脆成了"电影加唱段"。

这个"玩意儿"，算个什么？我以京戏来当一下代表，不是正可看出中华文化艺术处境之可悲吗？

这可悲，就是徒存其名，而肆行抽掉、消灭其实，竭诚尽忠地向西方文化产物的观念、形态、做法、风格、气质……去靠拢，去迁就，去"归化"！——却美其名曰"革新""创新""推陈出新"，云云。

因有一个新字当头，谁也不敢说不要新，谁也要"考虑"恭维几句了，——于是，这种假新就顺利地立起来了，而且成为"主体"，其位甚尊了。

问题何在？当然很多。姑举一二，摆事实、讲道理。第一，中华京戏是一种歌舞表意表境、传神写照的高级综合艺术表现形态，包涵着这个伟大民族的高级审美水平和认识理解能力，表现智慧，由于是歌舞戏，所以音乐性特强，文武场是其灵魂的音响和脉搏，那里节奏性极强烈鲜明，所以一行一止，一颦一笑，一举手，一拂袖……都是"应节赴拍"的，没有了这，京戏之质素已失其泰半。名叫京戏，而人物动作与"台下日常生活现象"差不多，说真的，连话剧还须动作表演带点夸张呢，而如今的"新京戏"却连话剧也不如。干脆就是"现代电视剧"——这是中华文化？还是洋文化？这是要明白回答的。

第二，京戏本来以特定舞台为范围，从头到尾，给观众的是一幅极美的整体画面——一切人、物、景，都是它的有机的谐和的构成，在那"画面范围"内活动与显示。如今的"影视京戏"，照舞台全景的方式已稀如星凤，让人看的是"拆碎"而"杂乱""堆垛"扭曲了的"镜头"，看演员，看不见他（她）的整体歌舞美，却只见一忽儿一个头，一忽儿一条腿……那"特写""蒙太奇"令人得到的是另一种"玩意儿"了，京戏本有的那种美的享受，往哪里去寻觅呢？

第三，中华京戏不弄"逼真"的"布景"，因为它是本民族的诗的（传神造境）的手法。所以又在不大的舞台"整体画面范围"之间却能显示"之外"的广阔意境与"观界"。如今大搞

"真实背景"，完全破坏了民族审美造诣的本质，结果是滑稽可笑，比如后面"背景"是"真实"的大丛林中有路径，人物不"进入"那个"真实"，却在"林"前大跑其圆场，转圈圈，难道不是发疯？这不但中国人自己让自己糊涂，就是为了"外国朋友方便"，恐怕其"艺术效应"也只是一个"莫名其妙""真是出洋相"吧？

我们目前流行的这一派做法，不知会把民族文化艺术引向哪个目的地去？若说这就是"弘扬"，是"革新"，是"提高"群众文化水平，则我们的后代子孙将连"炎黄"也会疑惑吧？我的话说重了，但我的深刻的不幸感，正在此间。

读"史"有感

　　一个偶然的机会，在一份江南小报上忽然看到一段难得的史料——它是从《中国新闻》报转摘而来的。这篇短短的史料记载了一段特别有趣而又发人深省的"故事"。它说溥杰先生亲口讲述，早年他和宣统溥仪在宫中同行，来至某殿里，无意中发现了一件文献，是密封的，上面却有乾隆亲笔书写的谕旨，说是将来谁要是违旨胆敢开看这个绝密件，谁就不是我的子孙！——我这是凭记忆撮叙大概，文辞定然不尽准确，但大意是不会走失的。这一严旨，当然不是对张三李四而发，是专对乾隆自己身后的某一代做皇帝的后裔来讲话的，所以才发生是不是"子孙"的问题。据溥杰讲，这道严令密旨，不但没有使他们两个青少年遵命莫看，反而引起了好奇心，溥仪就动手拆开了它——打开一看，你猜是什么？原来是雍正传谕某人秘密杀害其兄弟的手令！这下子，可把他们两人吓坏了！据说吓得溥仪赶紧跪伏于地，连连叩首！

　　我当然立即想起清史上有名的"阿其那""塞思黑"事件。那塞思黑，就是允禟，他和允禩都是反对雍正的死对头——也是亲弟弟。雍正把弟弟改了恶名，流放到西宁去，幽禁起来，又不放心，怕在外边勾结上势力，闹起事来，又移到保定府来，由胡什礼监送。胡什礼一到保定，就奏称直隶总督李绂曾向他说："塞思黑至，当便宜行事。"就是说要用适当的方法了结这位皇弟的性命。雍正听了，便"晓谕"李绂不可如此办理，李绂说：我从未说过此话！未几，李绂向雍正报告塞思黑患病了，又旋即身亡命丧。

　　以上这段疑案，久成不解之谜，到底这鬼招儿出自谁？——是胡什礼，还是李绂，还是雍正？莫测其高深。雍正曾委委屈屈地向诸王大臣等众表白："……又如塞思黑，自西大通调回，令暂住保定，未几，绂奏言遘病，不数日即死。奸党遂谓朕授意于绂，使之戕害。今绂在此，试问朕尝授意否乎？……绂不将其病死明白于众，致生疑议，绂能辞其过乎？……"一番剖白，雍正自显其为"大好人一个"，而舆论妄生"疑议"——这疑议，雍正自供自辩，载在史册。

　　毕竟事情真相是如何呢？过去凡研清史的，从大量史料和雍正的言行来综合观察分析，都认为雍正的谋父夺位，杀害兄弟，诛戮异己，手段毒辣，方法诡秘。而近几年来，颇有一些替雍正鸣冤抱屈、洗刷剖白的论议散见于报刊，说他不是坏人，应当给予评价，云云。一时之间，似乎历来的人都屈枉了这个好皇帝。因此之故，连带着弄得曹雪芹家（包括其至亲一"党"）自从雍正得势之后即遭政治迫害之事，也发生了"疑议"，说是曹家的获罪，乃是出于"纯经济"（亏空）原因，与政治罪名无关云。

学术研究，贵乎大家各抒所见，齐放争鸣，以求事实，以明真理。所以雍正的问题是应当讨论的。肯定雍正的某些"政绩"以及说明他在清史上所起的作用，自然也是理之所宜。但是，是否历来公认的雍正所犯下的那么多的不必赞美的重大罪行，也必须一股脑儿来个全盘翻个儿呢？口舌之争，往往惹厌，可溥杰先生提供的这件秘闻，倒是值得一些过于天真的"史评"家们做一番深长思的吧。

城·红楼茶社·三毛

天津的食品街，出了大名。我这个从北京回到"故乡做客"的人，自然也是想去一开眼界的——"口界"倒是实居次位。到了那里举目一观，方知完全不是什么未见时所想象的老南市那样的"街"，却原来是一座巍峨壮观的城。这座城，城门上丽谯高耸，门两旁石狮雄踞。心中暗暗喝彩，到底是咱们天津，办点事儿够个气势，是有高人。但随之即又私下忖度：明明一座好个可观的城，为什么不取名叫作"食品城"，却只叫它作"街"？难道"街"比城倒壮观，倒叫得响亮？思之不得其解，闷闷在心而已。

我见了这座城，心里是高兴的，因为也曾走过不少"名城"，都未见那城何在。"进城"这样的话，人们嘴里还颇为流行，可"进"的是无城之城——报刊上不是还总有"城市建设"如何如何的大标题吗？可是"城"往哪儿去了呢？时常自思自问的，也弄不清楚。又想，咱天津卫原来也有城呢，大概是闹庚子的时候拆了，后来才有了围"城"转的"白牌电车"。我总想

"看看"咱天津的城什么样儿。后来竟在日本人刻印的《唐土名胜图会》中找到了它,不禁大喜!——您大约已经明白,为何我一见食品城,就意外地惊喜起来了。

城内只是个十字街,一点儿曲折掩映之致也没有。一个民族味的招牌幌子也看不见。心中又叹道:民族文化,中华风味,为何就如此地为人不喜欢,弃如敝屣?昔时那商店的"门脸儿",简直处处家家是个独特的艺术杰作,真是美极了。现今洋玩意儿,你看着它就那么"顺眼"?心里更是纳闷得很。

"十字街"转了转——这话原不太通,你想,既是十字,怎么能"转"呢?确实这语言"有问题",只好改成逛了逛。四门俱到之后,我出一门,想围城转转——这叫"转"字可用对了,心里又十分得意。

不转犹可,一转时,却看见一家店铺,门楣上大书"红楼茶社"四字!我这一惊,非同小可。不客气,连忙举步就往里走。一进去,迎面一照,又是一惊!原来一匾高悬,上面四个大字,竟是在下所书。

我忽然想起来了,有一天,津门张仲同志来访,说是咱们天津开办了一个红楼茶社,有名画家建议,找我写块匾才对景,偏那天我也高兴,立刻动了毛笔(这是不常有的事),"当场挥洒",交与了他带走了。——事已数年,今日忽入眼帘,"似曾相识",觉得着实有趣。

这是卖茶叶的柜台,"看头"不大。于是我踱入左边的槅扇门。啊!这方是茶座。好精致的茶馆,一色硬木桌椅,悬着宫灯,又有屏风,槅扇隔断着后间"内部"。我看那槅扇框内贴的工笔彩绘的《红楼》人物仕女,风格甚高。说真的,这类画见得太多了，真能人赏的，实在寥寥。我对着这些幅佳画，心里十分喜悦，暗说，到底是天津！在别处还没见这样合意的《红楼》画。我也有点儿累了，正想坐下，享一享这个雅致茶社的《红楼》意味，忽觉桌椅是空空的，有的还叠起来，样子是不卖座，我很觉奇怪。

这时，从槅扇屏后转出了一位负责的同志，客气地接待我。

我就把方才的感觉与疑问，说与了他。这位同志文质彬彬地回答我的提问。我得知，他们是杭州人来此营业的，开办了一个时间。我又问：早听说还有古装打扮的"红楼女服务员"，今何无缘一见。为什么不办了？答曰：很难。来的座儿本不多，座客文雅的更少。有些是现代青年，对这个"境界"完全不具有文化感情，他们不好生品茶赏艺，一时胡言乱语，一时挥霍蹦跳，把熏人的臭脚跷起来搭在桌上。硬木珍贵家具，不知爱赏，乱折腾。……大约还有不像样子的"活动"，那同志没好意思对我尽情倾吐，另外不乏出丑之态。

因此种种，茶馆不好开，暂时停了——希望还能重张再展，届时欢迎我来。

我听了，默然无语，想不出得体的话来安慰那办社的同志。叹了几口气，与他作别告辞而出。

转眼又是三年过去，没得机会重访，心里却总忘不了那个美好的有意味的地方。有时我料想它大约早已关闭了，真是可惜！但愿我料得不准。

天津能开出一个红楼茶社，是个有独特性代表性的文化生活现象，别处没有，值得自豪，值得珍惜！可是它的命运不佳，我心中无限地惆怅叹惋。

　　要说凭咱天津偌大宝地，养不住一个茶社，这话必不科学，那么问题何在呢？难道"红楼"二字不能吸引人吗？怕也不然。其中有何缘故与奥妙，便非书生之辈所能通晓了。然而求知之欲甚盛，还不断寻找解答。

　　最近看津门报纸，见有文章大书曰：曲艺已处于困境。曲艺界的工作者，正在为此苦恼，正在不断折腾"创新"。于是，我从这儿获得了"启发"。是呀，鼓书"杂耍儿"，今称曲艺者，那从来是天津的文化瑰宝、天津人的审美毓灵的境地、天津地方的骄傲，它都"困境"了？！难信，难信——可又是事实。那么，曲艺风流都"困境"了，你红楼茶社又算老几？办茶社的和我访茶社的两类傻瓜的无声慨叹，不是正好可为"时兴"的洋玩意儿、半洋玩意儿提供大发一笑的可怜的嘲讽资料吗？

　　近几年来报刊上早就提出了"文化断层"的问题了。有人很不以为然，说是那不对，根本没有断层。断层，有没有？我又闹它不清。后来又看见某种文件，呼吁重视"教育断层""师资断层"了。看来，不但地壳常闹断层灾难，就是脑壳也同病相怜了。

　　我忽然福至心灵，自家觉得机灵了一大块，居然悟出一番道理：茶社的暂停，曲艺的困境，还有等等之类，莫非就与"断层"有关？

　　目今，人人知道中华文化之弘扬是一大课题了。中华文化在哪儿？它什么模样？怎么一个弘扬法？这些先决问题，倒还很模糊。那进行弘扬工作，如何防范偏门歧路，有何困难阻挠，什么样的问题亟待逐步切实解决？似乎同样模糊。

　　什么叫"断层"？"断层"究竟有没有？由专家们去讨论为

是，咱们普通人不宜多说外行话。天津曲艺为了"生存"和"生活"，如何折腾得能够"新"到像红得发紫的"歌星"们扭着身躯拿着"唱筒"那样，以"争一席之地"，我是心头惴惴——迟早有那一天吧？我也是只能杞忧而已，谁管得了呢？但我还有一点奢望：等到茶社由"暂停"升级到"永闭"之时，我写的那块匾请张仲同志替我用劈柴换下来，也算得是日后的一件"文物"吧？

忽又想起，台湾女作家三毛生前有一次到北京来，报上对此作了一小点描叙：采访见她疲劳不堪，以为当然是聚会、游览各种活动太多，把她累坏了。谁知一点儿不是这么回事。她连故宫、长城这些必到之地都顾不上去，一头扎进了琉璃厂的古旧书店，再也"出不来"了！这位女士，在五十多个国家飘泊了二十九年，在台湾定居下来，只有几年的光景，已很有文名传播四方了，但是却无从求获她所酷爱的中国古书。好容易来到北京，这可真如旱苗喜沐甘霖一般，就不想离开了。她一共买了多少书？都是什么？我们自然不得而知，只听说她特别提到有《红楼梦》线装古本四种。问她时，她说很多读者投函赞赏她的"现代笔调"，殊不知这个笔调的"功底"是古代文学！她说，没有中国古代文化的熏陶，那是写不出什么能吸引人、有价值的东西的，她半生读《红楼》，不知多少遍，不能真懂，只觉每读必有新感受。这就是到了北京"累坏了"的真情实况。以后她依依不舍地离开了北京——她听了北京人的语音语调，像是美妙的音符进入耳窍，灌入心田，她说文人而不到北京听听北京人说话，那太遗憾了！

我于是乎不禁又胡乱忖度：她到上海拜认了"三毛的父亲"

张乐平老画家；她到北京买了线装《红楼梦》；若她到了天津，那她该对什么地方发生兴趣而不想离去呢？

自然，有人说"十景嘛"，盘山沽水文化街嘛！三毛女士未必欣赏"大麻花"，但是她若来到"食品城"（实在没她好瞧的），忽然发现红楼茶社，我料想她会惊喜异常、感慨万千的。三十来年五十多个国家的经历，她发现了一共几个红楼茶社？她一定爱如珍宝……

佳节话清明

中华一年几个最重要的节日中，除过大年、闹元宵是开岁贯新之义，可以另论之外，若论真正当得起"佳节"二字的，端推清明之节。清明时当三春艳阳美景芳辰的最好时节——与八月十五的中秋节可谓"平分"春秋之"色"（此因有"平分秋色"之成语而云然也）。所以这个佳节相沿至今不废。

清明节的传统习俗，无须多说，赏花、植树、踏青、扫墓……人所尽知。但与之紧密相连的"寒食"，却未必还为大家所熟悉。"寒食"的意思是说这一日不举火——即不点火做饭，皆吃"冷食"（现成的饭食），这是清明的前一天。一到次日，这才重换新火。

点火做饭，是件生活大事。古时的取火，要有"火种"，没有现时这么容易。试看"寒食东风御柳斜"那首绝句："日暮汉宫传蜡烛，轻烟散入五侯家"，便知"新火"要有传赐之礼，并非小事一段了。

《荆楚岁时记》说过，每逢寒食清明，偏多"疾风甚雨"，天气最坏，把正开的好花摧残得厉害。此言不虚。"清明时节雨纷纷"，脍炙人口，"听风听雨过清明，愁草瘗花铭"，则是南宋词人吴文英（梦窗）的佳句。"草"即撰作"打草稿"之义，"瘗花铭"，正是《红楼梦》里《葬花吟》的"前身""预影"了。这种中华文化的文学传统，也不可不知。

然而，再读一下欧阳公的"燕子来时新社，梨花落后清明。池上碧苔三四点，叶底黄鹂一两声——日长飞絮轻。"那就又把清明佳节的一片芳春淑气写得如此之美好愉悦，绝无叹惋悲伤之微痕隐迹，令人愈觉这个节日之可珍可爱。

看来，清明节是一年开端之后的一个真正"旧""新"交替进展的标志，从此前瞻，好景无穷，生机方在展开而旺盛。

校后记

病目校书，十分吃力，女儿又助校一遍，希望"基本上"消除了作稿、缮录、排字……等工序中出现的误字误句。"校书如扫落叶"，古语不虚，难保已无"漏网"的残"鱼"，深盼读者发现时赐示，以便改正。

在此附带解说几处并非误排的——或者说是"文义"上的事：

"掉书袋"，掉的本义是摇晃、摆动，引申为显示、卖弄一类意思。书袋，古时书是卷轴，分用袋装，叫作"帙"，俗呼书囊。掉书袋是显弄书多，与"掉进袋里"无关。拙文中有一处故意借用现今"掉"的另一俗义，不过是一种趣语，请勿误会。

"巴斗"，似多写作"笆斗"，我引用的是复印本原字。笆斗，柳条编的农具，个头儿很大，容粮米甚多，故以"大"显名。

"够呛"，北方俗语，呛是"吃"的打趣语，够呛犹言"够受的!"，即"难以消受""苦于承当"之意。

"汉文章"，语称"西汉文章两司马"，谓太史公与司马相如，皆前汉人也。若"汉文章"，应包两汉而言，故拙文举司马迁、班固为例，不必拘看。

《谈笑》篇写时本意在于借此小例以展示我们汉文的语汇之丰富而愿今之为文者能够多读些书而不致文词十分单薄贫瘠；但文体是半庄半谐的。未料后来选入中学教材书中。最近一位教师惠函指教，指出此文的许多"文病"，如"证明了"须改"表明了"，"吧"后要用"?"，等等。他是善意的，但经他一"改卷"，文趣全失，话也死板了——这是不明"文各有体"之故，而要"规范化"。文字的风格与风趣，只在分寸之间，把它消灭了就不再可读了。

万安山访古刹，据同游的刘女士（现在日本教学）说，我把时日记得不尽准确。但已无法追查改正。

"红楼升官图"，最近北京竟发现了宫内所传彩绘本，是一位满族老人之家藏。报纸上称之为"红楼梦棋"。附记于此，读者或感兴趣。

《太平湖梦华录》中提到一个石羊卧于古城墙与护城河之间的茂草之中。后来方知，西便门外的石羊，乃是北京九门古文物的一项名品，我们所见的，即此无疑了。

《雪芹遗物》中所叙旧砚，镌有"千山老芹"之疑识。假若此疑不是伪造，则必又有人据此"考证"曹雪芹祖籍了。按曹寅诗集曾署"千山"，实为当时汉人身隶满洲包衣旗籍（旗奴）的避讳含糊之设词隐语，并非实指某一地点，正如也署"长白""满洲"，其义无异。已有学者指出，从古之辽阳籍人氏，绝无自称本贯为"千山"之例，岂可以此二字为实际地名？其说最是。

拙文是随笔，原不涉"论文"之事，但恐因此又生是非纠缠，故略为解说于此。

周汝昌

丙子重阳佳节前

编后缀语

这本书，初版于1997年初，至今已经过去了25个年头。如今蒙作家出版社厚意再次印制精美图书，不胜感慨系之。

那是1996年，父亲收到了中国社会科学院历史研究所王春瑜先生的来函，告知东方出版中心拟推出一套《当代中国学者随笔丛书》，因常读父亲文章，以为年高事繁，却能写出大量随笔，表示赞叹；还说父亲的随笔，深受读者的喜爱，因此希望能将文章选编，收入这套丛书中。父亲十分感谢王先生的这一番厚爱至意，就答应了下来。而这一任务，他的目力已难做到，就落在了我的肩上——当然这是责无旁贷的乐为之事。

父亲的"美名"是"红学家"，罩在他这"红学家"头上的，是一顶"考证派"的帽子。父亲为此遍尝了嘲骂与讥讽。他对红学的贡献，自有公论，不是二三人所能左右的。父亲的诗学、红学，在十几岁时就埋下了深深的种子，待根深叶茂，挺拔高大，直插云霄时，什么"桂冠"对他来说已经不重要了。

然而不为人知的是，他在研红之外，还写了大量的信笔漫谈，寄兴抒怀的文章。五十年代，他就为《人民日报》《文汇报》写过一些这类文章，还写了一些例如《学书杂语》《退谷》《板桥逸文》等短篇文章，后刊载于《春游琐谈》一书中。六十年代，他又为《光明日报》《大公报》《中国妇女》等撰过文章。1962年陆续发表在《天津晚报》上的一组《沽湾琐话》，可以说是他在这方面的一个"多产"时期。"文化大革命"初期批判"三家村"时，吓得他把"琐话"交出来接受"审查"，万幸没有当成"黑话"。

进入八十年代，父亲的创作状态可谓"如日中天"，他不仅出版了几部专著，在极为艰难的目力下及繁冗杂事之中，写了几百万字的学术论文，还为几家报纸、杂志分别开辟了《响晴轩砚渍》和《七十二沽人语》等专栏。九十年代，又写出了一批很受读者注目的随笔文章。

父亲的这类文章数量很大，每一篇都是对中华文化的阐释、热爱，更离不开对"红学"的执着。我从一个"先睹为快"的"读者"来看父亲的这些杂文，有一最大特点，即真正是名副其实的"信笔"，文章是从他笔下"流出"的，写得很快，很自如，不苦思冥索，更不打磨造作，如行云流水，而无"八股"气。这样行文，是他的主客观条件造成的习惯，也许不免一个"率"字：不精不细，但好处就在一个"真"字上。有一位朋友曾特言：过去之文是功力，近来之文是升华，父亲则说：岂敢当此！

我还清楚地记得1996年年末，父亲突然得了一场大病，来势凶猛而重，高烧不退。1997年1月28日，我们取到《岁华晴影》，送到父亲手边时，他很高兴，还写下一首诗：

丙子腊二十为五九第三日病始愈值沪寄《岁华晴影》文集亦到因赋诗纪之

五九六九河边柳，大化生机浩荡春。
我独病中吟好句，谁能枕上作闲人。
民间药物皆神圣，故里年光想焕新。
欣喜岁华晴影丽，刊成吉日贺良辰。

初版书原是作为父亲八十寿辰的庆典礼品。如今手捧这本精美图书，父亲的灵心神笔，他的喜乐哀怒，他的海纳百川……流连回转，难以逝去。

父亲逝世十周年，我把《岁华晴影》放在墓前，作为最好的纪念。

感谢作家出版社，感谢责编刘潇潇、单文怡两位女士，感谢为本书贡力之全体同仁。

周伦玲
壬寅二月十二花朝日

图书在版编目（CIP）数据

岁华晴影 / 周汝昌著；周伦玲整理. -- 北京：作家出版社，
2022.5（2022.10重印）

ISBN 978-7-5212-1839-8

Ⅰ. ①岁… Ⅱ. ①周… ②周… Ⅲ. ①散文集－中国－当代

Ⅳ. ①I267

中国版本图书馆CIP数据核字（2022）第045759号

岁华晴影

作　　者：周汝昌

整　　理：周伦玲

责任编辑：单文怡　刘潇潇

装帧设计：孙惟静

出版发行：作家出版社有限公司

社　　址：北京农展馆南里10号　　　邮　　编：100125

电话传真：86-10-65067186（发行中心及邮购部）

　　　　　86-10-65004079（总编室）

E-mail:zuojia@zuojia.net.cn

http://www.zuojiachubanshe.com

印　　刷：北京盛通印刷股份有限公司

成品尺寸：142×210

字　　数：289千

印　　张：12.25

版　　次：2022年5月第1版

印　　次：2022年10月第2次印刷

ISBN 978-7-5212-1839-8

定　　价：55.00元